Das Buch:

Es ist Winter, als Karl nach Venedig reist und sich in die geheimnisvolle Venezianerin Caterina verliebt. Erwidert sie seine Gefühle? Es scheint so. Aber eines Tages ist sie verschwunden. Karl kann sie nicht vergessen.

Viele Jahre später kommt er nach Venedig zurück in der Hoffnung, Caterina endlich wiederzusehen. Und wieder ist Winter in Venedig.

Roman über eine große Liebe, über Verbrechen und Geheimnisse, der einlädt, in die Stadt der düsteren Gassen, stillen Kanäle, mysteriösen Kirchen, grandiosen Palazzi und spektakulären Kunstwerke einzutauchen.

(überarbeitete Ausgabe, erstmals in großer Schrift)

Der Autor:

D.G. Ambronn wurde am 3. Juli 1955 an der schleswig-holsteinischen Nordseeküste geboren. Er studierte Anglistik, Germanistik und Philosophie in Kiel und lebt auch heute noch im Norden, wenn er nicht gerade auf Reisen ist.

Weitere Bücher von D.G. Ambronn in großer Schrift:

– Ein tierischer Fall für den Kommissar - Kriminalroman
– Ausgewählte Erzählungen und Kurzgeschichten

D.G. Ambronn

Dass du in Venedig wärst

Roman

Bibliografische Information der Deutschen Nationalbibliothek:
Die Deutsche Nationalbibliothek verzeichnet diese Publikation
in der Deutschen Nationalbibliografie; detaillierte
bibliografische Daten sind im Internet über http://dnb.dnb.de
abrufbar.

Überarbeitete Ausgabe
© 2020 / 2024 D.G. Ambronn

Verlag: BoD · Books on Demand GmbH, In de Tarpen 42,
22848 Norderstedt
Druck: Libri Plureos GmbH, Friedensallee 273,
22763 Hamburg
ISBN: 978-3-7693-0608-8

Nun sprach ich von dir, daß du in Venedig wärst,
daß du noch alle Liebe, alle Wonne jenes Augenblicks
im Herzen trügest – ... da rief sie wie in Begeisterung:
›Ich hab' es gefühlt – ich hab' es gefühlt ... ach, ich
wußt' es ja nur nicht, was so seltsam mein Innerstes
durchdrang, es war wohl Lust, aber auch zugleich
Schmerz!‹

(E.T.A. Hoffmann, Doge und Dogaressa)

Ich danke all jenen,
die die Entstehung dieses Werkes
begleitet haben
für ihre freundliche Unterstützung.
(D.G.A.)

1. Kapitel

„Als ich aus Bologna zurückkam, erzählte Caterina mir, Arcangelo Bonfiglio sei tot. Ich hatte nie zuvor von ihm gehört. Er sei, sagte sie, in gewissen Kreisen Venedigs ein sehr bekannter Mann gewesen.

,Er war Kunsthändler. Hinter vorgehaltener Hand erzählt man sich allerdings, dass er in unsaubere Geschäfte verwickelt war. Vorgestern fand man ihn in San Silvestro. Zusammengesunken in einer Kirchenbank, als würde er nur ein Nickerchen machen. Aber er war tot. Kennen Sie die Kirche? In der Nähe der Rialtobrücke, wissen Sie? Die Zeitung schreibt, es war ein Herzinfarkt. Er sei siebzig gewesen und leidend. Die Trauerfeier findet morgen in San Geremia statt. Es werden sicher viele Menschen hingehen.‘

,Sie auch?‘

,Vielleicht.‘ Sie fuhr sich mit den Fingern beider Hände durch die blonden Locken, schüttelte den Kopf und dadurch sah die Haarpracht noch üppiger aus und erinnerte mich wieder einmal an die Mähne des Löwen von San Marco.

Ihre Worte klangen in mir nach. Ein zwielichtiger Kunsthändler? Hatte ich nicht kürzlich erst erfahren, dass Caterina, als sie jung war, Malerin werden wollte? Aber was besagte das? Es konnte viele Gründe geben, warum sie ihn kannte. Und trotzdem.

Es war jetzt zehn Tage her, dass Caterina und ich uns zum ersten Mal begegnet waren. Seitdem sahen wir uns fast jeden Tag. Wir hatten über alles Mögliche geredet, nur nicht über uns selbst. Das winterliche Venedig hatten wir durchstreift, Augen und Ohren nur für die Welt, die uns umgab. Es waren glückliche Tage, und es klingt vielleicht sonderbar, aber es fällt mir heute schwer, mich darauf zu besinnen, dass diese in meiner Erinnerung verklärten Tage oft mit grauem und regnerischem Winterwetter einhergingen.

Meine Arbeit an einem Buch über den Barockmaler Guido Reni hatte mich dann veranlasst, nach Bologna zu fahren. Ich war nur eine Nacht geblieben, und als ich zurückkam, verlor unsere Zweisamkeit ihre Unschuld. Nicht, dass Sie das jetzt missverstehen. Ich meine damit die Arglosigkeit und Unbekümmertheit, die sie bisher ausgezeichnet hatten. Wir fingen an, übereinander zu reden.

Eigentlich begann es damit, dass uns ein alter Mann begegnete, von dem Caterina später sagte, sein Name sei Cavallino, Lorenzo Cavallino. Wir waren in der Kirche Santissima Trinità gewesen und wollten anschließend einen Caffè trinken. Sie würde eine Bar kennen, meinte Caterina, wo selten Touristen seien.

Ich verlor schnell die Orientierung im Gewirr der schmalen, fast menschenleeren Gassen. Die müde Wintersonne mochte irgendwo scheinen, aber unten in den engen Häuserschluchten blieb sie unsichtbar.

Dort, in irgendeiner jener Gassen also begegneten wir diesem Cavallino. In der Linken trug er einen Plastikbeutel, mit der anderen Hand berührte er ungelenk die Krempe seines verbeulten Filzhutes. Ungepflegte, graue Haare schauten unter der Kopfbedeckung hervor. Er sagte *Signora*, und Caterina erwiderte den Gruß mit einem leichten Neigen des Kopfes, während wir an dem Alten vorbeigingen. Ich maß der Begegnung keine Bedeutung bei. Ich war nur ein wenig belustigt, was für sonderbare Leute Caterina kannte.

Die Bar, in die sie mich führte, erwies sich als ein schlicht eingerichteter Raum mit einer langen Fensterfront. Hier und da hingen die üblichen Bilder von Venedig an den Wänden, nur die Fläche hinter dem Tresen war reserviert für Poster, Wimpel und andere Fanartikel irgendeines italienischen Fußballvereins. An einem Tisch in der Nähe des Eingangs saßen zwei Italienerinnen mittleren Alters und unterhielten sich lebhaft. Ein kleines Mädchen stand neben ihnen, hielt sich am Bein einer der Frauen fest. Sein Kopf lag in deren Schoß, während es uns unentwegt beobachtete, schweigend und ohne eine Miene zu verziehen.

‚Der alte Mann, er war einmal mein Lehrer.‘ Caterina sagte es so leise, dass ich nicht sicher war, richtig verstanden zu haben. Ich blickte sie fragend an. ‚Er war ein hoch angesehener Künstler hier in Venedig, aber eines Tages fing seine rechte Hand an zu zittern, sodass er nicht mehr malen konnte. Das war kurze Zeit, nachdem ich seine Schülerin geworden war. Meine Eltern hatten mich zu ihm geschickt, weil sie dachten, ich hätte Talent. Sie hofften, aus mir könnte eine zweite Rosalba Carriera werden.‘

Sie lachte.

‚Dabei ist hier für Neues schon lange kein Platz mehr. Heutzutage werden in Venedig nur noch Konservatoren gebraucht, Menschen, die die Stadt und all ihre Kunstschätze vor dem schleichenden Verfall bewahren. Die Touristen sollen schließlich noch möglichst lange gut davon haben.

Aber wie auch immer, ich wurde also Cavallinos Schülerin. Alles Neue beginnt mit der Aneignung des Alten. Das hat Lorenzo Cavallino mir als Erstes beigebracht. Wochenlang, nein, monatelang haben wir in der Galerie der Akademie die Bilder der alten Meister studiert oder sind von Kirche zu Kirche gezogen, um das auch mit den Gemälden dort zu tun. Wir waren ein seltsames Paar, Cavallino, schon hoch in den Fünfzigern, immer furchtbar nachlässig gekleidet und schon damals mit langen grauen Haaren und ich, ein junges Ding, gerade zwanzig geworden.'

Ich versuchte, mir vorzustellen, wie Caterina damals ausgesehen haben mochte. Sicher war sie so wie heute eher zierlich, das runde Gesicht mit den auffallend grünen Augen möglicherweise auch bereits umrahmt von der blonden Löwenmähne. Aber hatte sie damals schon diesen traurigen Zug um den Mund?

‚Wir suchten die Werke auf, die Cavallino für bedeutsam ansah, und dann hielt er mir mit seiner schnarrenden Stimme endlose Vorträge. Manchmal erregten wir den Unmut des Aufsichtspersonals, aber das war ihm egal.

Unsere Streifzüge widmeten wir nach einiger Zeit einzelnen Malern und ihren Besonderheiten. Angefangen bei Veneziano und den Vivarinis, später dann Cima da Conegliano, Gentile und Giovanni Bellini und wie sie alle heißen. Immer wieder hat Cavallino mich nach unseren Wanderungen das Gesehene und Gelernte in die Praxis umsetzen lassen. Mal zeichnete ich, um Bilder so zu komponieren, wie sie es getan hatten, dann wieder musste ich ihre Farben, ihren Pinselstrich und so fort imitieren.

Kurz nachdem ich seine Schülerin geworden war,

begann also seine rechte Hand zu zittern. Es bedrückte ihn, nicht mehr malen zu können, und es fiel ihm schwer, sich damit abzufinden. Wie zum Ausgleich steigerte er sich in das Weitergeben seiner Meisterschaft an mich hinein. Er war förmlich besessen von dieser Aufgabe. Er wollte im und durch die Werke anderer weiterexistieren. Cavallino belauerte mich, um zu sehen, ob ich die Eigenarten eines jeden der alten Meister wirklich erfasst hatte. Angespornt von seinen Hinweisen auf Fehler, manchmal verletzt und gedemütigt durch seine unerbittliche Kritik machte ich mir immer mehr und mehr deren Technik zu eigen.'

Während sie sprach, sah Caterina nicht mich an, sondern sie starrte unentwegt auf ein Bild an der Wand, eine alte Schwarzweißfotografie des Glockenturms der Markuskirche, die zeigte, wie der Turm 1902 einstürzte. Zwei breite Risse, die wie auf dem Kopf stehende Blitze aussahen und sich von unten nach oben ausbreiteten, schienen den Campanile zu zerreißen, während er sich bereits leicht in Richtung auf den Dogenpalast hin neigte.

,Erzählen Sie doch weiter. Ich habe nicht geahnt, dass Sie Malerin sind.'

,Ich male schon seit vielen Jahren nicht mehr. Ich habe es aufgegeben. Genau genommen habe ich nie wirklich angefangen.' Der Blick ihrer grünen Augen wandte sich wieder mir zu. ‚Cavallino hat mir das Malen beigebracht, und als ich alles gelernt hatte, habe ich damit aufgehört.'

‚Warum?'

‚Ach, das ist alles schon so lange her. Tun Sie mir den Gefallen, und lassen Sie uns über etwas anderes reden.'

Ich mochte mich ihrer Bitte nicht verschließen, auch wenn ich damals nicht verstand, warum ihr dieses Thema unangenehm war. Ich überlegte einen Moment, dann fiel mir ein, dass mir schon seit unserem Wiedersehen in der Santissima Trinità eine Frage auf der Zunge lag.

Als ich jene Kirche betreten hatte, entdeckte ich Caterina schon bald, aber bevor ich mich ihr nähern konnte, sprach ein Geistlicher sie an. Er trug ein weißes Habit mit einem großen blauen Malteserkreuz auf der Brust und dazu einen schwarzen Umhang, was ihn als Angehörigen der Johanniter Chorherren auswies, zu deren Orden diese Kirche gehörte. Caterina war in die Betrachtung eines Bildes vertieft gewesen und erschrak heftig. Dann ergriff sie schnell die Hand des grauhaarigen Geistlichen und küsste sie, was der vergeblich zu verhindern versuchte.

Ich hatte mich außer Hörweite der beiden gehalten, um sie nicht zu stören. Angesichts ihrer ernsten

Mienen fragte ich mich, worüber sie wohl sprechen mochten. Ihre Unterhaltung dauerte nur wenige Minuten, dann bemerkte Caterina mich. Völlig grundlos fühlte ich mich ertappt, aber gleichzeitig schlug mein Herz höher, als unsere Blicke sich trafen.

Jetzt wechselte ich also das Thema und sagte: ‚Sie sprachen vorhin mit dem Priester sicher über den Einbruch in seine Kirche. Welch ein spektakulärer Kunstraub! Sogar die ausländischen Zeitungen berichteten darüber. Ein Altarbild in dieser Größe zu stehlen! Eine Holztafel, die fünf Meter in der Höhe und fast zwei fünfzig in der Breite misst! So etwas mitten in Venedig unbemerkt aus einer Kirche zu entwenden, ist eine echte Meisterleistung. Selbst bei Nacht.‘

‚Messen Sie die Qualität eines Gemäldes in Zentimetern?‘ Ihre grünen Augen funkelten zornig. ‚Wissen Sie überhaupt, was auf dem Bild dargestellt ist?‘

Das eine oder andere Mal hatte Caterina mich bereits mit dem unerwarteten Aufblitzen ihrer Angriffslust überrascht, ja, ich muss sogar sagen, erschreckt. Und es war wirklich wie ein Blitz aus heiterem Himmel, plötzlich und unvermittelt, aber meist ebenso schnell wieder vorbei. Vielleicht reagierte ich auch nur so empfindlich auf alles, was sie tat und was sie sagte, weil sie mir inzwischen so unendlich viel bedeutete. Und das, wo wir uns doch erst seit ein paar Tagen kannten. Oder vielleicht sogar gerade deswegen?

Sie werden lachen, wenn ich sage, dass ich mich ein wenig wie ein Hund gegenüber seinem Herrn verhielt. Immer darauf bedacht, jede Äußerung, jede Geste und jedes auch noch so kleine Zeichen zu bemerken. Dabei hätte ich, anders als ein Hund, die Freiheit gehabt, all das zu ignorieren. Aber ich war verliebt in diese Frau. Verliebt? Nein, diese Formulierung ist viel zu banal. Ich liebte diese Frau mit jener Liebe, von der der Dichter sagt, sie sei wie Luzifer vom Himmel herabgeschleudert worden.

Aber zurück zu jenem Gespräch.

‚Eine Madonna mit Kind‘, antwortete ich auf ihre Frage und kam mir dabei ein wenig lächerlich vor. Wie ein kleiner Junge in der Schule. ‚Außerdem ist sie von verschiedenen Heiligen umgeben, ich weiß aber nicht mehr von welchen. Und gemalt hat es Giovanni Bellini.‘

Nachdem ich meine Antwort, wie ich fand, zufriedenstellend aufgesagt hatte, fragte ich: ‚Was meinte denn der Priester zu dem Diebstahl?‘

Caterina zuckte nur mit den Schultern.

‚Wir haben nicht darüber gesprochen. Wir sprachen über Bonfiglio. Wir kannten ihn beide, Don Vincenzo und ich.' Und dann erzählte sie mir von Bonfiglios Tod, seinem schlechten Ruf und der anstehenden Trauerfeier in San Geremia. Schließlich stand sie auf. ‚Wollen wir noch einen kleinen Spaziergang machen? Die Sonne geht bald unter.'

Wir verließen die Bar und gingen Richtung Lagune und dann am Wasser auf den Fondamente Nove entlang. Es war erst vier Uhr, aber der Tag neigte sich bereits seinem Ende zu. Der Himmel war immer noch wolkenlos und von winterlich fahlem Blau, aber die Fondamente lagen bereits im langen Schatten der Häuser, die links von uns aufragten. Nur zur Rechten, in der Lagune, leuchtete in einiger Entfernung immer noch die Friedhofsinsel San Michele mit ihren roten Mauern und dem Grün der Bäume im Licht der tief stehenden Sonne. Die Oberfläche des Wassers bewegte sich kaum. Es war völlig windstill, und es wurde jetzt zunehmend kühler.

Wir erreichten die Stelle, wo die Fondamente Nove abrupt enden. Eine Weile standen wir unschlüssig da und blickten auf das dunkle Wasser der Sacca de la Misericordia.

‚Ich muss fort', sagte Caterina.

‚Wann sehen wir uns wieder?'

‚Ich weiß nicht. Wohnen Sie immer noch in der Locanda San Basegio? Ja? Ich melde mich bei Ihnen.'

Im nächsten Augenblick machte sie kehrt, und als sie nach wenigen Schritten rechts in eine Passage einbog, war sie aus meinem Blickfeld verschwunden. Keine Menschenseele war mehr weit und breit zu sehen.

Ich blieb noch eine Weile am Ende der Fondamente stehen. Ich wollte nicht den Eindruck erwecken, ihr hinterherzuspionieren.

Nach ein paar Minuten machte ich mich ebenfalls auf den Weg und bog in dieselbe Gasse ein wie Caterina. Auch dort war jetzt kein Mensch zu sehen. In der schmalen Häuserschlucht hallten meine Schritte ungewöhnlich laut. Ich blieb stehen und horchte, ob da noch etwas anderes war. Vergeblich. Niemand schien hinter den Mauern um mich herum zu sein. Oder hielten sie, wie ich, inne, um zu lauschen?

Ich ging bis zum Ende der langen Passage. Schließlich erreichte ich den nächsten Kanal. Ich überlegte, ob Caterina über die Brücke weiter geradeaus oder nach links am Kanal entlang gegangen war. Mit einem Schulterzucken entschied ich mich für geradeaus und gelangte so nach einer Weile auf die Strada Nova, Venedigs Einkaufsmeile. Dort herrschte auch jetzt im Winter und während der Abenddämmerung reger Betrieb.

In einer Weinbar machte ich Halt und bestellte am

Tresen einen Prosecco und ein paar von den kleinen Snacks, die man, wie Sie sicher wissen, in Venedig Cicchetti nennt.

Ich setzte mich in eine Ecke. Dort stand ein Klavier, das ich hier völlig fehl am Platz fand. Ich genoss die Wärme in der kleinen Cantina. Erst jetzt merkte ich, wie durchgefroren und hungrig ich war. Seit dem Frühstück im Hotel in Bologna hatte ich nichts mehr gegessen. Ich verschlang die Häppchen und spülte sie mit dem Wein hinunter. Dann lehnte ich mich entspannt zurück. Mir gefiel der Trubel hier und die lauten Stimmen. Ich hatte das stille Venedig hinter mir gelassen und war im lauten und vergnügten Venedig angekommen.

Was ich aber noch längst nicht hinter mir gelassen hatte, waren die Gedanken an Caterina. Sie summten wie ein Schwarm Hornissen in meinem Kopf herum, und ich konnte sie einfach nicht dazu bringen, sich in Reih und Glied zu bewegen. Sätze, die Caterina gesagt hatte, drängten sich in den Vordergrund. Sie verschwanden und machten anderen Sätzen Platz. Nebulöse Ahnungen stiegen auf, die mein Herz schneller schlagen ließen. Aber auch die wurden schnell wieder zu einem Teil des wild dahin jagenden Schwarms. Und dann sah ich das Bild von Guido Reni wieder vor mir. Die Darstellung des Evangelisten Matthäus und eines Engels. Wegen dieses Gemäldes hatte ich mich an jenem Tag mit Caterina in Santissima Trinità getroffen.

‚Es erinnert ein wenig an seinen *Hieronymus mit Engel*, den ich gestern in Bologna gesehen habe‘, hatte ich zu ihr gesagt, nachdem wir das Bild eine Weile schweigend betrachtet hatten. ‚Da ist der Heilige, der in sein Buch schreibt, da ist der Engel, der ihm etwas erzählt, ja, wer weiß, vielleicht sogar etwas diktiert. Sehen Sie. Sogar die Haltung der Finger des Engels ist identisch, Daumen und Zeigefinger der Rechten umfassen den ausgestreckten Zeigefinger der Linken. Wie bei dem *Hieronymus*.‘

Sie machte eine wegwerfende Handbewegung. ‚Das ist nichts Besonderes. Auch Caravaggios Engel umfasst seinen linken Zeigefinger auf diese Weise, als er zu Matthäus spricht. Und der von Domenichino auch. Aber sehen Sie denn nicht den Unterschied zum *Hieronymus mit Engel*?‘

‚Doch, doch‘, beeilte ich mich zu sagen. ‚Es ist ein ganz anderer Stil. Die Darstellung von Licht und Schatten ist hier eindeutig von Caravaggio beeinflusst. Der *Hieronymus* hingegen erinnerte mich mit seinen leuchtenden Farben eher an die Malerei der Renaissance.‘

‚Aber so schauen Sie doch auf den Engel!‘, erklärte

Caterina ungeduldig, und wären wir nicht in einer Kirche gewesen, hätte sie jetzt möglicherweise mit dem Fuß aufgestampft. ‚Hieronymus muss zu dem Engel, der majestätisch über ihm schwebt, aufsehen. Matthäus hingegen beugt sich zu ihm herab, denn der Engel schwebt nicht, er steht vor ihm und ist viel kleiner als Matthäus. Hieronymus' Engel ist der mächtige Bote des noch viel mächtigeren Gottes. Zu ihm kann Hieronymus nur ehrfürchtig aufblicken. Matthäus' Engel hingegen steht für jenen Gott, der sich klein und schwach zeigt und so den Menschen lieben und sich seiner erbarmen kann.'

Dass Caterina solch eine religiöse Seite besaß, war genauso neu und überraschend für mich wie ihre Vergangenheit als Malerin. All das ging mir nun durch den Kopf, und das nicht nur, während ich in der Cantina meinen Wein trank. Den ganzen Rest des Tages und auch in der Nacht fand ich keinen Frieden. Ich schlief unruhig, von Träumen geplagt und wurde immer wieder wach. Schließlich stand ich lange vor Tagesanbruch auf.

Es war halb sechs. Um diese Zeit konnte ich in der Locanda noch kein Frühstück bekommen. Also machte ich einen Spaziergang.

Venedig war in nächtliches Dunkel gehüllt, nur vom Licht der Straßenlaternen erhellt. Es war trocken und windstill, jedoch bitterkalt. Ich fror, aber ich mochte nicht umkehren und mir etwas Wärmeres anziehen. Irgendwann kam ich zu einer kleinen Bar, die bereits geöffnet hatte. Ich nutzte die Gelegenheit, mich mit einem Cappuccino ein wenig aufzuwärmen.

Die anderen Gäste waren offensichtlich Venezianer. Für sie hatte der Arbeitstag entweder schon längst begonnen, und sie machten hier eine kleine Pause, oder sie waren auf dem Weg zur Arbeit. Es waren ausschließlich Männer, und sie unterhielten sich mit lauten Stimmen in einer Sprache, die ich für *Venesiàn* hielt, den Dialekt der Venezianer, und wovon ich praktisch kein Wort verstand. Dröhnendes Lachen begleitete die Unterhaltung. Sie schienen sich alle untereinander zu kennen. Möglicherweise kamen sie jeden Morgen um diese Zeit auf einen Caffè hier herein. Jeder von ihnen füllte in dieser Gruppe scheinbar eine bestimmte Rolle aus, und ich glaubte schon nach wenigen Minuten, das Spiel zu durchschauen. Es gab keinen Zweifel, dass jeder die ihm zugefallene Rolle gerne spielte, niemand war Außenseiter, selbst jener, gegen den sich der Spott der anderen in der Hauptsache richtete, akzeptierte das ohne erkennbaren Groll.

Als mehrere von ihnen die Bar verlassen hatte, wurde es ruhiger. Die Verbliebenen unterhielten sich in gedämpftem Ton miteinander, sodass mein Interesse an ihnen erlahmte. Was sollte ich nun anfangen? Ins Hotel zurückgehen? Gestern Abend hatte der Locandiere für mich in der Zeitung die Uhrzeit der Trauerfeier für Bonfiglio nachgeschlagen. Warum hatte ich ihn eigentlich danach gefragt? Wollte ich hingehen in der Hoffnung, Caterina dort zu sehen?

Als ich die Bar verließ, war der Tag angebrochen, ohne dass es richtig hell geworden wäre. Der Himmel war unsichtbar. Über der Stadt lag ein tristes, milchiges Grau. Die Spitzen der Kirchtürme waren nur noch verschwommen zu sehen. Ich wusste, in welche Richtung ich mich wenden musste, um zur Kirche San Geremia zu gelangen.

Ich kam dort lange vor Beginn der Trauerfeier an und stand eine Weile unschlüssig auf dem Platz vor der Kirche. Ich ging schließlich in Richtung des Canal de Cannaregio weiter. Als ich den Kanal überquerte, sah ich an einer Anlegestelle, dort, wo sich auf der Wasserseite ein zweites Portal der Kirche befindet, ein Boot, das einem Wassertaxi ähnelte. Aber wo sich sonst die Kabine für die Fahrgäste befand, war eine offene Fläche mit einem Podest, auf dem ein mit Blumen geschmückter Sarg ruhte. Etliche Zuschauer beobachteten, wie der Sarg von vier kräftigen und feierlich gekleideten Männern vom Boot geholt wurde. Ein schmaler Weg am Kanal entlang führte dorthin, also gesellte ich mich zu den Schaulustigen.

Der Sarg ruhte auf einem etwa einen Meter hohen Metallgestell mit kleinen Gummirädern und die Männer rollten ihn Richtung Kirche. Hier und da trat jemand kurz vor, als der Sarg in seine Nähe kam, und berührte ihn flüchtig mit der Hand, um von dem Toten Abschied zu nehmen. Oben auf den Stufen vor dem Portal stand ein Geistlicher und besprengte den Sarg mit Weihwasser, dann ging er voraus in die Kirche, und die vier Männer hoben den Sarg an und trugen ihn die Stufen empor hinter dem Priester her. Von den Umstehenden schlossen sich etliche der kleinen Prozession an, andere wandten sich ab und verließen den kleinen Platz, und ich war einer von ihnen.

Ich wollte zum Haupteingang der Kirche zurück und dort die ankommenden Trauergäste beobachten. Sicher waren auch schon einzelne durch diesen Eingang hineingegangen, aber da es noch fast eine Viertelstunde bis zum Beginn der Feier war, würden die meisten sicher erst noch kommen.

Ich war kaum wieder auf dem Campo San Geremia, da näherte sich von gegenüber Caterina. An ihrer Seite ging ein Mann, der deutlich älter war als sie. Sie überquerten den Platz, ohne ein Wort oder einen Blick zu wechseln, so, als würden sie nur zufällig nebeneinander hergehen, und betraten dann die Kirche.

Einen Moment lang registrierte ich einfach nur, was sich vor meinen Augen abspielte, dann wurde mir klar, dass ich gerade den Mann gesehen hatte, mit dem Caterina verheiratet war. Ich weiß nicht, woher diese plötzliche Eingebung rührte, allein, es gab für mich keinen Zweifel, und später sollte sich herausstellen, dass ich mich nicht geirrt hatte.

Menschen lösten sich einzeln, paarweise, in kleinen Grüppchen aus dem Strom der Passanten, der den Platz diagonal überquerte, und strebten dem Eingang der Kirche entgegen. Nach einigem Zögern folgte ich ihnen.

Das Innere des klassizistischen Baus war hell und gleichzeitig nüchtern, und an einem trüben Tag wie diesem wirkte es so grau und trist wie die Welt draußen. Aber das nahm ich nur am Rande wahr.

Ich setzte mich weiter hinten in der Nähe des Eingangs. Von dort aus konnte ich viele der Anwesenden beobachten, denn der Grundriss der Kirche war ein griechisches Kreuz, und die Bänke und Stühle waren entsprechend in einem Halbkreis um den Mittelpunkt dieses Kreuzes angeordnet. Diese Mitte bildete heute der geschmückte Sarg des Arcangelo Bonfiglio.

Ich hatte Caterina schnell entdeckt. Sie saß in dem Block zur Linken des Altars. Sie hielt den Kopf gesenkt, als würde sie beten.

Ich fasste den Mann neben ihr ins Auge. Trotz seines Alters, das ich damals auf Mitte sechzig schätzte, und seiner vollständig ergrauten Haare war er eine stattliche Erscheinung. Er hatte ein kantiges, glattrasiertes Gesicht mit einer auffälligen Nase. Dieses Gesicht war zu einer reglosen Trauermiene erstarrt und der Blick auf den Sarg gerichtet. Dann bemerkte ich zu seiner Linken einen Mann, der auf ihn einredete, unauffällig und sicher leise, wie es sich in einer solchen Situation gehörte, aber nahezu ohne eine Pause zu machen. Dieser Mann war noch einmal um etliches älter als Caterinas Begleiter. Selbst auf so große Entfernung erkannte ich, dass er ein Greis war.

Jetzt legte der Alte seine Hand auf den Unterarm seines Nachbarn, wie um seinen Worten Nachdruck zu verleihen, aber der sah ihn nur kurz an und kehrte dann, ohne ein Wort erwidert zu haben, zu seiner Betrachtung des Sargs zurück. Der Alte hörte nicht auf zu reden. Seinen Gesten glaubte ich entnehmen zu können, dass er über den Toten sprach, aber vielleicht habe ich mich auch geirrt.

Ich weiß bis heute nicht, wer dieser Mann war. Ich habe Caterina später einmal nach ihm gefragt, aber sie hat mir nur eine ausweichende Antwort gegeben. Ich bin jedoch überzeugt, dass sie und ihr Mann ihn kannten.

Vom Ablauf der Trauerfeier habe ich nicht viel mitbekommen. Selbst wenn ich besser Italienisch gekonnt hätte, es wäre mir einfach nicht gelungen, meine Gedanken beisammen zu halten.

Ich beobachtete Caterina und unvermittelt fiel mir wieder jener Augenblick ein, als ich die Stufen hinabstürzte und ihr gleichsam in die Arme fiel. Die Erinnerung daran trieb mir auch an jenem Tag noch das Blut in die Wangen. Ich hatte mir eingebildet, wie ein alter Seebär den Wellen trotzen zu können, und war gar nicht auf die Idee gekommen, mich am Handlauf festzuhalten. Das Boot schwankte heftig im unberechenbaren Wellengang. Im Fallen versuchte ich, Halt zu finden, aber ich griff ins Leere und stürzte nach vorne. Es war einer jener kleinen, aber schnellen Wasserbusse, die die Venezianer auch als Motoscafi bezeichnen und die nur auf den Linien um die Insel herum eingesetzt werden. Vom Einstieg des Motoscafo führen drei Stufen hinunter zur Kabine. Weil schon eine Menge Fahrgäste an Bord waren, war ich auf der obersten Stufe stehen geblieben. Ja, und dann habe ich mein Gleichgewicht verloren, und am Fuß der Stufen stand Caterina. Klein und zierlich, wie sie war, gelang es ihr trotzdem, meinen Sturz aufzufangen. Sie können mir glauben, ich wäre angesichts meiner Ungeschicklichkeit am liebsten im Boden versunken, aber sie lachte nur. Ich durchsuchte mein bescheidenes Italienisch nach Worten, mit denen ich mich bei ihr entschuldigen konnte.

‚Sie sprechen sehr gut Italienisch‘, erwiderte sie lächelnd in fast akzentfreiem Englisch, nachdem sie dem gestammelten Bekenntnis meiner Reue mit der Langmut einer Lehrerin zugehört hatte. ‚Ich akzeptiere Ihre Entschuldigung. Anfangs dachte ich allerdings, Ihr Sturz wäre nur ein Vorwand gewesen, um mich kennenzulernen.‘

Ihnen brauche ich nicht zu erzählen, dass ich so etwas nie und nimmer tun würde, ja nicht einmal in der Lage bin, mir Derartiges in meiner Fantasie vorzustellen. Dennoch habe ich mich von ihr ertappt gefühlt und bin rot geworden.

‚Aber ich bitte Sie, nichts lag mir ferner.‘

‚Schade‘, meinte sie lachend.

Wir standen am Fuß der Stufen, und zwar so dicht beieinander, dass ich nicht wagte, ihr ins Gesicht zu sehen.

‚Wissen Sie, manchmal vergesse ich mein Alter.‘

Verwundert über ihre Worte überwand ich meine Scheu und schaute ihr ins Gesicht. Aber ich sah, um genau zu sein, eigentlich nur ihre grünen Augen und um die herum Schemen. Ich hätte gerne etwas Raum zwischen ihre und meine Augen gebracht, aber die

Wand hinter mir ließ das nicht zu. Sie war es, die zu meiner Überraschung den Blick zuerst abwandte, und das verunsicherte mich noch mehr. Eine Weile standen wir schweigend im Gang, dann erreichte das Boot die nächste Haltestelle, und etliche Fahrgäste stiegen aus. Eine Bank wurde frei.

‚Wollen wir uns nicht setzten?', fragte ich, und sie willigte ein. Ich überlegte, ob ich ein Gespräch über das Wetter oder über Venedig oder dergleichen beginnen sollte, aber ich fand, es wäre besser, nichts zu sagen als etwas so Banales. Also schwieg ich, und sie schwieg auch. Das Boot bog in den Kanal von Giudecca ein und arbeitete in der kabbeligen See. Auch damals war es ein grauer Tag mit einem wolkenverhangenen Himmel. Hier unter Deck spürten wir glücklicherweise nichts von dem bitterkalten Wind. Wir sahen auch nicht, was rings um das Boot vorging, denn von der Feuchtigkeit im Raum waren die Scheiben beschlagen.

Als die Haltestelle nahe dem Markusplatz nicht mehr weit war, räusperte ich mich und fragte: ‚Darf ich Sie zum Ausgleich für mein Missgeschick auf einen Kaffee einladen?', und ich wunderte mich, wie heftig mein Herz dabei schlug.

‚Einverstanden. Lassen Sie uns ins *Caffè Florian* gehen', erwiderte sie schlicht. Es war, als hätte sie nichts anderes als genau diese Frage von mir erwartet.

Bisher hatte ich das berühmte Café auf dem Markusplatz gemieden, weil ich mir sagte, es sei ein Ort, wo ausschließlich Touristen verkehrten. Ich hatte mich geirrt. Vielleicht war es auch nur im Winter anders. Niemand saß an den Tischen vor dem Café, und auch wir gingen hinein. Die Ausstattung im Stil des 19ten Jahrhunderts mit all dem Plüsch, dem Gold und den Spiegeln beeindruckte mich.

Wir passierten einen Kellner in einem strahlend weißen Jackett mit einer schwarzen Fliege, der Caterina lächelnd begrüßte. Offensichtlich war sie hier bekannt.

Sie bestellte sich, ohne lange zu überlegen, einen Cappuccino und eine Frittella Venexiana und eine Frittella mit Zabaione. Ich folgte ihrem Beispiel, obwohl ich damals noch nicht wusste, was Frittelle sind. Ich war zum ersten Mal in der Karnevalszeit in Venedig.

Caterina saß auf der mit rotem Plüsch bezogenen Bank unter einer Malerei, die eine Harfe spielende Frau darstellte. Jetzt, wo sie ihren gut gefütterten Mantel abgelegt hatte, wirkte sie auf mich zierlich, ja, geradezu zerbrechlich. Sie schien in meinen Augen zu lesen, was ich dachte, denn sie richtete sich auf, nahm die Schultern zurück, wie um größer und kräftiger zu wirken.

Sie nippte an ihrem Cappuccino und meinte dann mit fast so etwas wie Wehmut in der Stimme: ‚Nun haben Sie doch meine Bekanntschaft gemacht, obwohl Sie es nicht wollten.‘

Was sollte ich antworten? Ich hätte mich auf ihren spöttischen Tonfall einlassen und versuchen können, etwas Geistreiches zu erwidern. Aber ich war ihr bereits hoffnungslos verfallen. Denken Sie jetzt bitte nicht, ich wäre wie ein alter Trottel irgendeiner hübschen, jungen Larve auf den Leim gegangen. Caterina war kein junges Mädchen mehr. Damals schätzte ich sie auf Anfang oder Mitte dreißig, später erfuhr ich, dass sie wie ich um die Vierzig war. Auf den ersten Blick sah sie recht unscheinbar, um nicht zu sagen gewöhnlich aus. Es waren ihre grünen Augen, die mich fesselten. Nicht weil sie grün waren. Nein. Es war eher diese leise Traurigkeit, die aus ihnen sprach und die mich gefangen nahm. Aber das alles waren für mich damals im *Caffè Florian* nur sehr diffuse Eindrücke. Ich antwortete also recht einfältig:

‚Ich weiß diese Bekanntschaft durchaus zu schätzen, aber leider kenne ich bisher noch nicht einmal Ihren Namen.‘

Es war arg unhöflich, das zu sagen, ohne zuvor den eigenen Namen zu nennen, aber ich war mir nicht sicher, ob ich mich mit dem Vornamen oder dem Familiennamen vorstellen sollte. Sie löste mein Problem, indem sie schlicht sagte:

‚Caterina.'

Ich nannte nun auch meinen Vornamen, und mein Herz schlug wieder heftig. Wir waren ja keine alten Bekannten, die sich wie selbstverständlich mit dem Vornamen anredeten. Wir waren Fremde. Wir kannten nicht den Familiennamen des anderen. Dieses Gemenge aus Anonymität und Vertrautheit erzeugte ein prickelndes Gefühl von Heimlichkeit, ja Komplizenschaft. Was von nun an zwischen uns geschah, spielte sich in einer ganz besonderen Sphäre ab.

Selbstverständlich hätte alles auch an diesem Nachmittag enden können. Als wir uns später vor dem *Caffè Florian* voneinander verabschiedeten und uns in entgegengesetzte Richtungen entfernten, stand es uns beiden frei, ein Wiedersehen zu vermeiden. Ihr stand es frei, und mir stand es frei. Dennoch haben wir uns am nächsten Tag wiedergesehen. So, wie wir es verabredet hatten.

Ich habe lange darüber nachgedacht, warum sie zu unserer Verabredung in der Galerie der Akademie gekommen ist. Wenn ich jetzt sage, dass es wohl an mir lag, denken Sie möglicherweise, ich hielte mich für eine Art Don Juan. Nein, was ich damit sagen will, ist, dass sie vom ersten Augenblick an in mir einen Menschen gesehen hat, dem Oberflächlichkeit fremd ist. Vielleicht kann man mich schwermütig nennen, obwohl ich kein Grübler und kein Pessimist bin. Schwermütig eher in dem Sinn, dass meine Gefühle tief und beständig sind. Ich bin sicher, dass sie das sofort erkannt hat, damals, als wir im Motoscafo zusammenstießen, und aus einem Grund, den ich auch heute immer noch nicht weiß, war es das, was sie damals brauchte. Sie hat es vielleicht nicht bewusst gesucht, aber sie sich darauf eingelassen.

Ich habe mich später auch immer wieder gefragt, was passiert wäre, wenn ich von Anfang an von Caterinas Ehe gewusst hätte. Hätte ich mich dann auch in sie verliebt? Kann der Verstand dieses mächtige, dieses geheimnisvolle Gefühl ersticken, bevor es sich entfaltet, im Keim ersticken wie ein Feuer? Wenn ich ihren Ehering gesehen hätte, wer weiß, was dann geschehen wäre. Oder was alles nicht geschehen wäre. Aber sie trug Handschuhe. Wegen der Kälte.

Andererseits hätte ich natürlich damit rechnen müssen, dass eine ansprechende Frau in ihrem Alter längst ihren Platz im Leben gefunden hat, einen Partner, ein Heim, Kinder, eine Aufgabe. Aber selbst wenn, hätte es einen Unterschied gemacht? Nein, ich bin sicher, wenn man dem Menschen begegnet, dem man bestimmt ist und der einem bestimmt ist, dann kann nichts und niemand verhindern, was geschieht. Alles muss dann eintreffen mit der Zwangsläufigkeit einer Naturkatastrophe.

Sie fragen sich wahrscheinlich, wie ich dazu komme, derart dummes Zeug zu reden. Wenn Sie mich für einen romantischen Narren halten, nehme ich Ihnen das nicht übel, und es fällt mir schwer, etwas dagegen vorzubringen. Die Begegnung mit Caterina löste etwas in mir aus, gegen das ich machtlos war. Es war schön, es war berauschend, und es schmerzte. Ja, auch das. Es war, wenn Sie mir diesen albernen Vergleich erlauben, wie ein schmackhaftes, aber scharf gewürztes Essen.

Ich konnte mich an jenem Tag nicht mehr erinnern, warum ich eigentlich zum Markusplatz fahren wollte, und so wanderte ich nach der Begegnung mit Caterina ziellos umher durch schmale, düstere Gassen, bis ich plötzlich auf dem kleinen Platz vor der Kirche San Giovanni in Bragora stand. Ich wusste von einem bedeutenden Bild Cima da Coneglianos dort und betrat die Kirche.

Schon vom Eingang aus leuchteten mir vom anderen Ende des Raumes, von hinter dem Altar, die freundlichen, überwiegend blauen Töne seines Bildes entgegen. Es zeigte die Taufe Christi. Ich stand vor dem Aufgang zum Altar, dort, wo eine rote Kordel zwischen zwei goldenen Ständern den Besucher aufforderte, dem heiligen Raum fernzubleiben, und ließ mich von Cimas Gemälde gefangen nehmen. Während Johannes die kleine Schale mit dem Taufwasser über den Kopf Christi hielt, war dessen Blick auf den Betrachter des Bildes gerichtet. In diesem Blick, mit dem Christus mich ansah, eröffnete sich mir ein neues, ein viel tieferes Verständnis der Taufe. Vielleicht erscheint Ihnen der Gedanken wie eine Blasphemie, aber war ich an jenem Tag nicht auch in etwas Neues hineingetauft worden? Die gütigen Augen Christi hielten mich an jenem Tag förmlich gefangen.

All das ging mir nun durch den Kopf, während die Trauerfeier für Bonfiglio ihren Fortgang nahm.

Ich ließ meinen Blick durch die Kirche und über die anderen Besucher schweifen und entdeckte den alten Maler Cavallino, Caterinas Lehrer, der uns am Tag zuvor begegnet war.

Dann machte ich in der Menge noch ein anderes bekanntes Gesicht aus. Nicht weit von mir saß der Priester, mit dem sich Caterina in Santissima Trinità unterhalten hatte. Mich durchfuhr es siedend heiß. Er beobachtete mich. Kein Zweifel. Vielleicht schon länger. Unsere Blicke trafen sich kurz. Hatte er mich mit Caterina in seiner Kirche gesehen und bemerkt, dass wir zusammen gegangen waren? Mir fiel ein, dass Caterina gesagt hatte, Bonfiglio sei ein gemeinsamer Bekannter von ihr und dem Priester gewesen. Ein Priester und ein Kunsthändler, der in dunkle Geschäfte verwickelt war? Was hatten die miteinander zu schaffen?

Am Ende der Trauerfeier verließen etliche Menschen die Kirche durch das Portal zum Campo San Geremia hin, andere blieben zurück, vielleicht, um dem Sarg durch den Ausgang zum Kanal hin zu folgen. Draußen würde er wieder an Bord des Motorbootes aufgebahrt und dann zur letzten Ruhe auf die Friedhofsinsel San Michele gebracht werden.

Ich war einer der Ersten, die die Kirche verließen, und stand dann am Rand des Platzes mit dem Rücken zum Ausgang und tat so, als würde ich die Fassade des Palazzo Labia studieren. Aber mir entging nicht, wie Caterina und die beiden Männer aus der Kirche kamen und sich in Richtung des Bahnhofs entfernten.

Ich weiß nicht mehr, ob es von Anfang an meine Absicht war oder ob es eine spontane Eingebung war, jedenfalls zögerte ich keinen Moment, ihnen in einigem Abstand zu folgen. Im Gewühl hätte ich sie beinahe aus den Augen verloren, und ich beschleunigte meine Schritte.

Vor der Scalzikirche blieben sie stehen, wechselten

noch ein paar Worte und trennten sich dann. Der alte Mann entfernte sich über die Brücke, Caterina und ihr Begleiter, den ich von nun an bei seinem Namen nennen will, auch wenn ich den erst später erfuhr, nämlich Cristoforo Palese, gingen zur Anlegestelle der Wassertaxis. Sie stiegen in eines der Boote und verschwanden nach einer kurzen Anweisung an den Bootsführer in der Kabine. Das Taxi legte ab und kaum hatte es Fahrt aufgenommen und die Mitte des Canal Grande erreicht, ging ich hastig an Bord eines anderen Bootes. Ich hoffe, Sie werden mich jetzt nicht auslachen, aber mir fiel nichts Besseres ein, als zu dem Mann am Steuer zu sagen:

‚Folgen Sie dem Taxi dort!‘

Er verzog keine Miene und demonstrierte die Weltgewandtheit venezianischer Taxichauffeure, indem er schlicht *Aye aye, Sir* antwortete.

Caterina und ihr Mann ließen sich in Richtung San Marco fahren. Mein Taxi folgte in gebührendem Abstand. Wir kamen an San Geremia vorbei, wo nur noch eine Handvoll Menschen dabei zusah, wie Bonfiglios Sarg an Bord des Motorboots geschafft wurde.

Eine Weile fuhren wir in mäßigem Tempo den Canal Grande entlang, aber schon kurz hinter der Kirche San Stae, also weit vor der Rialtobrücke, bog das andere Taxi in einen Seitenkanal ein. Wir folgten.

Der Kanal war so schmal, dass nur Fahrzeuge, die nicht viel breiter waren als ein Taxi, aneinander vorbeifahren konnten und das auch nur dort, wo niemand sein Boot am Rand des Kanals festgemacht hatte. Die Gebäude ragten unmittelbar zu beiden Seiten des schmalen Kanals zwei, drei, ja manchmal sogar vier Stockwerke in die Höhe. Das unterste Stockwerk wirkte bei den meisten völlig verwahrlost, selbst bei den Häusern, die vom darüber liegenden Geschoss an recht gepflegt aussahen. Zwei oder drei Mal tasteten wir uns unter Brücken hindurch, die mir bedrohlich niedrig erschienen.

Schließlich stoppte das andere Taxi. Von der Kabine, in die ich mich vorsichtshalber zurückgezogen hatte, rief ich dem Führer meines Taxis sotto voce zu, er möge halten.

Zwischen zwei stattlichen Gebäuden gab es eine Lücke, die den Beginn einer Passage darstellte, die wer weiß wohin führen mochte. Der Ort eignete sich sehr gut zum Ein- und Aussteigen, und tatsächlich verließen Caterina und Cristoforo Palese hier ihr Boot.

Als das andere Taxi sich wieder in Bewegung setzte, fuhren auch wir auf mein Zeichen hin weiter. Ich starrte angespannt in die schmale Passage hinein, als wir sie passierten. Nur eine Sekunde lang dauerte es, aber es reichte, um im Halbdunkel des ansonsten menschenleeren Durchgangs jene zwei Personen wahrzunehmen, die einige Meter vom Kanal entfernt vor einem Eingang standen und im Begriff waren, jenes Haus zu betreten. Ich hatte also herausgefunden, wo Caterina wohnte. Dessen war ich mir sicher. Ich blickte zurück, und einen Moment lang sah ich ein Gebäude mit einer roten Fassade und einem leicht hervorspringenden Balkon im zweiten Stock, dann war es aus meinem Blickfeld entschwunden.

Wir gelangten bald zu einem breiteren Kanal, und der Bootsführer sah mich fragend an. Ich nannte ihm den Namen der Locanda, wo ich wohnte. Sie lag zwar nicht an einem Kanal, aber ich war sicher, dass ein Taxifahrer wissen würde, wie er dem Ziel möglichst nahe kommen könnte. Meine Vertrauensseligkeit sollte ich schon bald bereuen. Weil ich dem Taxifahrer verriet, wo ich wohnte, war es für die Polizei später ein Leichtes, mich ausfindig zu machen.

Das Boot bog nach links in den breiten Kanal ein, und schon nach wenigen Minuten hatten wir den Canal Grande erreicht. Von der Rialtobrücke war nichts zu sehen. Ich hatte ein wenig die Orientierung verloren, vermutete aber, dass wir die Brücke auf den kleineren Kanälen umfahren und bereits hinter uns gelassen hatten, aber sicher war ich mir nicht. Dabei bemühte ich mich, mir jede Einzelheit unserer Fahrt zu merken, um später auf einem Stadtplan nachvollziehen zu können, wo Caterina wohnte. Es musste irgendwo im Stadtteil San Polo sein, so viel war sicher.

Vielleicht werden Sie sich fragen, warum ich mich nach zwanzig Jahren noch so gut an all diese Einzelheiten erinnern kann. Als ich zu erzählen begann, habe ich auch nicht geahnt, was in meinem Gedächtnis alles noch schlummert. Aber während ich rede, steigen immer mehr und mehr Erinnerungen in mir hoch. Ereignisse, die ich glaubte, vergessen zu haben, sehe ich jetzt wieder mit aller Deutlichkeit vor mir. Es ist, als hätte ich sie erst gestern erlebt.

Auch jener triste Wintertag ist mir wieder ganz präsent. Trist war er nicht nur wegen des Wetters und der Trauerfeier, sondern vor allem wegen Caterinas Begleiter. Ich war mir inzwischen völlig sicher, dass die beiden miteinander verheiratet waren. All meine geheimen, nicht einmal mir selbst eingestandenen Hoffnungen und Träume waren Ikaros gleich in die Tiefe gestürzt. Ich hatte zu hoch hinaus gewollt. Düsteren Gedanken hing ich nach, während ich in der Locanda San Basegio beim Mittagessen saß. Es fiel mir schwer, das Essen, das wie immer exzellente venezianische Küche war, zu würdigen, ja, ich habe wohl nicht einmal wirklich wahrgenommen, was ich aß.

Nach dem Essen ging ich hinauf in mein Zimmer, um zu überlegen, was ich nun tun sollte. Gab es überhaupt noch irgendetwas zu tun für mich, außer mich zu verneigen und nach diesem ebenso kurzen wie peinlichen Auftritt die Bühne zu verlassen? Dann fiel mir Bruegels Bild vom Absturz des Ikaros ein. Die Erinnerung daran, wie das fatale Ereignis dort in einer davon gänzlich unbeeindruckten Welt geschieht, tröstete mich. Ich hörte auf, mich zu bemitleiden. Im Nu hatte ich einen Stadtplan hervorgekramt, um anhand meiner Erinnerung zu bestimmen, wo sich dieses Haus mit der roten Fassade, vor dem ich Caterina und ihren Begleiter gesehen hatte, befinden mochte. Es konnte nur irgendwo nördlich des Campo San Polo sein.

Ohne lange zu zögern, machte ich mich auf den Weg. Inzwischen hatte es angefangen zu regnen. Es war ein feiner, durchdringender Regen, in den sich auch ein wenig Schnee mischte. Der Tag wirkte jetzt noch grauer als am Vormittag. Ich hatte einen Regenschirm mitgenommen, was allerdings nicht verhinderte, dass ich nach einiger Zeit nasse Füße hatte. Unbeirrt davon eilte ich Richtung San Polo. Nachdem ich die Frarikirche hinter mir gelassen hatte, überquerte ich einige Zeit später einen Kanal, und als ich mich auf der Brücke umsah, gab es für mich keinen

Zweifel. Genau unter dieser Brücke war das Taxi hindurch gefahren. Ich war also auf dem richtigen Weg. Als ich schließlich den Campo San Polo erreicht hatte, war es nicht schwer, die Gasse zu finden, wo vor ein paar Stunden Palese und Caterina von Bord des Taxis gegangen waren.

Leider war das auch schon alles, was ich erreichte. Auf der Seite, wo ich die beiden vor einer Tür hatte stehen sehen, waren zwei Eingänge. Da waren Klingelknöpfe und Namensschilder, aber da ich damals den Namen Palese noch nicht kannte, half mir das nicht weiter.

So stand ich nun im Regen und mit nassen Füßen und fragte mich, was ich hier eigentlich wollte. Ich ließ meinen Blick über die Fassaden schweifen, und obwohl es bereits dämmerte, konnte ich nirgendwo ein erleuchtetes Fenster entdecken. Irgendwo hinter diesen Mauern lebte Caterina. Sie wird es wenigstens warm und trocken haben, sagte ich mir. Eine Weile blieb ich unschlüssig stehen, dann sah ich ein, dass es keinen Sinn machte, hier auszuharren und entfernte mich etwas beklommen.

Ich wanderte noch lange Zeit durch das mittlerweile dunkle Venedig mit nicht minder dunklen Gedanken. Ich achtete nicht auf den Regen, auch nicht auf meine nassen Füße und die mittlerweile ebenfalls durchnässten Enden meiner Hosenbeine. Als ich endlich wieder in der Locanda ankam, war es bereits Zeit für das Abendessen. Ich wollte in mein Zimmer hinaufgehen, um mir trockene Sachen anzuziehen, als ich von der Tochter des Locandiere aufgehalten wurde.

‚Guten Abend, Signore, ich habe eine Nachricht für Sie.‘ Sie reichte mir einen Zettel. ‚Eine Dame hat angerufen und gebeten, Ihnen dies mitzuteilen.‘

Diese Botschaft konnte nur von Caterina sein. Das junge Mädchen lächelte verschmitzt, und die Situation war mir peinlich. Ich eilte in mein Zimmer, ohne den Zettel zuvor zu lesen. Erst dort faltete ich das Blatt auseinander.

Wir sehen uns morgen, S.T., 11 Uhr.

Mehr stand nicht auf dem Zettel. Mit S.T. war zweifellos die Kirche Santissima Trinità gemeint, wo ich mich auch gestern schon mit ihr getroffen hatte. Im ersten Augenblick klopfte mein Herz vor freudiger Aufregung, aber dann traf mich wie ein Schlag die Erinnerung an ihren Begleiter. Ich wollte mich setzen, um nachzudenken, wurde mir jedoch wieder meiner nassen Sachen bewusst und begann sie auszuziehen.

‚Du erkältest dich sonst‘, sagte ich mir und erschrak, denn ich hatte laut mit mir selbst gesprochen. Das ernüchterte mich ein wenig, und ich beschloss, das Nachdenken auf später zu verschieben. In trockenen Sachen ging ich zum Essen hinunter. Um also den Kopf freizubekommen, nahm ich mir vor, mich ganz und gar den Kochkünsten der Locandiera hinzugeben. Ich erlaubte mir nicht, an Caterina oder an wen auch sonst immer zu denken, ich wollte nur hier in der Locanda San Basegio und in der Gegenwart sein. Mein ganzes Denken sollte dem Essen gelten, das die Locandiera für mich bereiten würde. Möglicherweise ist das der Grund, warum ich mich auch heute noch an alle Einzelheiten dieses Abendessens erinnern kann.

Die Locandiera war eine kleine rundliche Frau namens Maria, die immer wieder gern für einen Moment in der Tür ihrer kleinen Küche erschien, um einen Blick auf die Gäste zu werfen, vielleicht um abzuschätzen, ob auch alle mit dem Essen zufrieden waren, vielleicht auch einfach nur, um die Zahl der Menschen zu genießen, die sie mit ihrer Hände Arbeit zu erfreuen vermochte.

Ihre Tochter, die auch Maria hieß, brachte mich zu dem mir vertrauten Platz in Fensternähe. War es nicht bereits mein Gewohnheitsrecht, dort zu sitzen? Ich sah der Kleinen nach. Sie war sicher ein rechter Wildfang, wenn sie den strengen Blicken ihrer Eltern einmal entkam, dachte ich amüsiert. Es dauerte nicht lange, und der Locandiere kam, um sich nach meinen

Wünschen zu erkundigen. Er machte sich keine Notizen, trotzdem war ich sicher, dass das Essen so serviert werden würde, wie ich es mit ihm besprochen hatte.

Ein paar Minuten hatte ich Gelegenheit, mich in der Gaststube umzusehen. Sie war einfach, aber durchaus gemütlich eingerichtet. An den Wänden hingen Kochutensilien aus früheren Zeiten, alte Kupfertöpfe und -pfannen, Schöpfkellen und dergleichen und dann war da auch noch ein Holzgestell mit alten Tellern. Es waren nur wenige Tische besetzt, denn es war erst kurz nach acht. Die meisten Gäste würden erst später kommen.

Der Locandiere brachte den Wein und gleich darauf seine Tochter ein Dutzend gedämpfter kleiner Venusmuscheln. Ich stellte mich wahrscheinlich nicht sehr geschickt an beim Herauslösen des Fleisches, aber an jenem Tag störte mich das überhaupt nicht. Die Muscheln schmeckten nach Meer, so bildete ich es mir zumindest ein, ein wenig salzig und ein wenig nussig, und der leichte und gleichzeitig fruchtige Pinot Grigio aus dem Veneto passte hervorragend dazu. Ich aß als Abschluss noch eine Scheibe von dem frisch gebackenen Weißbrot und wartete auf den nächsten Gang.

Ich hatte das Gefühl, innerlich zu glühen. Den halben Tag war ich in nassen Sachen durch Kälte und Regen gelaufen, und jetzt saß ich endlich hier in der gut geheizten Stube, hatte warme, trockene Sachen an, gutes Essen vor mir und der Wein stieg mir schon nach ein paar Schlucken zu Kopf.

Als Nächstes brachte die kleine Maria ein Risotto mit Radicchio di Treviso. Es war wunderschön sämig und im Mund wetteiferten die verschiedenen Aromen miteinander, die leichte Bitterkeit des Radicchio, die Säure des Weins, die sanfte Würze des Parmesan und der Reis, der alle miteinander versöhnte. Die dicke Maria hatte das Risotto nicht wie sonst üblich mit Rotwein, sondern mit Weißwein zubereitet. Also trank ich auch dazu den Pinot Grigio, vielleicht sogar etwas zu viel, weil ich es bedauerte, mich nach dem Risotto von ihm trennen zu müssen. Während Maria das Geschirr abtrug, kam der Locandiere mit dem Rotwein für den nächsten Gang. Er hatte mir geraten, einen Merlot aus der Gegend zu nehmen.

‚Eigentlich zu schwer für Kalbsleber auf venezianische Art‘, hatte er gemeint, ‚aber vertrauen Sie mir, ich weiß, wie meine Frau die Leber zubereitet, und ich versichere Ihnen, dass dieser Merlot genau richtig ist.‘

Ihm auf dem Fuße folgte die kleine Maria mit dem

dampfenden Teller. Gedünstete Zwiebeln begleiteten die Leber und etwas Polenta, gerade genug, um den wundervollen Sud damit auftunken zu können. Die Leber schmeckte kein bisschen bitter und war so zart, dass sie auf der Zunge zerging. Die Locandiera hatte sie aber recht kräftig abgeschmeckt, sodass der Merlot tatsächlich genau der richtige Begleiter war.

Ich war eigentlich schon rundum satt, als Maria die Nachspeise, einen gefüllten Bratapfel, brachte. Ich hatte darauf bestanden, dazu ein Glas Portwein zu trinken. Das gefiel dem Locandiere gar nicht, aber er hatte immerhin welchen im Haus. Der Bratapfel, so hatte der Locandiere mir erklärt, war mit einer Masse aus Amaretti, getrockneten Früchten und Likör gefüllt. Ich war mir sicher, dass die Süße und die Fruchtigkeit gut mit Portwein harmonieren würden. Ich mochte nicht *Nein* sagen, als mir noch ein Caffè und ein Grappa als Abschluss des guten Essens empfohlen wurden. Ich hatte allerdings schon jetzt das Gefühl, zu viel getrunken zu haben.

Als ich schließlich aufstand und mich auf den Weg mitten durch die inzwischen gut besuchte Gaststube zum Treppenhaus machte, war ich bemüht, mich möglichst unauffällig zu bewegen. Ich ging sofort zu Bett und war im Nu eingeschlafen."

2. Kapitel

„Am nächsten Tag brachten die Zeitungen erstmals ausführliche Berichte über den Einbruch in die Santissima Trinità. Im Frühstücksraum lagen Tageszeitungen aus, und nachdem ich die Schlagzeilen gelesen hatte, besorgte ich mir ein Wörterbuch und versuchte, die Artikel halbwegs zu verstehen. Ich kann nicht ausschließen, dass mir dabei der eine oder andere Fehler unterlaufen ist, aber letztendlich kommt es in diesem Zusammenhang ja in erster Linie darauf an, was ich über den Einbruch zu wissen glaubte, und genau das will ich Ihnen erzählen.

Ich weiß nicht, warum diese Ereignisse damals mein Interesse so gefangen nahmen. War es nur, weil ich mich mit Caterina in der Santissima Trinità getroffen hatte? Oder war es eine dunkle Ahnung, geweckt durch die Erinnerung an das Gespräch zwischen Caterina und dem alten Priester? Von woher und von wem auch immer gesandt, das ungute Gefühl sollte sich als berechtigt erweisen. Aber nun endlich zu dem, was vorgefallen war.

Nein, noch eine Vorbemerkung: Sie wissen sicher, dass es in Venedig früher viele Klöster gab. Heute werden diese Gebäude, wenn überhaupt, nur noch teilweise für kirchliche Zwecke genutzt. Die Konvente, ich meine jetzt jene Bereiche der Klöster, in denen die Ordensleute einstmals lebten, diese dienen heute größtenteils anderen Zwecken. Sie sind Krankenhäuser, Altenheime, Archive oder werden von der Stadtverwaltung oder der Universität genutzt. Allenfalls die dazugehörigen Kirchen selbst erfüllen noch ihre ursprüngliche Aufgabe.

So war es auch bei der Santissima Trinità. Es wäre auch kaum gerechtfertigt gewesen, wenn die wenigen Ordensbrüder, die es noch gab, den großen, altehrwürdigen Konvent bewohnt hätten. Sie lebten mittlerweile in einem neuen, schlichten Anbau auf der dem Konvent abgewandten Seite der Kirche.

Von diesem Anbau aus gab es einen Durchgang zur Kirche, durch den die Ordensbrüder sie betraten, um zum Beispiel das Hauptportal der Kirche von innen zu öffnen. Die Diebe drangen durch den unscheinbaren Eingang in diese Wohnräume ein. Das geschah zu so später Stunde, lange nach Mitternacht, dass der Platz vor der Kirche menschenleer gewesen sein dürfte.

Eine alte Frau erzählte der Polizei, sie hätte die Eindringlinge gesehen. Sie war wach geworden – um wie viel Uhr konnte sie nicht sagen – und, weil sie nicht wieder einschlafen konnte, war sie aufgestanden und hatte aus dem Fenster gesehen. Die Beamten stellten fest, dass es tatsächlich möglich war, den besagten Eingang von ihrem Schlafzimmer aus zu sehen. Aber sie wohnte auf der entgegengesetzten Seite des Platzes und jenseits des Kanals. Sie war so weit entfernt, dass sie nicht viel erkennen konnte, zumal sie ihre Brille nicht zur Hand hatte. Sie konnte nicht einmal sagen, wie viele Menschen es gewesen waren.

Die Zahl der Einbrecher war auch jetzt, Tage danach, immer noch unklar. Es müssen genügend gewesen sein, um das Altarbild abtransportieren zu können. Ich erwähnte, glaube ich, bereits, dass es fünf Meter hoch und fast zweieinhalb breit war.

Die Ordensbrüder hatten im Gegensatz zu der alten Frau einen besseren Schlaf. Keiner hatte etwas von den Einbrechern bemerkt. Die Diebe mussten das Sicherheitsschloss am Eingang mehr oder weniger lautlos geöffnet haben. Sie hatten den Durchgang zur Kirche problemlos gefunden und daneben, an einem Haken hängend, den Schlüssel zu dieser Tür. Dort waren auch die diversen Schalter für die Beleuchtung in der Kirche, das Geläut und so weiter.

Zum Undsoweiter gehörten auch jene für die verschiedenen Alarmmelder in der Kirche, die den Altarraum und die wertvollsten Kunstwerke schützen sollten. Ein Bruder hatte sich die Mühe gemacht,

Ordnung in das Dickicht der Schalter und Knöpfe zu bringen und neben einem jeden einen kleinen Zettel geklebt, auf dem die jeweilige Funktion vermerkt war. Die Diebe schalteten vorsichtshalber alle Alarmmelder ab und betraten dann den unbeleuchteten Kirchenraum, vermutlich im Schein von mitgebrachten Taschenlampen.

Bellinis Gemälde hing über einem Seitenaltar. Die Zeitungen betonten, das Bild gelte als eines seiner bedeutendsten Werke, ja als eines der bedeutendsten Werke der Renaissance überhaupt. Es war jedenfalls im wahrsten Sinne des Wortes von unschätzbarem Wert. Um es zu Geld zu machen, war es eigentlich zu bekannt. Die Polizei vermutete, dass der Diebstahl im Auftrag eines wohlhabenden und skrupellosen Kunstliebhabers geschehen war, eines Menschen, der besessen war von dem Wunsch, das Bild zu besitzen.

Die Einbrecher gingen bei der Abnahme des Bildes und auch später beim Transport sehr professionell vor. Man vermutete, dass es keine größeren Schäden davon getragen haben dürfte. Wegen der Größe des Bildes und der Enge im Wohnbereich der Ordensbrüder verließen die Diebe die Kirche mit ihrer Beute nicht auf dem Weg, auf dem sie gekommen waren, sondern sie drangen zuerst in die Sakristei ein. Das fiel ihnen nicht schwer, denn die Ordensbrüder hatten vor allem verhindern wollen, dass jemand von der Sakristei aus in die Kirche gelangen konnte, in umgekehrter Richtung stand nur ein zwar mächtig großes, aber letztendlich harmloses Vorhängeschloss den Einbrechern im Weg. Nicht anders verhielt es sich, als die Diebe an die Tür gelangten, die von der Sakristei in den ehemaligen Konvent führt. Auch hier war es ein Leichtes, von drinnen nach draußen zu gelangen.

Man muss den Mut der Diebe bewundern oder, wie die Zeitungen es taten, sich angesichts ihrer Dreistigkeit ereifern. Indem sie in den Konvent eindrangen, gelangten sie in das dort heute untergebrachte Krankenhaus. Es befanden sich allerdings im Erdgeschoss nur Behandlungszimmer und Büros. Die Zimmer der Kranken waren im Stockwerk darüber. Die Zeitungen versäumten nicht, darauf hinzuweisen, dass die Diebe sich nicht nur in den Räumen des Ordens, sondern auch in denen des Krankenhauses erstaunlich gut auskannten.

Wie die Polizei verlauten ließ, hatte in jener Nacht keiner der Patienten etwas Verdächtiges gehört oder gesehen. Auch die Nachtschwester nicht. Sie hieß Cinzia F., war Anfang dreißig, und der Reporter der einen Lokalzeitung machte böswillige Andeutungen, woran es wohl gelegen haben könnte, dass sie nichts bemerkt hatte.

Die Eindringlinge hielten sich nicht lange in der Klinik auf. Sie gelangten von dort in einen kleinen Garten und dann durch ein Tor, das sie aufbrachen, auf einen schmalen, öffentlichen Weg, der hinter der Kirche entlang führte. Hier verlor sich die Spur der Diebe und ihrer Beute.

Die Presse erging sich in Spekulationen, welchen Weg sie wohl mit dem riesigen Bild eingeschlagen haben mochten. Da man mit einem solchen Objekt auch des Nachts in Venedig früher oder später auffällt, kam grundsätzlich zweierlei in Betracht: ein konspirativer Ort in der Nähe der Kirche, wo die Diebe das Bild vorübergehend hätten verstecken können, oder ein Abtransport mit einem Boot.

Den nächstgelegenen Kanal hätten die Diebe durch das Hauptportal der Kirche mit wenigen Schritten erreichen können, aber der Platz vor der Kirche war bestens beleuchtet und von vielen Seiten aus gut einsehbar. Da sie das Gebäude quasi durch die Hintertür verlassen hatten, wäre es naheliegend gewesen, auf einem diskreteren Weg zu einem anderen Kanal zu gelangen und das Gemälde dort zu verladen, um dann das Weite zu suchen. Von dort hätten sie jeden Punkt Venedigs erreichen können und auch den Lido oder das Festland.

Komplizierter waren die Folgerungen, die sich aus

der zweiten Hypothese ergaben. Wie weit hätten die Einbrecher sich getraut, ihre Beute durch das nächtliche Venedig zu transportieren? Hundert Meter? Zweihundert? Oder noch weiter? Die Polizei scheute davor zurück, im großen Stil Hausdurchsuchungen zu machen, zumal es eben doch wahrscheinlicher war, dass das Gemälde am nächstbesten Kanal auf ein Boot verladen worden war. Man überprüfte lediglich Wohnungen und Häuser in der näheren Umgebung, die unbewohnt oder erst vor Kurzem vermietet worden waren. Außerdem suchte man Personen, die, so wie die alte Frau, zufällig des Nachts aus dem Fenster geschaut und dabei etwas Verdächtiges beobachtet hatten. Brauchbare Hinweise bekam die Polizei keine.

Spekulationen über die Identität der Hintermänner ließ man in beiden Lokalzeitungen ins Kraut schießen. Das war nicht weiter schwierig, denn über sie wusste man bisher rein gar nichts. Eine der Zeitungen hatte sogar einen Psychologen interviewt, um mit seiner Hilfe eine Art Täterprofil des Drahtziehers zu erarbeiten.

Wie auch immer, das unbezahlbare und unersetzbare Altarbild war spurlos verschwunden. Die Diebe hatten sich mitsamt Bild in Luft aufgelöst, und die Polizei tappte im Dunkeln. Das war jedenfalls das Ergebnis meiner Lektüre.

Ich schaute auf die Uhr. Es war höchste Zeit für meine Verabredung mit Caterina.

Heute war die Luft wieder klar und die Sonne schien. Allerdings war es empfindlich kühl geworden. Ich zupfte meinen Schal zurecht, um mich so gut es ging vor Kälte und Wind zu schützen. Ich meinte, die Temperatur sei unter den Gefrierpunkt gefallen und wenn das so bleiben würde, gäbe es möglicherweise morgen oder übermorgen eine erste zarte Eisschicht auf den weniger befahrenen Kanälen.

Unterwegs überquerte ich den Campo San Polo und ein wenig hoffte ich, Caterina dort zufällig zu begegnen, aber ich konnte sie nicht entdecken und eilte weiter.

An der Rialtobrücke warteten die Gondolieri wie gewohnt auf Kunden, während sie gut gelaunt miteinander schwatzen. Von ihren lustig blau- oder rotweiß geringelten Pullovern war nichts zu sehen. Sie trugen alle warme Winterjacken.

Von der anderen Seite der Rialtobrücke aus war es nicht mehr weit. Schon bald tauchte die mächtige Backsteinfassade von Santissima Trinità vor mir auf. Vor der Kirche konnte ich Caterina nicht entdecken und ging hinein. Ich empfand die schiere Größe des Raums auch an diesem Tag wieder einmal niederdrückend. Das Drinnen schien dem Draußen an Weitläufigkeit kaum nachzustehen. Dieser Eindruck wurde noch dadurch verstärkt, dass die Wände auch innen weitgehend aus unverputztem Backstein bestanden. Ich fröstelte ein wenig. Hier in der Kirche war es kaum wärmer als draußen.

Ich erkundete das Hauptschiff, die kleineren Kapellen und die Sakristei, aber ich konnte Caterina nirgends finden. Ich blieb schließlich vor Renis *Matthäus mit Engel* stehen, und mir ging durch den Kopf, was Caterina vorgestern zu dem Bild gesagt hatte. Ich zuckte zusammen, als ich unerwartet angesprochen wurde.

„Sie interessieren sich für dieses Bild, Signore?' Es war der alte Priester, den Caterina Don Vincenzo genannt hatte und der jetzt neben mir stand. Er redete in einem sanften und eher beiläufigem Ton, aber ich spürte dahinter Anspannung und sogar Feindseligkeit.

„Ja, ich interessiere mich für Guido Reni', antwortete ich zurückhaltend.

„Sie werden in Venedig nicht viele Werke von ihm finden, anderswo gibt es mehr von ihm. In Bologna zum Beispiel oder in Genua. Und in Rom sicher auch.'

Ich fragte mich, warum er mich wohl angesprochen haben mochte. Mir fiel plötzlich wieder ein, dass ich mich bei der Trauerfeier in San Geremia von ihm beobachtet gefühlt hatte. Ich entschloss mich, den Stier bei den Hörnern zu packen.

‚Ihrem Orden gehört diese Kirche, nicht wahr? Sie müssen recht zahlreich hier vor Ort sein, wenn Sie all Ihre vielen Besucher so fachkundig beraten können.'

‚Sie sind heute nicht zum ersten Mal hier', sagte er nach kurzem Zögern. ‚Ich weiß nicht, was Sie vorhaben, aber ich werde nicht zulassen, dass Sie noch mehr Unheil anrichten.'

Ich war zu verdutzt, um darauf etwas erwidern zu können.

‚Glauben Sie nicht, ich könnte Angst davor haben, mich an die Polizei zu wenden.' redete sich Don Vincenzo in Rage. ‚Das ist keine leere Drohung! Die Folgen, die es für mich selbst hätte, sind mir gleichgültig. Hören Sie? Was aus mir wird, ist mir völlig gleichgültig. Und sagen Sie das auch Ihren Komplizen.'

‚Ich fürchte, Sie verwechseln mich. Ich bin tatsächlich nur hierher gekommen, um dieses Werk Renis zu sehen', erklärte ich. Das hätte ich nicht tun sollen. Der Alte spürte, dass ich nicht die Wahrheit sagte, und sah sich in seinem Verdacht, was der auch immer sein mochte, bestätigt.

‚Sie haben Bonfiglio auf dem Gewissen, aber jetzt ist Schluss. Verlassen Sie Venedig, und zwar auf der Stelle!'

Plötzlich entdeckte er Caterina, die nur wenige Schritte abseits stand. Das beendete schlagartig seinen Redefluss. Es schien ihm höchst unangenehm zu sein, dass Caterina seine letzte Bemerkung mitbekommen haben musste.

,Entschuldigen Sie', sagte er zu ihr, nachdem er sich wieder gefangen hatte. ,Ich weiß, dass ich mich nicht aufregen sollte. Sie wollen mich sprechen, mein Kind?'

,Nein, Don Vincenzo. Verzeiht, dass ich störe.'

Der Alte schien etwas sagen zu wollen, schwieg dann aber, und als Caterina seine Hand ergriff, um sie zu küssen, ließ er es heute geschehen.

,Gehen wir', meinte Caterina zu mir und entfernte sich Richtung Ausgang. Ich folgte ihr. Sie wirkte auf mich sonderbar angespannt. Es brannte ihr offenbar etwas auf der Seele. Vor dem Portal der Kirche drehte sie sich zu mir um, sah mich aber nicht an. War sie verärgert? Aber warum? Ich wagte nicht zu sprechen. Sie holte tief Luft.

,Und was haben Sie sich dabei gedacht?', sagte sie schließlich, und erst dann blickten ihre grünen Augen mich an.

Ich war, ehrlich gesagt, völlig verdattert und habe wohl nur unverständliches Gestammel zur Antwort gegeben. Was ist heute bloß los?, fragte ich mich.

Schon wieder jemand, der mir Vorhaltungen macht, ohne dass ich weiß, was ich verbrochen haben soll.

‚Spielen Sie jetzt nicht auch noch das Unschuldslamm! Das schlechte Gewissen steht Ihnen ins Gesicht geschrieben.'

Auch wenn man sich noch so frei von Schuld fühlt, kann man es kaum verhindern, auf eine solche Bemerkung hin zu erröten. Einen Moment lang hatte ich das Gefühl, sie könnte auf der Stelle kehrtmachen und fortgehen. Ich musste etwas sagen, um sie daran zu hindern.

‚Ich bin völlig ratlos. Warum sind Sie mir böse? Was habe ich getan? So verraten Sie es mir doch, damit ich Ihnen sagen kann, wie leid es mir tut. Vielleicht kann ich es wieder gutmachen. Wie gerne täte ich das, aber ich bin mir keiner Schuld bewusst.'

‚Wenn ich etwas nicht ertragen kann, sind es Menschen, die nicht zu dem stehen, was sie getan haben.'

Caterinas Stimme wurde mit jedem Wort lauter, und ich war sicher, dass die Passanten in der Nähe uns teils indigniert, teils interessiert beäugten.

‚Aber was *habe* ich denn getan?', flehte ich.

Caterina zögerte einen Moment, so, als würde sie überlegen, ob sie das Gespräch fortsetzen sollte oder nicht. Dann lachte sie plötzlich, und ich war vollständig verwirrt.

‚Wahrscheinlich meinten Sie es als Kompliment, dass Sie mich gestern wie ein billiger Schmierenkomödiant auf die dilettantischste Art und Weise verfolgt haben.' Und schon wieder hatte der Zorn die Oberhand gewonnen.

Ihre Worte trafen mich wie ein Blitz aus heiterem Himmel. Ich Hornochse! Ich war überhaupt nicht auf die Idee gekommen, dass sie mich gestern bemerkt haben könnte. Jetzt hätte ich ihr erklären müssen, warum ich sie gestern verfolgt hatte, aber wie sollte ich das? Ich konnte es mir ja auch selbst nicht erklären.

‚Es tut mir aufrichtig leid, wozu ich mich gestern unbedachterweise hinreißen ließ', brachte ich mühsam hervor.

Aber bevor ich weiter reden konnte, unterbrach sie mich.

‚Lassen Sie gefälligst diese albernen Floskeln!' Sie sah mich herausfordernd an. ‚Und wissen Sie jetzt endlich, was Sie wissen wollten? Dass ich nicht das kleine venezianische Mauerblümchen bin, das nur darauf gewartet hat, von einem edlen Reisenden gepflückt zu werden? So ganz im Vorbeigehen. Was haben Sie sich eigentlich eingebildet? Sie ... Sie ...'

Ihre Stimme wurde wieder lauter, sodass ich mich erneut peinlich berührt umschaute.

‚Wenigstens scheint es Ihnen unangenehm zu sein, wenn noch andere von Ihren Schandtaten erfahren.‘ Dann beruhigte sie sich wieder. ‚Na ja, immerhin sind Sie heute gekommen, obwohl Sie inzwischen wissen, dass ich verheiratet bin. Aber jetzt ist mir kalt. Lassen Sie uns irgendwo hingehen, wo es warm ist und wo wir uns ungestört unterhalten können.‘

Ohne auf meine Antwort zu warten, machte sie kehrt und ging davon, und ich beeilte mich, ihr zu folgen. Wir gingen schweigend nebeneinander her. Nach der sonderbaren Begegnung mit dem Priester und den Vorwürfen von Caterina war ich arg aus dem Gleichgewicht. Leider war mir nur eine kurze Atempause vergönnt. Schon bald machte Caterina vor einer Haustür halt und holte ein Schlüsselbund aus ihrer Handtasche.

‚Freunde von mir wohnen hier, aber sie sind jetzt nicht zu Hause.‘

Ich wagte nicht zu fragen, wo sie denn seien, obwohl mir die Sache nicht ganz geheuer war. Wir kannten uns jetzt schon fast zwei Wochen, aber wir waren immer unter Menschen geblieben. An diesem Tag begaben wir uns das erste Mal an einen privaten Ort, und das passte so gar nicht zu dem Streit, den wir gerade gehabt hatten. Ich fühlte mich allmählich wie ein Jo-Jo: immer rauf und runter und ständig atemberaubend schnell um sich selbst rotierend. Dabei bin ich immer lieber der, der den Faden in der Hand hält.

Caterina ging vor mir her durch einen breiten, aber düsteren Durchlass zu einem gepflasterten Innenhof, in dessen Mitte einer dieser für Venedig so typischen weißen Brunnen stand. Über eine offene Treppe an der einen Seite des Hofs gelangten wir zu einem imposanten Portal im ersten Stock, dem Eingang zur Wohnung ihrer Freunde. Wieder zückte Caterina das Schlüsselbund.

Durch eine Art Entrée kamen wir in einen großen Saal. Ich zweifelte nicht daran, dass er der zentrale Raum des Piano Nobile eines Palazzo war. Es gab in Venedig viele Museen, die in Palazzi untergebracht waren, sodass mir die Raumaufteilung althergebrachter Wohnungen wohlhabender Venezianer vertraut war. Heute aber gelangte ich erstmals in einen solchen Saal, der immer noch Teil einer privaten Wohnung war. An den Wänden standen klobige, antike Möbel, die aber angesichts der Größe des Raums verloren wirkten, und in der Mitte hing in luftiger Höhe ein mächtiger Kronleuchter. Ich war mir sicher, dass er aus Muranoglas war, aber Caterina ließ mir nicht viel Zeit, die Umgebung zu studieren. Sie führte mich in einen Raum, der gleich hoch, aber kleiner war und viel gemütlicher wirkte. Es war eine Art grüner Salon, denn die vorherrschende Farbe im Raum war grün, nur zwei riesige, rote Couches, auf denen jeweils mindestens fünf bis sechs Personen Platz gefunden hätten, bildeten einen Kontrast zu den grünen Tapeten, Vorhängen, Teppichen und so weiter. Die beiden roten Möbel standen sich in der Mitte des Raums gegenüber, getrennt durch einen flachen Tisch, über dem auch hier ein imposanter Kronleuchter hing. Fast alle Fenster gingen auf einen Kanal, nur zwei in der Wand zur Rechten nicht. Zwischen ihnen befand sich ein Kamin, in dem aber kein Feuer brannte. Trotzdem war es hier angenehm warm. Offensichtlich gab es zusätzlich zum Kamin eine modernere und unauffälligere Vorrichtung, den Raum zu beheizen, eine, die auch jetzt in Betrieb war.

Caterina zog ihren Mantel aus, warf ihn achtlos auf einen Stuhl neben der Tür und setzte sich auf eine der Couches. Noch heute sehe ich sie in ihrem dunkelblauen, enganliegenden, aber dezenten Kostüm vor mir, grazil und verletzlich. Nach einem kurzen Zögern entledigte auch ich mich meines Mantels und überlegte, ob ich neben ihr oder gegenüber Platz nehmen sollte.

‚Holen Sie uns etwas zu Trinken, bevor Sie sich setzen.‘ Sie deutete mit einer Kopfbewegung in Richtung eines Barwagens, der mir bisher nicht aufgefallen war. ‚Ich brauche etwas Wärmendes; ich nehme einen Grappa.'

Ich füllte zwei Gläser, brachte ihr eines und setzte mich ihr gegenüber.

Caterina bemerkte, dass mir nicht wohl in meiner Haut war, denn sie sagte: ‚Sie brauchen sich keine Sorgen zu machen. Simonetta und ihr Mann sind zum Skifahren in den Dolomiten. Sie kommen wahrscheinlich erst nächste Woche wieder zurück.'

Ich fragte mich, wie es kam, dass sie die Wohnungsschlüssel hatte. Wahrscheinlich gab es eine ganz simple Erklärung dafür, aber durch meinen Kopf schwirrte das Wort *Liebesnest*, ohne dass mir bewusst war, was genau ich in diesem Augenblick damit meinte. Sie sehen, ich rede Ihnen gegenüber ganz offen über meine Gedanken damals, auch wenn ich mich noch heute für meine unausgesprochenen Verdächtigungen schäme.

‚Sie waren also auch bei Bonfiglios Trauerfeier', sagte sie nach einem langen Schweigen. ‚Was wollten Sie dort? Ich dachte, Sie kannten ihn nicht. Oder waren Sie meinetwegen da?'

Ihre grünen Augen funkelten nicht mehr vor Zorn, sondern sahen mich schon viel gnädiger an, und bei den letzten Worten huschte für einen Sekundenbruchteil sogar so etwas wie die Andeutung eines Lächelns über ihr Gesicht.

Ich habe gerade das Wort „gnädig" verwendet, aber es ist eigentlich das falsche Wort. Wann immer sie nicht von einem heftigen Gefühl – Begeisterung oder Zorn, Freude oder Angst – beherrscht wurde, drückten ihre Augen eine tief empfundene Wehmut aus, und dieser Ausdruck war es, der mich so ungemein stark zu ihr hinzog.

Während ich noch überlegte, was ich ihr antworten sollte, fuhr sie bereits fort: ‚Don Vincenzo misstraut Ihnen jedenfalls. Er hegt einen bösen Verdacht gegen Sie.'

‚Das habe ich bemerkt. Aber was soll ich denn verbrochen haben? Er schien mich für den Tod Bonfiglios verantwortlich zu halten. Aber sagten Sie nicht, er sei eines natürlichen Todes gestorben?'

‚Ich habe nur gesagt, was die Zeitungen geschrieben haben, nicht, was tatsächlich geschehen ist.'

‚Ich verstehe nicht.'

‚Es amüsiert mich, wenn Sie in die Rolle des begriffsstutzigen Dummkopfs schlüpfen.' Sie lachte unbeschwert auf, wurde aber sofort wieder ernst. ‚Bonfiglio ist ermordet worden. Die Polizei weiß es, hält diese Information aber zurück. Wie heißt es immer so schön? Aus ermittlungstaktischen Gründen.'

‚Und Sie, woher wissen Sie es? Und woher weiß Don Vincenzo es?'

Caterina zuckte nur mit den Schultern.

‚Sie haben meine Frage noch nicht beantwortet. Warum waren Sie bei der Trauerfeier?'

Hatte sie einen ähnlichen Verdacht wie der alte Priester? Nein, ich vermutete eher, dass ihr klar war, warum ich dort gewesen war. Sie wollte mich jetzt nur zwingen, zuzugeben, dass ich wie ein verliebter Kater hinter ihr hergelaufen war. Dieser Gedanke brachte mich ein wenig in Rage.

‚Lassen Sie doch diese unwürdige Spielerei. Es muss Ihnen doch längst klar sein, was ich für Sie empfinde.'

‚Und das empfinden Sie immer noch, obwohl Sie seit gestern wissen, dass ich verheiratet bin?'

Ich wollte sie fragen, warum Sie mich trotz ihrer Ehe an diesen verschwiegenen Ort geführt hätte, aber ich beherrschte mich und sagte stattdessen einfach nur:

‚Ja.'

Wir saßen uns immer noch gegenüber, zwei Meter voneinander entfernt und getrennt durch den Couchtisch.

‚Tun Sie mir einen Gefallen', sagte sie, nachdem wir lange geschwiegen hatten, ‚und machen Sie Feuer im Kamin. Nun machen Sie schon, es ist alles vorbereitet, es muss nur jemand ein Streichholz dran halten und es brennt.' Und dann setzte sie lächelnd hinzu: ‚Simonetta wird uns deswegen nicht böse sein. Ich möchte sehen, wie die Flammen das Holz verzehren.'

Ich tat, was sie verlangte, und setzte mich dann auf die andere Couch neben sie, aber in gebührendem Abstand. Ich beobachtete sie, während sie in die Flammen starrte. Es war mir nicht möglich, aus ihrem Gesichtsausdruck klug zu werden. Endlich riss sie sich vom Anblick des Feuers los.

‚Fasziniert es Sie auch, zu beobachten, wie Dinge zerstört werden?'

Ich war irritiert und fragte: ‚Bedrückt Sie etwas, Caterina?'

‚Kann sich ein Mensch denn nur in schlechter Stimmung zu Vernichtung und Verfall hingezogen fühlen? Ist nicht auch dieses wundervolle Venedig geradezu der Inbegriff von Verfall?'

Hatte sie mit ihrer Bemerkung über das Feuer etwas von sich preisgegeben, das sie mit dem unverfänglichen Hinweis auf den Verfall Venedigs verschleiern wollte? Aber im nächsten Augenblick hatte sie schon wieder das Thema gewechselt.

‚Wir sprachen vorhin von Bonfiglio. Arcangelo Bonfiglio hieß er. Was für ein monströser Name! Vielleicht war er einmal ein guter Sohn, aber ein Engel war er nie und erst recht kein Erzengel. Eher ein gefallener Engel. Ich bin mir nicht sicher, ob ich ihm jemals den Tod gewünscht habe. Ich hoffe nicht, aber ich weiß es nicht mehr. Verdient hatte er ihn jedenfalls.'

‚Erzählen Sie mir von Bonfiglio. Sie sagten, er war Kunsthändler. Er muss eine bedeutende Persönlichkeit gewesen sein. Es waren viele Leute bei seiner Trauerfeier.'

‚Viele haben ihn gekannt, und manche schätzten seine Dienste. Er verstand sich darauf, Deals einzufädeln, denn er kannte eine Menge Leute und vor allem die wichtigen.'

‚Er sei in fragwürdige Geschäfte verwickelt gewesen, haben Sie gesagt.'

‚Ach, es spielt doch eigentlich keine Rolle, ob er sich innerhalb oder außerhalb der Legalität bewegt hat. Menschen wie er sind es, die die Kunst beschmutzen. Sie machen aus dem, was eigentlich nur in einer höheren Sphäre existieren soll, eine Ware. Schönheit und Wahrheit, alles Erhabene, das aus einem Kunstwerk spricht, verwandelt sich in den Händen von Menschen wie Bonfiglio plötzlich in so und so viele Lire und Centesimi. Erinnert es Sie nicht auch an die Geschichte von König Midas? Aber anders als bei Midas, der seinen Irrtum einsieht und den die Götter von seinem Fluch erlösen, fehlt Menschen wie Bonfiglio jegliche Einsicht.'

‚Ich habe das Gefühl, er hat auch in Ihrem Leben eine Rolle gespielt.'

‚Ja, das hat er. Wenn ich Ihnen davon erzählen würde, dann würden Sie verstehen, warum ich ihn verabscheut habe. Aber wozu darüber reden. Ich kann die Zeit nicht zurückdrehen, und er ist ja jetzt sowieso tot.'

Ohne Luft zu holen lenkte sie das Gespräch auf den bevorstehenden Karneval und die Unterhaltung verflachte. Als wir im Gehen begriffen waren, versicherte sie mir, die von uns angerichtete Unordnung würde die Zugehfrau wieder beseitigen, bevor Simonetta und ihr Mann zurückkämen. Als wir bereits das Ende der Freitreppe zum Hof erreicht hatten, sagte ich:

‚Ich möchte mich nicht von Ihnen trennen, ohne zu erfahren, ob Sie mir mein unmögliches Verhalten von gestern verzeihen.'

Sie lachte.

‚An mir soll es nicht liegen. Ich hoffe nur, dass Sie nicht auch meinem Mann aufgefallen sind.'

Und als wir wieder in der Gasse vor dem Haus standen, umarmte sie mich flüchtig und entfernte sich eilig. Ich blieb überrascht stehen und sah ihr nach. Es war dies das erste Mal, dass sich zwischen

uns eine größere körperliche Nähe als die eines unverfänglichen Händedrucks ergeben hatte."

3. Kapitel

„Bevor wir uns trennten, verabredeten wir uns für den nächsten Tag. Caterina hatte die Kirche San Rocco vorgeschlagen, vor dem Altar, der Papst Pius X. geweiht war. Ich hatte ein wenig darüber gelächelt. San Rocco war eine kleine Kirche. Wir hätten dort auch ohne diese Ortsangabe zueinandergefunden, aber die Verabredung wirkte dadurch ein Stück weit konspirativer.

Nach dem schönen Wetter des vorangegangenen Tages erwies sich der nächste wieder als trüb und regnerisch. Nur wenige Menschen waren auf dem Platz vor der Kirche zu sehen. Die meisten gingen in die Scuola San Rocco an der Längsseite des Platzes, um dort die Gemälde Tintorettos zu bewundern.

Es war kurz nach zwei, als ich die menschenleere Kirche betrat. Ich hatte mich für halb drei mit Caterina verabredet, aber ich wollte mich vorher noch ein wenig umsehen. Schon bald entdeckte ich rechts vom Hauptaltar einen Altar mit dem Bildnis eines Mannes mit einer Tiara auf dem Kopf. Das musste Pius X. sein. Ich schlenderte durch die Kirche. Mein Blick wurde von Fumianis Darstellung Christi, der die Händler aus dem Tempel vertreibt, gefangen genommen. Ich dachte an Caterinas Worte über Bonfiglio gestern und fragte mich, ob sie San Rocco wegen dieses Bildes als Treffpunkt ausgesucht hatte. Aber warum sollten wir uns dann vor dem Altar von Pius X. treffen?

Ich wusste recht wenig über diesen Papst. Er war, wie später auch Roncalli und Luciani, als Patriarch von Venedig ins Konklave gegangen und als Papst herausgekommen. Aber anders als Roncalli und Luciani war er heute nicht mehr sehr hoch angesehen. Ich erinnerte mich dunkel, dass er Namensgeber einer erzkonservativen Bruderschaft war, aber die wurde ja erst lange nach seinem Tod gegründet.

Ich musste über mich selbst lächeln. Ich suchte nach einem tieferen Sinn für die Wahl dieses Treffpunktes, aber wahrscheinlich hatte Caterina ihn nur vorgeschlagen, weil er nicht weit von ihrer Wohnung entfernt war.

Ich sah auf meine Uhr. Caterina verspätete sich. Ich ging in der Kirche hin und her. Mein Blick wanderte dabei ständig zwischen dem Eingang und dem Altar von Pius X. hin und her.

Zehn Minuten vergingen. Fünfzehn. Caterina kam nicht.

In mir kämpften die unterschiedlichsten Gefühle um die Vorherrschaft: Sorge, Ärger, Verwirrung, Panik, Zweifel, Traurigkeit, Verzagtheit. Es war wie das Farbenspiel eines Chamäleons. Als es eine dreiviertel Stunde über der verabredeten Zeit war, gab ich auf. Von San Rocco war es nur ein Katzensprung bis zu Caterinas Wohnung. Ich machte mich auf den Weg, immer in der Hoffnung, sie könnte mir jeden Augenblick entgegenkommen und sich dann ganz zerknirscht für ihre Verspätung entschuldigen. Je näher ich meinem Ziel kam, desto langsamer ging ich. Was sollte ich dort tun? Ich erreichte die schmale Gasse, in der sie wohnte, ohne eine Antwort auf diese Frage gefunden zu haben, ging bis zu der Stelle, wo der Durchgang am Kanal endet, ging wieder zurück. In greifbarer Nähe türmten sich zu beiden Seiten die Gebäude hoch auf, und das Echo meiner Schritte dröhnte laut in meinen Ohren. Aber wie auch immer, die Gasse war und blieb öde und verlassen.

Ratlos und geknickt ging ich langsam wieder zur San Rocco zurück. Müde stieg ich die Stufen hinauf und betrat die Kirche. Mein Blick erfasste nach und nach die wenigen Besucher. Caterina war nicht unter ihnen. Ich wartete noch eine Weile, obwohl ich wusste, dass es sinnlos war. Dann verließ ich die Kirche.

Das Tageslicht war fast vollständig erloschen, als ich die Locanda San Basegio erreichte.

‚Die Signora hat wieder angerufen‘, empfing mich

die kleine Maria und hielt mir wie gestern einen Zettel hin.

Ich muss Sie unbedingt sehen. Um 18.30 Uhr bei Simonetta. Seien Sie pünktlich. C.

Ich fluchte herzhaft. Das tue ich selten, aber heute konnte ich nicht anders. Warum war ich nicht auf die Idee gekommen, dass Caterina – aus welchen Gründen auch immer – verhindert gewesen sein könnte und dass sie hier anrufen würde?

‚Es ist schon sehr spät. Wohnt Simonetta weit von hier?‘, fragte die kleine Maria, die mich aufmerksam beobachtet hatte. Ich konnte ihr nicht zum Vorwurf machen, eine telefonische Mitteilung zu kennen, die sie selbst entgegengenommen hatte. Höflicher wäre es allerdings gewesen, sie hätte zumindest so getan, als hätte sie die Nachricht unverzüglich vergessen. Stattdessen verriet ihr keckes Lächeln lebhaftes Interesse an meiner Verabredung mit der Signora.

Ich sah auf die Uhr und fluchte ein zweites Mal. Maria hatte recht. Es war sehr spät. Zu spät, um von hier aus zu Fuß rechtzeitig zum Treffpunkt zu kommen, und die Wasserbusverbindung dorthin war denkbar schlecht.

‚Können Sie mir ein Taxi rufen?‘

‚Kann ich. Aber wer weiß, wann es kommt. Wir haben ein Boot. Soll ich Sie hinbringen?‘

‚Aber können Sie denn jetzt hier weg?‘

Sie betrachtete meine Gegenfrage als Einverständnis und bugsierte mich mit Verschwörermiene aus dem Raum. Im Flur warf sie sich einen Mantel über, und als wir schon draußen waren, meinte sie: ‚Mein Vater wird stinksauer sein. Aber so ist das Leben.‘

‚Aber Maria!‘

Ich blieb stehen, aber sie eilte weiter und drehte sich nur kurz um: ‚Avanti! Wir kommen zu spät.‘ Mir blieb nichts anderes übrig, als ihr zu folgen.

Jenseits des Kanals hinter der Kirche Sant’ Anzolo Rafael lag das Boot, klein, weiß, mit Außenborder. Neben der Brücke war eine Anlegestelle, von der aus Maria gerade eben den Bug erreichen konnte. Im Nu war sie leichtfüßig an Bord gegangen, entfernte mit wenigen Handgriffen die Persenning, die über die Plicht gespannt war, und startete den Motor. Sie bewegte das Boot ein Stück vorwärts, sodass ich ohne größere Schwierigkeiten einsteigen konnte. Sie saß am Heck mit der Pinne in der Hand. Ich setzte mich neben sie. Es war empfindlich kühl, aber wenigstens hatte der Nieselregen aufgehört. Wir tuckerten in mäßigem Tempo dahin. Raserei ist auf Venedigs Kanälen nicht erlaubt.

Der schwache Fahrtwind spielte mit Marias gelocktem rabenschwarzem Haar, ohne viel Schaden anrichten zu können. Sie hatte das Gros ihrer Mähne hinter dem Kopf zusammengebunden. Mit dem runden Gesicht, den großen dunklen Augen und dem madonnenhaften Lächeln ihrer schmalen Lippen wirkte sie noch etwas kindlich. Aber sie hatte sich auch heute kräftig und doch gekonnt geschminkt, und ihre laute, immer etwas heiser klingende Stimme ließ nie den geringsten Zweifel aufkommen, dass sie beileibe kein Unschuldsengel war.

‚Die Signora, sie ist von hier, aus Venedig, nicht wahr? Sie spricht unseren Dialekt, auch wenn sie am Telefon versucht hat, es zu verbergen.‘

Ihre Neugierde war mir peinlich, aber anderseits stand ich in ihrer Schuld.

‚Ja, sie ist von hier.‘ Unsere Unterhaltung, das sei an dieser Stelle angemerkt, verlief keineswegs so reibungslos, wie ich es jetzt darstelle. Wir redeten eine Mischung aus Englisch und Italienisch und manchmal waren mehrere Anläufe nötig, um sich verständlich zu machen.

‚Und? Seien Sie doch nicht so einsilbig! Sieht sie gut aus? Ist sie jung? Wollen Sie sie heiraten? Oder ist sie schon in festen Händen?‘

‚In meinem Alter heiratet man nicht mehr Hals über Kopf‘, erklärte ich in väterlichem Ton, um auf ihre Fragen nicht antworten zu müssen.

‚Wer macht das schon? Aber es sich vorzustellen, davon zu träumen, das ist doch eine wundervolle Sache.‘

Ich musste mir eingestehen, dass ich trotz meiner heftigen Gemütsregungen nie ernsthaft an etwas Derartiges gedacht hatte. Nie hatte ich mehr herbeigesehnt, als Caterina am nächsten oder übernächsten Tag wiederzusehen. Ich wollte einfach nur mit ihr zusammen sein. Über die Zukunft hatte ich mir nie irgendwelche Gedanken gemacht.

Inzwischen hatten wir den Canal Grande erreicht. Der Verkehr war auch um diese Tageszeit noch sehr lebhaft. Vaporetti, Wassertaxis, kleine und große Motorboote, Lastkähne und sogar die eine oder andere Gondel waren hier immer noch unterwegs. Ich hatte Maria erklärt, wie ich vom Eingang der Santissima Trinità aus zu dem Ort gelangt war, wo ich auch heute hin wollte. *Ho capito* war alles, was sie darauf geantwortet hatte, aber es klang ermutigend.

‚Früher hatten die Menschen viel mehr Zeit als heute‘, kehrte Maria dann zum ursprünglichen Thema zurück. ‚Meine Eltern kannten sich schon drei Jahre, als sie heirateten, und ich bin auch erst elf Monate nach der Hochzeit auf die Welt gekommen.‘

‚Das findet Ihre Generation heute nicht mehr normal, oder?‘

‚Warten, warten, immer nur warten! Wozu? Wenn einem etwas Gutes vor die Füße fällt, muss man zugreifen. Man lebt schließlich nicht ewig. Wenn meine Eltern wüssten, was ich schon alles aufgesammelt habe!‘

Ich dachte an den römischen Kaiser Nero, der geglaubt haben soll, alle Menschen wären ähnlich verderbt wie er und würden nur versuchen, das zu verbergen, und fragte mich, ob umgekehrt Menschen heutzutage versuchen würden, über das eigene Festhalten an geltenden Moralvorstellungen hinwegzutäuschen, weil sie sich schämten nicht so lasterhaft zu sein wie andere.

‚Aber machen Sie doch nicht ein Gesicht, als wären Sie schockiert.“ Maria lachte. „Seien Sie ehrlich, Sie wahren nur den Schein, weil Sie alt genug sind, mein Vater sein zu können.‘

Ich weiß nicht, warum ich meinte, mich gegenüber dieser unreifen Göre verteidigen zu müssen, aber ich versicherte ihr, die Signora und mich würde lediglich ein gemeinsames Interesse an der venezianischen Malerei verbinden.

‚Che carino! Fabio nimmt sich nie die Zeit, mit mir über Malerei zu reden.‘

Wir hatten das Ende des Canal Grande erreicht und fuhren in das Bacino di San Marco hinaus. Maria gab Gas. Hier wimmelte es von Booten, großen und kleinen, und sämtliche Wasserbusse Venedigs schienen sich hier ein Stelldichein zu geben. All die vielen Lichter, die in der Dunkelheit um uns herum tanzten und blinkten. Ohne Mühe steuerte Maria das Boot sicher durch das Getümmel. Zwischen zwei Vaporettoanlegestellen bog sie wieder in einen Kanal ein. Wir fuhren lange geradeaus und dabei unter vier oder fünf Brücken hindurch, bis Maria schließlich nach rechts abbog.

Es dauerte nicht lange, und sie rief aus: ‚Wir sind da!‘

Links lag ein Platz, der an zwei Seiten an einen Kanal grenzte. Vom Wasser aus wirkte alles fremd auf mich, aber als ich die Umgebung wieder aus der gewohnten Perspektive des Fußgängers sah, wusste ich, dass ich am richtigen Ort war. Das Boot legte ab und Maria winkte mir zum Abschied noch einmal zu und rief lachend: ‚Buon divertimento!‘ Ich winkte zurück und sah dann auf die Uhr. Ich war fast ein wenig zu früh. Pünktlich, hatte Caterina gemeint, sollte ich sein. Also lieber zu früh als zu spät.

Es waren keine hundert Meter bis zu jenem unauffälligen, fast schon ein wenig verwahrlosten Eingang, hinter dem der Palazzo verborgen war. Da ich nicht wusste, wo ich hätte klingeln sollen, blieb ich vor der

Tür stehen und übte mich in Geduld. Auch hier und jetzt schien Venedig wieder menschenleer zu sein. Nach fünf Minuten einsamen Wartens hörte ich das vertraute Geräusch einer elektrischen Entriegelung und die Tür ging auf.

,Gut, dass Sie da sind.'

Caterina überzeugte sich, dass niemand außer mir in Sichtweite war, und ließ mich dann herein. Ohne ein weiteres Wort ging sie mir voran durch den Hof auf die Freitreppe zu. Da trat aus dem Dunkel einer Tür im Erdgeschoss eine Frau hervor.

,Buona sera, Signora Palese.' Die Unbekannte ließ einen italienischen Redeschwall folgen, dem ich wenig entnehmen konnte und der offensichtlich nur dazu diente, uns aufzuhalten. Die ganze Zeit musterte sie mich mit unverhohlener Neugier. Offensichtlich interessierte es sie, was für Männer in Simonettas Wohnung mitgebracht wurden. Aber immerhin hatte ich durch sie Caterinas Nachnamen erfahren. Die gab ihr eine betont knappe Antwort, dann ließen wir sie stehen und gingen hinauf in den ersten Stock. Caterina führte mich wieder in das Zimmer, in dem wir am Tag zuvor gewesen waren und das ich den grünen Salon genannt habe.

Wir blieben mitten im Raum stehen. Auf dem Tisch zwischen den roten Sofas standen ein leeres Glas und die Grappaflasche.

‚Sind Sie schon lange hier?‘

‚Nein, seit ein paar Minuten.‘ Auf meinen fragenden Blick hin ergänzte sie: ‚Mit dem Boot. Durch den Eingang am Kanal.‘

Daran hatte ich nicht gedacht. Natürlich besaß der Palazzo, so wie es in Venedig üblich war, neben der unscheinbaren Tür zur Gasse hin einen repräsentativen Zugang auf der Wasserseite.

Sie wirkte auf mich sonderbar fahrig.

‚Nehmen Sie sich ein Glas, wenn Sie einen Grappa mögen. Sie wissen ja, wo alles ist. Oder trinken Sie aus der Flasche.‘ Ihr Lachen klang ein wenig hysterisch.

Ich ging zur Bar, um mir ein Glas zu holen, und hörte hinter mir ein leises Klirren, als sie sich noch einen Grappa einschenkte.

‚*Fuggite, fuggite!*‘, flüsterte sie, als ich mich zu ihr setzte.

‚Was sagten Sie?‘

‚Ach, nichts.‘

‚Fehlt Ihnen etwas? Sie sind heute so anders als sonst.‘

Sie füllte schon wieder ihr Glas, dann aber riss sie sich zusammen, stellte das volle Glas auf den Tisch und versuchte zaghaft zu lächeln.

,So reden Sie doch. Was ist los?'

,Flieht! Wendet Euch ab! Verkriecht Euch in der Tiefe!'

,Sie sprechen in Rätseln, Caterina. Was soll das heißen?'

,Was täten Sie, wenn Ihnen jemand diesen Rat geben würde?'

Sie können sich vorstellen, wie bestürzt ich war. So hatte ich Caterina noch nie erlebt. Mit ihren unberechenbaren Stimmungsschwankungen hatte ich mich abgefunden. Mal vergnügt, mal verzagt, mal zärtlich und mal zornig, ein andermal überschäumend, dann wieder in sich gekehrt. Ja, ich schwärmte geradezu für dieses Feuerwerk unterschiedlicher Regungen und verklärte es zur faszinierendsten Eigenart dieses angebeteten Wesens. Aber ihr Verhalten heute erschütterte mich und machte mich ratlos. Ich wusste nicht, was ich antworten sollte. Um Zeit zu gewinnen, fragte ich, ob ich im Kamin Feuer machen solle.

,Nein, nur das nicht. Kein Feuer.'

Ich war bereits aufgestanden und setzte mich jetzt überrascht wieder hin.

,Entschuldigen Sie bitte, dass ich Sie heute Nachmittag versetzt habe.' Sie bekam sich langsam in den

Griff. ‚Aber gerade als ich zu unserer Verabredung gehen wollte, rief mich Padre Angelo an.'

Auf meinen fragenden Blick hin ergänzte sie:

‚Ein Geistlicher an Santissima Trinità. Er erzähle mir, Don Vincenzo sei verschwunden. Genaueres wusste er nicht. Ich war beunruhigt, aber es kam noch schlimmer. Ich machte mich auf den Weg zu unserer Verabredung. Draußen lauerte mir ein Mann auf.' Sie rang sichtlich um Fassung, aber dann lachte sie gezwungen. ‚Es war kein so liebenswürdiger Verehrer wie Sie.'

‚Wer war es?'

‚Keine Ahnung. Sein Gesicht war hinter einer Maske verborgen. Eine von diesen bemalten Bautamasken, wie man sie hier für die Touristen herstellt. Es fiel kaum auf, dass er maskiert war. Er trug eine Jacke mit Kapuze, die er sich über den Kopf gezogen hatte, und ich konnte die Maske nur sehen, weil er mir das Gesicht zuwandte. Er stand am Rand des Platzes vor einem Schaufenster. Dort, wo man kostbare venezianische Stoffe, Brokat und so, als Meterware verkauft. Ist Ihnen das Geschäft schon mal aufgefallen? Vor diesem Geschäft stand er, aber er betrachtete nicht die Auslagen, er starrte in meine Richtung.'

‚Sind Sie sicher?', fragte ich, aber Caterina ging gar nicht auf meine Frage ein.

‚Ich machte sofort kehrt. Erst wollte ich nach Hause zurück, aber dann dachte ich an Sie und nahm mir vor, durch kleine Nebengassen zur San Rocco zu gehen. Das war natürlich sehr dumm von mir. Ich hätte auf den Wegen, wo die vielen Touristen sind, bleiben sollen. Da hätte ich wahrscheinlich nichts zu befürchten gehabt. Aber ich war in Panik. Ich drang in das Gewirr der engen Gassen ein. Dort war ich meinem Verfolger hilflos ausgeliefert.'

Ich sah sie förmlich vor mir, wie sie mit angsterfülltem Blick zwischen den einsamen Gebäuden entlang hetzte.

‚Ich lief in Richtung der Kirche San Giacomo da l'Orio. Ich hörte seine Schritte hinter mir. Eine lange, schmale Gasse. Dann eine Brücke. Immer weiter geradeaus. Kamen die Schritte näher? Ich flüchtete mich in einen unscheinbaren schmalen Durchgang. Er mündete auf einen winzigen Platz. Auf der anderen Seite wieder ein Durchgang. Irgendwann erreichte ich den Campo San Boldo. Hatte ich meinen Verfolger abgeschüttelt? Ich verbarg mich in einem Winkel zwischen zwei Häusern. Ich versuchte, wieder zu Atem zu kommen. Ich wartete. Die Sekunden wurden zu Minuten. Kein Mensch weit und breit, auch nicht der Mann mit der Maske.'

Ich wusste nicht, was ich von dieser Geschichte halten sollte. Sie hatte jemanden gesehen, der eine Maske trug. Gut. Und der Rest? Hatte sie sich nur eingebildet, verfolgt zu werden? War sie heute so anders als sonst, weil sie verfolgt worden war? Oder hatte sie sich etwas eingebildet, weil sie heute in dieser seltsamen Stimmung war.

‚Ich war so außer mir vor Aufregung‘, setzte sie ihre Erzählung fort, ‚dass ich nur noch den einen Wunsch hatte, wieder in den Schutz der eigenen vier Wände zu gelangen. Ich hatte natürlich Angst, auf dem direkten Weg zurückzugehen. Möglicherweise wäre ich diesem Scheusal in die Arme gelaufen. Also machte ich einen großen Umweg. Als ich mein Ziel fast erreicht hatte, tauchte plötzlich Padre Angelo auf. Er war auf dem Weg zu mir. Er brachte mir eine Botschaft von Don Vincenzo, und die hat mir den Rest gegeben.‘

Ich erwartete, sie würde weitersprechen, aber sie sagte nichts mehr und starrte nur vor sich hin.

‚Was für eine Botschaft? So reden Sie doch, Caterina!‘

‚Hier‘, sagte sie und kramte in ihrer Handtasche und reichte mir schließlich ein zusammengefaltetes Stück Papier. Es entpuppte sich als einer von diesen schlecht gedruckten Handzetteln, wie man sie früher vor allem in bedeutenden Kirchen oft fand und die den Besuchern die bedeutendsten Kunstwerke und ihren Standort mitteilen. Dieser Wisch war von Santissima Trinità. Ich faltete ihn auseinander und betrachtete ihn von allen Seiten. Er zeigte unter anderem auch eine schwarzweiße Abbildung des notorischen Altarbildes von Bellini. Daneben hatte jemand einige Buchstaben und Zahlen gekritzelt. Ich hatte Mühe, sie zu entziffern. Ich glaubte *Ger 49:8* zu lesen. Ich drehte den Zettel noch einmal um, aber außer der kurzen Notiz fand ich nichts.

,Ich verstehe nicht. Worin besteht denn die Botschaft? Ist es dieses *Ger 49:8*? Ja? Wieso meint der Padre, dass es eine Mitteilung von Don Vincenzo an Sie ist? Oder dass es überhaupt eine Mitteilung ist? Was soll die Abkürzung denn bedeuten? Ich kann darin keinen Sinn erkennen.'

In dem Augenblick, in dem ich das sagte, hatte ich aber schon einen Einfall. Don Vincenzo war Priester, möglicherweise handelte es sich um eine Bibelstelle: Buch, Kapitel und Vers. Aber wofür stand *Ger*? Mir fiel keine Lösung dafür ein. 49 Kapitel? Also ein längeres Werk, vermutlich aus dem Alten Testament. Darin kannte ich mich gar nicht gut aus.

Mit leiser Stimme sagte Caterina noch einmal: *‚Flieht! Wendet Euch ab! Verkriecht Euch in der Tiefe!* So spricht der Prophet Jeremia.'

Natürlich! Jeremia, italienisch *Geremia*. Warum war ich nicht darauf gekommen? Geremia. San Geremia. Bonfiglios Trauerfeier.

‚Jeremia, Vers 8 im 49. Kapitel, habe ich recht? Und Don Vincenzo hat das hier auf den Handzettel geschrieben. Aber was hat das mit Ihnen zu tun? Warum hat der Padre Ihnen den Zettel gegeben?'

‚Er wusste es. Fragen Sie nicht, warum. Das ist eine lange Geschichte. Zu lang für heute.'

Erst jetzt fiel mir auf, dass sie ihren Mantel anbehalten hatte.

‚Ist Ihnen kalt, Caterina? Soll ich nicht vielleicht doch den Kamin anzünden?'

‚Nein, es ist gut so. Ich habe nur vergessen, den Mantel auszuziehen. Bemühen Sie sich nicht, Carlo.'

Immer nannte sie mich Carlo. Lachen Sie nicht, obwohl ich den Namen auch ein bisschen drollig finde. Aber aus ihrem Mund klang er eigentlich gar nicht sonderbar. Es war fast so, als würde ich tatsächlich Carlo heißen.

Sie zog ihren Mantel aus und fragte dann: ‚Ist nicht der Mann mit der Maske ein Beweis dafür, dass diese Warnung mir gelten muss? Und dann ist da noch die

Tatsache, dass Don Vincenzo verschwunden ist. Spurlos. Niemand weiß, was mit ihm passiert ist oder wo er ist.'

,Was Sie da erzählen, ergibt für mich alles keinen Sinn, solange Sie mir nicht die Zusammenhänge verraten. Warum vertrauen Sie sich mir nicht an? Ich würde Ihnen so gerne eine helfende Hand reichen.'

,Ich bin überzeugt, Sie würden mir, falls nötig, sogar alle beide reichen.' Zum ersten Mal an diesem Abend lächelte sie dieses bezaubernde Lächeln, das ich so an ihr liebte. Ich meinte, dass so nur ein Mensch lächeln kann, der sich zu öffnen und die verwundbare Seite seines Wesens zu zeigen bereit ist. Aber dann wurde Caterina wieder ernst.

,Ich werde dem Rat Don Vincenzos folgen und fliehen.'

,Was meinen Sie mit *fliehen*?'

,Ich werde Venedig verlassen. Morgen früh.'

Ich war wie vor den Kopf gestoßen. Diese Ankündigung kam so arg plötzlich für mich. Caterina wollte Venedig verlassen? Und ich? Was sollte aus uns werden? Ich hatte bisher die Augen vor der Möglichkeit verschlossen, unsere gemeinsamen Wintertage in Venedig könnten jemals zu Ende gehen. Das war sehr dumm von mir, und ich kann mir heute nicht mehr erklären, wie das geschehen konnte. Aber jetzt sah ich mich unverhofft mit einer Entwicklung konfrontiert, die mich zutiefst erschütterte.

‚Aber warum wollen Sie denn fliehen und vor wem?‘

‚Vor wem? Vor denen, die Bonfiglio auf dem Gewissen haben und die wohl auch hinter dem Verschwinden Don Vincenzos stecken.‘

Ich muss gestehen, dass ich an jenem Abend an dem zweifelte, was Caterina erzählte. Von Bonfiglio behaupteten die Zeitungen, er sei eines natürlichen Todes gestorben, und konnte es für die Abwesenheit Don Vincenzos nicht vielleicht auch eine harmlose Erklärung geben? Und dann diese Verfolgung durch den rätselhaften Maskenmann, der erst aus dem Nichts aufgetaucht und dann auch wieder im Nichts verschwunden war. Ich versuchte in Caterinas Gesicht zu lesen, aber ich war unfähig, mehr darin zu sehen als den Menschen, der mir alles bedeutete und den ich nicht gehen lassen wollte.

‚Und jetzt wollen Sie Venedig für einige Zeit verlassen? Wird Ihr Mann Sie auf Ihrer Reise begleiten?‘, erkundigte ich mich vorsichtig.

‚Ich werde nicht verreisen. Ich werde diese Stadt für immer verlassen und zwar möglichst ohne Spuren zu hinterlassen. Und ohne Cristoforo. Wir sind seit zwanzig Jahren verheiratet, aber ich bin sicher, er wird mich nicht sonderlich vermissen. Es gibt schon längst andere in seinem Leben, und eine von ihnen wird ihn sicherlich über mein Verschwinden hinwegtrösten. Und meine Tochter, die hat ja immer noch ihren Vater.'

Sie können mir glauben, dass ich erschüttert war angesichts dieser düsteren Worte, die sie ohne erkennbare Emotionen aussprach.

,Ich begleite Sie', erklärte ich.

,Ach Carlo, begreifen Sie doch, dass das nicht möglich ist. Ich gehe nicht auf eine Vergnügungsreise. Ich muss mich vor Menschen in Sicherheit bringen, die es möglicherweise auf mein Leben abgesehen haben.'

,Aber genau das kann ich nicht begreifen. Was haben Sie mit Bonfiglio und mit Don Vincenzo zu tun? Und warum sollte jemand den beiden etwas angetan haben? Vor wem glauben Sie, fliehen zu müssen?'

,Das kann und will ich Ihnen heute nicht erklären. Außerdem wäre jeder, der etwas von dieser Sache weiß, ein Mensch mehr, der in höchster Gefahr schwebt.'

Wir schwiegen beide eine lange Zeit. Gab es keinen Ausweg aus dieser scheinbar ganz und gar verfahrenen Situation? Was an jenem Abend in ihr vorging, blieb für mich ein Rätsel. So war es damals und so ist es auch heute noch.

‚Sehen Sie, in gewissem Sinne bin ich die Schuldige. Meinetwegen musste Bonfiglio sterben, und Don Vincenzo, er ist vielleicht auch inzwischen nicht mehr am Leben.'

‚Was reden Sie da, Caterina! Was um Himmels willen könnten Sie getan haben, um schuldig zu sein an derart schlimmen Dingen?'

‚Manchmal wird man schuldig, ohne etwas Bösen zu tun oder ohne zu wissen, dass man etwas Böses tut.'

‚Nein! Das stimmt nicht!', rief ich.

Caterina sah mich ein wenig belustigt an.

‚Sie erinnern mich an ein kleines Kind, dass seine Augen verdeckt, weil es das, was es sieht, nicht wahrhaben will.'

‚Warum gehen Sie nicht zur Polizei? Die wird für Ihren Schutz sorgen und die Täter ausfindig machen.'

‚Aber ich habe Ihnen doch schon gesagt, dass ich auch zu den Schuldigen zähle.'

Ich hielt immer noch den Zettel von Don Vincenzo mit dem neben das Foto des gestohlenen Bellinis gekritzelten Kürzel in meiner Hand.

‚Hat es mit diesem Bild zu tun, diesem Altarbild von Bellini? Haben Sie irgendetwas mit dem Diebstahl zu tun? Nein, entschuldigen Sie, ich rede Unsinn. Das ist ja völlig unmöglich!'

Nach einer kurzen Pause unternahm ich noch einen verzweifelten Anlauf: ‚Haben Sie schon mit jemandem über diese Sache gesprochen und sich Rat geben lassen? Haben Sie mit Ihrem Mann gesprochen?‘

‚Ich dachte, ich hätte Ihnen schon alles über meine Ehe gesagt.‘

‚Nun ja, jede Ehe kann einmal in eine Krise geraten, aber Sie haben sich doch einmal geliebt. In einer Situation wie dieser vergibt und vergisst man vieles.‘

Sie werden jetzt sicher über mein Verhalten den Kopf schütteln. Ich versuchte allen Ernstes, Caterina wieder in die Arme ihres Mannes zu treiben, die Frau, die ich von ganzem Herzen und über alles liebte und begehrte. Es war wohl ein Akt der Verzweiflung. Ich hoffte, die heimlichen Zusammenkünfte, die ich in den vergangenen Tagen genossen hatte, auf diesem Wege retten zu können.

‚Ich habe ihn geheiratet, ja. Aber es war nicht so, wie Sie denken. Mir war damals alles egal. Die Zukunft machte keinen Sinn mehr. Das Leben nicht und die Malerei am allerwenigsten. Deshalb habe ich Cristoforo geheiratet. Ich stand vor dem Nichts, und er hatte Geld. Außerdem sah er gut aus. Ich dachte, ein gut aussehender Mann, Luxus, in den Tag hinein leben, nicht mehr darüber grübeln müssen, was morgen sein wird. Ach, ich weiß nicht mehr, was ich gedacht habe. Aber jetzt fühle ich mich nur noch müde und ausgebrannt. Kommen Sie, Carlo! Seien Sie ein guter Junge.'

Es fällt mir schwer, Ihnen zu berichten, was weiter geschah. Zuerst einmal empfinde ich das Bedürfnis, mich zu rechtfertigen. Auch wenn Caterina das Verhältnis zu ihrem Mann in trostlosen Farben geschildert hatte, so war sie doch eine verheiratete Frau. Aber auf der anderen Seite war sie damals der Mittelpunkt meines Lebens, ich möchte fast sagen, sie war es, die allein meinem Leben Sinn gab. Sie können das, was ich tat, was wir taten, Ausdruck von Schwäche nennen. Aber war es nicht auch ein Bekenntnis zum Leben? Ich meine, zum Leben an sich, jenseits unserer gesellschaftlichen Zwänge und Vorschriften. Jedenfalls habe ich nie vorher und nie hinterher so stark die Gewissheit verspürt, mit mir selbst im Reinen zu sein. Aber ich will Sie nicht weiter mit meinen banalen philosophischen Ergüssen langweilen.

Caterina kannte sich in der Wohnung ihrer Freundin aus und führte mich in einen Raum, der kaum kleiner war als das grüne Zimmer. In seiner Mitte stand ein großes Doppelbett. Ich muss Ihnen jetzt sicher nicht im Einzelnen berichten, was in diesem Raum und in dieser Nacht geschah. Sie sind ein verheirateter Mann, ich erspare es mir, das zu erzählen, was Sie aus Ihrer Fantasie leicht ergänzen können. Aber für das Verständnis dessen, was sich zwischen Caterina und mir abspielte, ist es unerlässlich, dass ich die Unterhaltung zwischen uns wiedergebe, jedenfalls soweit, wie sie mir im Gedächtnis geblieben ist. Was sie sagte, kam mir damals seltsam, ja rätselhaft vor, und ich verstehe es auch jetzt kein bisschen besser.

,Heute', sagte sie, ,heute werde ich Ihnen ganz und gar gehören, aber wir werden uns nie wiedersehen. Morgen werde ich niemandem mehr gehören, aber das spielt heute keine Rolle. Heute gehöre ich Ihnen, Carlo.'

,Was reden Sie da, Caterina. Heute beginnt unsere gemeinsame Zukunft. Ich will jedenfalls ganz fest daran glauben, daran und dass nichts uns mehr trennen kann.'

,Nein, diese Nacht erfüllt nur dann ihren Sinn, wenn sie das Ende ist. Sie kann und darf kein Anfang sein. Sie ahnen nicht, was Sie mir damit antun würden. Versprechen Sie mir, wenn wir nachher auseinandergehen, dass Sie mich vergessen werden, ganz und gar, dass ich aufhören werde, in Ihrer Erinnerung zu existieren!'

‚Das kann ich nicht. Nein, ich werde Sie nicht vergessen. Niemals. Könnten Sie mich jemals vergessen, Caterina?‘

‚Nein, aber das ist unwichtig. Nennen Sie es einen Teil der Strafe, mit der ich meine Schuld abzutragen hoffe.‘

‚Von welcher Schuld sprechen Sie? Erzählen Sie es mir! Ich möchte Sie so gerne verstehen.‘

‚Nein, nein und nochmals nein!‘, stieß sie heftig hervor. ‚Sie wollen meine Schuld mit mir teilen, aber das werde ich nicht zulassen. Sagen Sie nichts mehr. Berühren Sie mich, Carlo! Lassen Sie mich spüren, dass Sie mich begehren!‘

Caterina verwirrte mich, und ich konnte mir auf ihre Worte keinen Reim machen. Aber ihr zu zeigen, wie sehr ich sie begehrte, fiel mir leicht, und sie erwiderte meine Leidenschaft.

Wir haben in dieser Nacht keine Minute geschlafen. Wir lagen beieinander, meist schweigend, aber wachend, nur hin und wieder wechselten wir ein paar Worte. Einmal fragte ich sie, ob sie glücklich sei. Und als sie nicht antwortete:

‚Ich meine jetzt, hier mit mir zusammen, heute Nacht.‘

‚Ach, Carlo, was soll ich Ihnen antworten. Sie würden es doch nicht verstehen.‘

Es war dunkel im Raum, und ich konnte ihr Gesicht kaum ausmachen. Ganz vorsichtig berührte ich ihre Wange. Ich hatte richtig gesehen. Sie weinte.

‚Warum weinen Sie, Caterina? Habe ich etwas Falsches gesagt? Das wollte ich nicht. Verzeihen Sie mir.‘

Aber sie antwortete nicht, sondern streichelte nur zärtlich mein Gesicht. Ihre Hände waren die feinfühligsten Hände, die ich je gespürt habe. Minutenlang lag ich reglos da, ganz versunken in ihre Berührung. Dann hörte ich ihre leise Stimme:

‚Ja, Sie haben mich glücklich gemacht. Ich habe kein Recht zu weinen. Jetzt noch nicht. Erst morgen, wenn der neue Tag da ist.‘

Aber als das Zimmer langsam, unendlich langsam, mit dem grauen Licht des neuen Tages erfüllt wurde, weinte sie nicht.

Wir verließen die Wohnung und gingen im trüben Licht eines wolkenverhangenen, dunstigen Wintertags die Treppe in den Innenhof hinunter.

In der Gasse vor dem Tor blieben wir einen Augenblick stehen.

‚Wir werden uns wiedersehen, ganz bestimmt‘, sagte ich, und sie antwortete: ‚Aber sicher, Carlo.‘ Aber sie sagte es wie eine Mutter, die ein kleines Kind beruhigen will. Dann gingen wir in entgegengesetzte Richtungen davon.

Wir haben uns nie wiedergesehen.

Am nächsten Tag erhielt ich einen Brief von ihr. Schauen Sie hier, ich trage ihn auch heute noch in meiner Brieftasche mit mir herum. Die Jahre und das häufige Lesen haben ihn unansehnlich werden lassen. Anfangs habe ich ihn jeden Tag immer und immer wieder gelesen. Bald kannte ich ihn auswendig. Später habe ich kaum noch hineingeschaut. Es genügte mir, ihn bei mir zu wissen. Er ist für mich wie ein Schatz, denn er ist alles, was mir von Caterina geblieben ist, dieser Brief und meine Erinnerungen. Manches Mal ließen Tränen die Buchstaben vor meinen Augen verschwimmen. Heute, nach zwanzig Jahren, stimmt er mich immer noch traurig, aber es ist inzwischen eine leise Wehmut, nicht mehr die aufwühlende Verzweiflung.

Und nun, nachdem ich Ihnen die ganze Geschichte von Caterina und mir erzählt habe, will ich Ihnen auch ihren Brief vorlesen:

Geliebter Carlo,
meine Vernunft verbietet mir, Ihnen zu schreiben, und ich war fest entschlossen, ihr dieses eine Mal zu gehorchen. Allein, ich bringe es nicht fertig.
Als wir auseinandergingen, habe ich Ihnen nicht widersprochen, als Sie sagten, wir würden uns wiedersehen. Sie

haben sicher durchschaut, dass ich Ihnen nur den Abschied leichter machen wollte, denn es war unser letztes Lebewohl.

Wenn Sie diesen Brief erhalten, habe ich Venedig bereits verlassen, und es wird Ihnen unmöglich sein, herauszufinden, wohin ich gegangen bin. Ich bitte Sie, es auch nicht zu versuchen. Fragen Sie niemanden nach mir, nicht, wer ich bin und was ich getan habe. Das ist meine große Bitte an Sie, geliebter Carlo. Ich könnte den Gedanken nicht ertragen, dass Sie etwas erfahren, das Ihr Bild von mir zerstören und eine hässliche Fratze zum Vorschein kommen lassen könnte. Schließen Sie das Bild, das Sie jetzt in sich tragen, fest in Ihr Herz ein und nehmen Sie es mit, wohin Sie auch gehen mögen.

Mich bedrückt der Gedanke, Sie könnten darunter leiden, dass ich Sie verlassen habe. Das vergrößert noch den Schmerz, den die Trennung mir ohnehin bereitet. Ich habe Ihnen gegenüber unbedacht und selbstsüchtig gehandelt. Vom ersten Augenblick an hätte ich wissen müssen, nein, wusste ich, dass ich dazu bestimmt war, Ihnen wehzutun.

Verzeihen Sie mir und leben Sie wohl!

C."

4. Kapitel

„Nach unserer Trennung bin ich wohl den ganzen Donnerstag wie ein waidwundes Tier durch Venedig gelaufen und dann früh am Abend todmüde ins Bett gefallen. Ich hatte schließlich in der Nacht zuvor nicht geschlafen. Als ich ihren Brief am nächsten Tag erhielt, war ich zuerst einfach nur glücklich und dankbar, ein Lebenszeichen von ihr erhalten zu haben. Dann begann ich hin und her zu überlegen. Was sollte ich tun? Sollte ich es als unabänderlichen Schicksalsschlag hinnehmen, Caterina vielleicht nie wieder zu sehen? Keinen Versuch unternehmen, sie zu finden? Dieser Gedanke war mir unerträglich, aber auf der anderen Seite war da ihre ausdrückliche Bitte, ihr Verschwinden zu akzeptieren und nichts zu tun, um sie wiederzufinden. Dieser Bitte musste ich entsprechen, so sehr es mir auch zuwiderlief, denn alles andere wäre mir wie ein schnöder Verrat an dem geliebten Wesen und meinen Gefühlen für Caterina erschienen.

Das Schicksal wollte es allerdings anders. Sie erinnern sich vielleicht, dass ich vorhin von jener unglückseligen Fahrt mit dem Wassertaxi nach der Trauerfeier erzählte und wie ich am Ende dem Bootsführer den Namen meiner Unterkunft nannte."

„Sie sagten, das habe die Polizei auf Ihre Spur gebracht, was ich nicht so recht verstanden habe, aber
ich wollte Sie vorhin nicht unterbrechen. Was sollte
die Polizei denn überhaupt von Ihnen gewollt haben?"

„Ich musste vorhin eingestehen, dass ich den Worten Caterinas nicht in allen Dingen traute. Ich glaubte ihr nicht so recht, als sie behauptete, Bonfiglio sei
ermordet worden und dass die Zeitungsberichte, die
von einem natürlichen Tod sprachen, auf einer be-
wussten Falschinformation durch die Polizei beruh-
ten. Ich hatte auch meine Zweifel an dem angeblichen
Verschwinden von Don Vincenzo. In beidem hatte
ich unrecht."

„Wollen Sie damit sagen, dass die Polizei Sie mit
dem Tod dieses dubiosen Kunsthändlers in Verbindung gebracht hat? Oder dem Verschwinden des
Priesters?" Linos beugte sich interessiert vor, sodass
sein rundliches Gesicht mit den klugen Augen hinter
der altmodischen Nickelbrille im rötlichen Schein des
Kaminfeuers aufleuchtete.

„Ach, inzwischen war noch etwas dazu gekommen.
Palese, ich meine Caterinas Mann, hatte bei der Poli-
zei seine Frau als vermisst gemeldet. Am Abend jenes
Tages kam also ein Polizist in die Locanda San Base-

gio. Ich hatte mich auf meinen üblichen Platz in der Ecke des Gastraumes gesetzt und gerade meine Bestellung aufgegeben, als die kleine Maria auftauchte und erklärte, dass da jemand sei, der mich sprechen wolle. Der Mann, eben jener Polizist, dessen Namen ich vergessen habe, war ihr auf dem Fuße gefolgt.

Er wartete, bis Maria gegangen war, dann stellte er sich mir vor und erklärte, mir einige Fragen stellen zu müssen.

‚Erlauben Sie, dass ich mich zu Ihnen setze? Ich möchte Ihnen nicht unnötig lästig fallen oder Sie gar offiziell vorladen und verhören. Und da ich einen Hunger wie ein Wolf habe, schlage ich vor, wir essen gemeinsam zu Abend und unterhalten uns dabei ganz zwanglos. Sie haben sicher auch schon die Kochkünste Marias schätzen gelernt, nicht wahr?‘ Ohne meine Antwort abzuwarten, signalisierte er der kleinen Maria, ein zweites Gedeck aufzulegen.

Der Commissario, das war, glaube ich, sein Rang, war ein kräftiger und leicht übergewichtiger Mann um die Vierzig. Er lauschte hingebungsvoll, als der Locandiere ihm erzählte, was an diesem Tag besonders zu empfehlen war. Es entspann sich eine Diskussion zwischen den beiden, der ich nicht folgen konnte, weil sie im Dialekt der Venezianer geführt wurde. Als alle Fragen das Essen betreffend geklärt waren, lehnte sich der Commissario entspannt zurück und schien sich ganz der Vorfreude auf sein Abendessen hinzugeben. Aber der Eindruck täuschte.

‚Waren Ihre Beziehungen zu Signor Bonfiglio geschäftlicher Natur?‘, war seine erste, ganz unvermittelt gestellte Frage.

‚Nein. Dass heißt, ich kannte ihn überhaupt nicht.‘

‚Aber man hat mir berichtet, Sie seien bei seiner Trauerfeier gesehen worden.‘

‚Ich kam zufällig an der Kirche vorbei und sah die vielen Menschen hineingehen. Da bin ich hinterhergegangen. Ich dachte, es wäre ein ganz normaler Gottesdienst.‘

‚Sie sind katholisch?‘

‚Nein, ich würde mich eher als ökumenisch bezeichnen.‘

‚Ah! Ich verstehe. Und an jenem Tag wollten Sie dem katholischen Teil Ihrer Seele etwas Gutes tun. Sie haben sich sicher gefreut, dort zufällig auch Signor Palese und seine Frau zu treffen. Oder haben Sie die beiden auch nicht gekannt?‘

‚Signor Palese? Nein, Signor Palese hatte ich nie zuvor gesehen. Er war auch bei der Trauerfeier, sagen Sie?‘

‚Lassen Sie Ihre Bigoli nicht kalt werden, Signore. Das wäre Sünde, und, was noch viel schlimmer ist,

Maria würde es Ihnen übel nehmen.'

Anders als mein Gegenüber konnte ich die Nudeln mit dem Entensugo nicht so recht genießen, so delikat sie auch sein mochten. Die Fragen des Commissario klangen harmlos, aber sie waren hinterhältig. So viel war mir klar, und ich war deshalb auf der Hut und konnte nicht auch noch auf das Essen achten.

‚Nach der Trauerfeier kehrten Sie sicher bald hierher zurück, oder?' Der Teller des Commissario war bereits leer und die letzten Reste der Sauce wurden liebevoll mit einem Stück Weißbrot vom Teller aufgetunkt.

‚So genau kann ich mich gar nicht mehr erinnern, aber wenn Sie es sagen. Ja, doch, Sie haben recht. Ich glaube, ich kam direkt wieder hier her.'

‚Haben Sie nicht vorher noch eine kleine Stadtrundfahrt gemacht mit einem von unseren wunderschönen Wassertaxis?'

‚Wie kommen Sie darauf?'

Er antwortete nicht sofort, sondern wartete bis, Maria den nächsten Gang serviert hatte.

‚Ich will offen mit Ihnen reden, Signore. Arcangelo Bonfiglio, der Kunsthändler, ist tot. Ermordet. Don Vincenzo, Pfarrer an Santissima Trinità, ist tot. Möglicherweise auch ermordet. Die Frau von Cristoforo Palese ist verschwunden. Vielleicht ist auch ihr etwas zugestoßen. Und dann ist da ja auch noch dieses Gemälde von Giovanni Bellini, das aus der Santissima Trinità entwendet wurde. Ob all diese Dinge etwas miteinander zu tun haben, wissen wir noch nicht. Aber in welche Richtung wir auch ermitteln, immer stoßen wir auf Sie. Ach ja, ich vergaß zu erwähnen, dass Sie zusammen mit Signora Palese vor dem Eingang von Santissima Trinità gesehen wurden. Sie hätten sich unterhalten, und Signora Palese soll einen sehr erregten Eindruck gemacht haben.'

‚Aber was soll ich dazu sagen? Ich habe mit all diesen Dingen nichts zu tun. Gar nichts.'

Ich hätte mich gerne meinem geschmorten Huhn zugewandt.

‚Vielleicht erinnern Sie sich noch daran, worüber Sie mit Signora Palese sprachen?'

Um ein wenig Zeit zu gewinnen, steckte ich mir schnell eine Gabel voll von der mit Sauce getränkten Polenta in den Mund. Mit vollem Mund soll man ja nicht sprechen.

‚Ich glaube, wir redeten über das Bild von Bellini, und Signora Palese war sehr empört über den dreisten Diebstahl. Ja, genau so war es. Ärgern Sie als Polizist sich nicht auch darüber?'

‚Kannten Sie sich schon länger, Sie und Signora Palese?'

‚Nein, gar nicht. Wir waren kurz vorher in der Kirche zufällig ins Gespräch gekommen.‘

‚Sie haben sich nach diesem zufälligen Zusammentreffen auch nicht wiedergesehen, nehme ich an.‘

‚Ich glaube nicht. Ich meine, Sie haben recht, nein, wir haben uns nicht wiedergesehen.‘

Der Commissario schnitt sich einen ordentlichen Bissen von seinem geschmorten Pferdebraten ab, schob ihn sich in den Mund und kaute lange darauf herum, was aber sicher nicht als Kritik an der Köchin gemeint war.

‚Kommen wir noch einmal auf die Trauerfeier für Bonfiglio zurück. Sie gingen anschließend zum Taxistand am Bahnhof und an Bord eines der Boote und verlangten vom Bootsführer, er solle einem anderen Wassertaxi folgen. Richtig?‘

‚Ich kann mich nicht mehr so genau erinnern, aber wenn Sie es sagen, war es möglicherweise so.‘

Der Commissario sah mich mit hochgezogenen Augenbrauen an und wandte sich dann seufzend wieder seinem Pferdebraten zu. Nach einer Weile setzte er die Unterhaltung fort.

‚War Ihnen bekannt, dass sich an Bord des Taxis, das Sie verfolgen ließen, Signor Palese und seine Frau befanden?‘

‚Das kann ich nicht mit Bestimmtheit sagen. Das

Taxi war zu weit von mir entfernt. Und außerdem hatte ich die beiden ja noch nie zuvor gesehen.' Ich war froh, dass mir im letzten Augenblick noch dieses unschlagbare Argument eingefallen war.

,Wechseln wir noch einmal das Thema. Kannten Sie Don Vincenzo?'

,Lassen Sie mich nachdenken. Nein, ich glaube nicht. Aber ich sagte Ihnen ja schon, ich bin nicht katholisch.'

,Richtig. Daran habe ich nicht gedacht. Lassen wir einmal Ihre Religionszugehörigkeit beiseite. Was machen Sie beruflich?'

,Ich bin Schriftsteller.'

,Können Sie davon leben?'

,Nein. Ich habe Vermögen.' Ich hatte wenig Lust, dem Commissario meine finanzielle Situation im Einzelnen darzulegen, aber nachdem ich mich bisher so elegant aus der Affäre gezogen hatte, wollte ich sein Misstrauen nicht am Ende noch durch verdächtige Auskünfte wecken.

,Was für Bücher schreiben Sie?'

,So dies und das.'

,Schreiben Sie auch über Malerei?'

,Das kommt vor.'

,Woran arbeiten Sie aktuell?'

,An einem Buch über Guido Reni.'

,Ist das nicht dieser Kerl aus Bologna? Was machen Sie denn dann hier in Venedig?'

,Ich hatte gehofft, hier viele Werke von ihm zu finden, aber man hat mich falsch informiert.' Der Polizist entgegnete nichts darauf. ,Haben Sie noch weitere Fragen, Commissario? Ich bin Ihnen gerne behilflich, soweit es mir möglich ist.'

,Fragen? Nein. Oder doch. Eine. Haben Sie vor, Venedig in nächster Zeit zu verlassen?'

,Darüber habe ich noch nicht nachgedacht.'

,Gut. Dann will ich Ihnen Folgendes sagen: Es ist nicht auszuschließen, dass wir Ihnen weitere Fragen stellen möchten. Ich bitte Sie also ganz offiziell, bis auf weiteres in Venedig zu bleiben.'

Und damit stand der Commissario abrupt auf und ging. Ich war froh, alle Fragen beantwortet zu haben, ohne seinen Argwohn zu erregen, und ebenso froh, ihn endlich los zu sein. Mit Genuss verspeiste ich die Zabaione, die bisher noch unberührt vor mir gestanden hatte, und spülte sie anschließend mit einem doppelten Grappa hinunter.

Erst als ich nachts wach im Bett lag, packte mich eine große Unruhe. Der Commissario hatte gesagt, Caterina sei verschwunden. Darüber war ich nicht weiter beunruhigt gewesen. Sie hatte offensichtlich ihre Ankündigung wahr gemacht und ihren Mann und ihre Familie Hals über Kopf verlassen. Natürlich war ich traurig, denn sie hatte durch ihre Flucht ja auch mich verlassen. In der Nacht aber schlug der Gedanke, Caterina könne verschwunden sein, weil ihr etwas zugestoßen war, wie ein Blitz in meine Überlegungen ein. Ich war so entsetzt, dass ich aus dem Bett sprang und aufgeregt im Zimmer auf und ab ging. Der Maskenmann! Hatten er und seine Komplizen Caterina etwas angetan? Waren sie ihrer Flucht zuvorgekommen? Sie hatten Bonfiglio umgebracht, ihn und Don Vincenzo. Und jetzt auch noch Caterina? Was konnte ich tun? Caterinas Wunsch, ihre Flucht hinzunehmen und nichts zu unternehmen, konnte ich jetzt natürlich unmöglich erfüllen. Ich nahm mir vor, alles nur Erdenkliche zu tun, um herauszufinden, was aus ihr geworden war. Vor allem musste ich dahinterkommen, wie und von wem meine geliebte Caterina in diese finstere Geschichte um Mord und womöglich auch noch einen nächtlichen Einbruch hineingezogen worden war.

Ich fieberte dem Ende der Nacht entgegen. Noch bevor der Tag anbrach, verließ ich die Locanda. Ich hastete durch die verlassenen Gassen. Mein Ziel war Santissima Trinità. Ich wollte mit diesem Padre Angelo sprechen und herausbekommen, was er wusste. Das Portal der Kirche war natürlich noch verschlossen, aber ich sah drinnen Licht. Ich umkreiste das Gebäude in der Hoffnung, irgendwie hineinzugelangen. Ich kam an den Eingang zum Wohnbereich der Ordensgeistlichen. Ich klingelte, und nach einer Weile erschien ein alter Mann in einer schäbigen weißen Kutte. Ich versuchte, ihm verständlich zu machen, dass ich Padre Angelo sprechen wolle. Er gab mir eine Antwort, die ich nicht verstand. Als ihm das klar wurde, hob er die gefalteten Hände in einer theatralischen Geste zum Himmel und rief ‚Laudes‘. Padre Angelo war also gerade beim Morgengebet.

Mein enttäuschtes Gesicht erregte offenbar sein Mitleid, und er bedeutete mir, ins Haus zu kommen. Er führte mich in die Küche, wo er gerade damit beschäftigt war, das Frühstück für die Ordensleute zu bereiten. Er bot mir einen Stuhl an und kümmerte sich dann nicht weiter um mich. Schließlich waren Geräusche auf dem Flur zu hören und der alte Mann ging hinaus und kam mit jemandem zurück, der sich mir als Padre Angelo vorstellte. Noch bevor ich etwas sagen konnte, erklärte er mir, er sei sehr in Eile, da er gleich die Achtuhrmesse feiern müsse. Ich machte also keine langen Umschweife.

‚Ich suche Signora Palese. Helfen Sie mir bitte, sie zu finden.‘

Er taxierte mich einen Moment schweigend. Er war

nur wenig jünger als Don Vincenzo, wahrscheinlich auch schon in den Siebzigern, und hatte ein faltiges Gesicht mit gutmütigen Augen. Mir fiel ein, dass Don Vincenzo mich für einen der Verbrecher gehalten hatte, die für Bonfiglios Tod verantwortlich waren, und der stumme Blick von Padre Angelo machte mich nervös. Dann sagte er schlicht, aber nicht unfreundlich: ‚Sie ist nicht hier.‘ Er senkte den Kopf, und für einen Sekundenbruchteil huschte ein melancholisches Lächeln über sein Gesicht.

‚Entschuldigen Sie, Signore, aber ich kann Ihnen nicht helfen. Ich weiß nicht, wo Signora Palese ist.‘

‚Aber Sie wussten von einer Gefahr, die ihr drohte, und haben sie gewarnt. Sie selbst hat es mir erzählt. Vor wem oder wovor musste sie sich in Acht nehmen?‘

‚Ich habe ihr nur eine Botschaft von Don Vincenzo überbracht. Aber lassen Sie mich Ihnen einen guten Rat geben. Fragen Sie nicht weiter. Nicht mich und auch sonst niemanden. Gehen Sie, Signore. Am besten verlassen Sie Venedig so bald wie möglich. Und jetzt rufen mich meine geistlichen Pflichten. Leben Sie wohl.‘

Ich musste mir eingestehen, dass mein erster Versuch, an irgendwelche Informationen zu gelangen, gescheitert war. Ich grübelte über den Rat des Padre nach. Steckte dahinter lediglich der Wunsch, einen lästigen Frager loszuwerden, oder war ich seiner Meinung nach auch in Gefahr?

Ich ging in eine Bar in der Nähe, um mein Frühstück nachzuholen. Am Nebentisch saß ein Mann vertieft in die Lektüre seiner Zeitung. Mir sprang eine Überschrift ins Auge: *Toter im Kleiderschrank*. Mein Italienisch reichte, das zu verstehen. Die Zeile darunter verstand ich nicht, aber es kamen die Worte *Santissima Trinità* darin vor. Hastig trank ich meinen Cappuccino aus und kaufte mir am nächsten Kiosk das entsprechende Blatt. Ich überflog den Artikel, aber viel schlauer machte mich das nicht. Ich verfluchte, nicht besser Italienisch zu können. Mit derselben Ungeduld, die mich quer durch Venedig hierher getrieben hatte, eilte ich jetzt wieder zurück zur Locanda San Basegio zu meinem Wörterbuch.

Der Artikel stammte von demselben Reporter, der schon die Nachtschwester Cinzia F. nach dem Diebstahl interviewt hatte. Er berichtete – ohne seine Quelle preiszugeben –, man habe den Priester Don Vincenzo tot aufgefunden in einem der Schränke in der Sakristei von Santissima Trinità, in dem ansonsten Messgewänder aufbewahrt wurden. Die Todesursache, so fuhr der Reporter fort, sei noch unbekannt. Und dann folgte eine kurze Zusammenfassung dessen, was man bisher über den Diebstahl von Bellinis Altarbild wusste. Auf diesen Artikel hin sah sich die Polizei später genötigt, die Presse wissen zu lassen, dass Don Vincenzo an akutem Herzversagen gestorben sei. Ein Fremdverschulden, so konnte man am nächsten Tag lesen, könne mit Bestimmtheit ausgeschlossen werden."

„Gut, aber wieso hat man ihn im Schrank gefunden?" Linos graue Augen hinter der Nickelbrille blitzten. „Er wird sich doch nicht in den Schrank gesetzt haben, um dort an einem Herzinfarkt zu sterben. Möglicherweise hat ihn jemand dort hinein befördert, als er bereits tot war."

„Mag sein", pflichtete ich ihm bei. „Aber worin liegt der Sinn, einen Menschen, der eines natürlichen Todes gestorben ist, in einem Schrank zu verstecken. Ich habe mich damals gefragt, ob es einen Zusammenhang zu der rätselhaften Warnung an Caterina geben könnte. Dass sein Herzinfarkt ihm gerade noch die Zeit ließ, *Ger 49:8* auf den Handzettel zu kritzeln, einen Zettel, der zufällig gerade in Reichweite war."

„Und wie gelangte er in den Schrank? Passen Sie auf!" Linos beugte sich erregt in seinem Sessel vor. „Ich habe eine Erklärung. Ein paar finstere Gestalten, die er verdächtigte, an dem Diebstahl beteiligt gewesen zu sein, kommen in die Kirche. Er will ihr Gespräch belauschen und versteckt sich dazu im Schrank. Sein Verdacht bestätigt sich. Don Vincenzo ist außer sich vor Aufregung. Ein Herzinfarkt. Er stirbt. Was sagen Sie zu dieser Möglichkeit?"

„Vielleicht haben Sie recht", meinte ich, obwohl ich seine Idee ziemlich kindisch fand. „Aber was ist mit dem Handzettel, dem *Ger 49:8*?"

„Möglicherweise hat er das notiert, als er sie kommen sah."

„Aber es erklärt nicht, warum diese Aufforderung zur Flucht als Warnung an Caterina verstanden werden konnte."

„Vielleicht war es das ja gar nicht. Vielleicht haben sich der Padre und die Palese geirrt. Möglicherweise hatte die Notiz überhaupt keine besondere Bedeutung. Vielleicht hatte er dieses Kürzel schon früher geschrieben, lange bevor sein Herz versagte. Vielleicht sollte es ihn an eine Idee für seine nächste Predigt erinnern. Ich meine, viele bibelkundige Menschen neigen dazu, nicht nur, wenn sie in Eile sind, sondern bei jeder Gelegenheit statt eine Bibelstelle zu zitieren, einfach nur die Fundstelle zu nennen. Aber erzählen Sie doch, wie es weiterging. Wir haben ja noch viel Zeit bis zum Abendessen."

„Nun, ich war mit meinem Latein so ziemlich am Ende. Ich sah nur noch eine Möglichkeit, nämlich den

Stier bei den Hörnern zu packen und Caterinas Ehemann aufzusuchen. Aber was sollte ich zu ihm sagen? Ich bin in Ihre Frau verliebt und wüsste gerne, wo sie sich aufhält? Ich fing wieder an, kreuz und quer durch Venedig zu wandern, aber ich kam zu keinem Entschluss.

Irgendwann kam ich zur Kirche San Geremia. Dort hatte die Trauerfeier für Bonfiglio stattgefunden, aber Geremia war ja auch der Prophet, dessen Worte Caterina zur Flucht veranlasst hatten. Ich ging hinein und fand die Kirche leer. Ich setzte mich auf denselben Platz wie bei der Trauerfeier, den Blick auf die Bank gerichtet, wo Caterina und ihr Mann gesessen hatten. Mir fiel dieser seltsame Alte ein, der so eifrig auf Palese eingeredet hatte. Wer mochte das gewesen sein? Aber das waren alles nur noch Erinnerungen. Die Plätze waren jetzt leer. Nur ich war hier in der Kirche, und Caterina, sie war fort.

Eine Frau kam herein und ging zielstrebig auf jenen Altar zu, in dem die Gebeine der heiligen Lucia in einem gläsernen Sarg aufbewahrt wurden. Sie kniete dort nieder und bekreuzigte sich. Ihr Auftauchen hatte den Geist Caterinas vertrieben, und ich stand auf und verließ die Kirche. Ich versuchte, ihn wieder heraufzubeschwören, diesen Geist. Ich fuhr also mit dem Wasserbus auf derselben Linie zum Markusplatz wie damals, als mir Caterina zum ersten Mal begegnet war. Ich ging sogar noch einmal ins *Caffè Florian* und setzte mich genau dorthin, wo ich mit ihr an jenem Tag gesessen hatte, aber es war alles vergeblich. Alles bestärkte mich nur in der Gewissheit, dass sie fort war. Der Gedanke, zu Palese zu gehen, war mir höchst unangenehm, aber mir war klar, dass es keine Alternative gab. Ich stopfte mir den letzten Bissen meiner Frittella in den Mund und verließ das Café.

Es war bereits spät am Nachmittag, als ich in der schmalen Gasse vor jener mir inzwischen vertrauten Tür stand. Jetzt wusste ich, wo ich zu klingeln hatte. Eine weibliche Stimme tönte aus der Gegensprechanlage. Ich nannte meinen Namen und erklärte, ich wolle Signora Palese sprechen. Der automatische Türöffner summte. Ich stieß die Tür auf und trat in einen Innenhof, ohne zu wissen, wohin ich mich wenden sollte. Eine junge Frau, sie mochte um die 20 sein, erschien.

,Bitte hier entlang. Erlauben Sie, dass ich vorgehe?'

Ich folgte ihr. Sie war nicht wie eine Hausangestellte gekleidet, und es stellte sich heraus, dass sie Caterinas Tochter war. Sie führte mich in einen Raum, der eine Art Salon war, und ließ mich Platz nehmen.

Sie war eine schlanke Person, fast ein wenig zu dünn, und nach der neuesten Mode gekleidet. Sie hatte das Gebot, eine gute Figur machen zu müssen, offensichtlich ganz und gar verinnerlicht. Eine Ähnlichkeit mit ihrer Mutter konnte ich nicht feststellen, auch nicht, nachdem sie mir gesagt hatte, dass sie Caterinas Tochter sei und ich sie entsprechend genauer musterte.

‚Wenn Sie meine Mutter sprechen wollen, kommen Sie vergeblich. Sie ist nicht zu Hause.‘ Sie redete mit einer betont hohen Stimme, in der eine gehörige Portion Arroganz mitklang.

Ich fragte nach Signor Palese, und sie antwortete, auch ihr Vater sei nicht zu sprechen. Sie sprach fehlerloses Englisch, aber mit ausgeprägt amerikanischem Akzent. Möglicherweise hatte sie längere Zeit dort gelebt, vielleicht als Austauschschülerin.

Mir war etwas der Wind aus den Segeln genommen. Ich hatte mir auf dem Weg hierher die Begegnung mit ihrem Vater ausgemalt und überlegt, was ich zu ihm sagen wollte. Während ich mich noch auf die unerwartete Situation einzustellen versuchte, fragte sie mich sehr direkt:

‚Wer sind Sie eigentlich, Signore, und woher kennen Sie meine Mutter? Was wollen Sie von ihr?‘

Ich sagte mir, dass es keinen Sinn machte, um den heißen Brei herumzureden.

‚Ihre Mutter hat mir mitgeteilt, dass sie glaubt, bedroht zu sein. Darum möchte ich wissen, wo sie jetzt ist und ob es ihr gut geht.'

‚Warum sollte meine Mutter Ihnen etwas Derartiges erzählt haben?'

‚Das tut nichts zur Sache. Hat Ihre Mutter Venedig verlassen?'

‚Ich kann mir nicht vorstellen, dass Sie das etwas angeht', erklärte sie schnippisch mit der Impertinenz einer unreifen Göre, die sie augenscheinlich war.

Die Unterhaltung stockte. Vom Hausflur her waren Geräusche zu hören. Ein Mann, in dem ich sofort Caterinas Ehemann wiedererkannte, kam herein. Die junge Frau umarmte ihn flüchtig.

‚Dieser Mann hat nach Mutter gefragt.'

Palese musterte mich mit wunderschönen braunen Augen.

‚Sind Sie von der Polizei?'

‚Nein.'

‚Was wollen Sie denn dann hier?' Bevor ich antworten konnte, wandte er sich an seine Tochter. ‚Lass uns bitte allein, Lidia.'

Die junge Frau verließ den Raum, ohne mich eines weiteren Blickes zu würdigen.

‚Ich sagte es gerade zu Ihrer Tochter, dass Ihre Frau, also, dass sie meinte, in Gefahr zu sein. Ich bin gekommen, um Sie zu fragen, ob Sie etwas von ihr wissen, wie es ihr geht.'

Mir war nicht wohl in meiner Haut. Wie leicht hätte Palese die Situation missverstehen können. Er war wohl nicht der Typ, der handgreiflich wurde, wenn jemand seiner Frau zu nahe kam, redete ich mir zumindest ein, wenngleich er mit seinen Mitte 60 durchaus noch einen jugendlichen und durchtrainierten Eindruck machte. Aber wie sollte ich ihm meine Bekanntschaft mit Caterina, mein Verhältnis zu seiner Frau erklären?

Palese sah mich einige Sekunden schweigend mit gefurchter Stirn an, dann entspannten sich seine Züge. Er lächelte, aber es war kein freundliches Lächeln.

,Wenn ich Sie richtig verstehe, sind Sie einer ihrer Bekannten. Und jetzt hat sie Sie sitzen gelassen?'

Ich wusste nicht, wie ich auf diese sonderbare Frage reagieren sollte. Ich bemühte mich, Harmlosigkeit zu demonstrieren.

,Wir sind uns vor ein paar Tagen begegnet und ins Gespräch gekommen.'

,Und bei der Gelegenheit erzählte sie Ihnen, dass sie glaubt, in Gefahr zu sein? Hat sie Einzelheiten genannt? Nein? Meine Frau ist tatsächlich verschwunden. Die Polizei ist informiert, und wenn ich Sie so höre, könnte ich mir vorstellen, dass sich die Behörden für Ihr Wissen interessieren könnten.'

‚Ich habe bereits mit einem Commissario gesprochen.'

‚Ach! Bei der Polizei waren Sie auch schon?'

‚Man hat mich aufgesucht.'

Palese lächelte jetzt nicht mehr.

‚Hören Sie mir mal gut zu, damit Sie wissen, warum ich Sie gleich rausschmeißen werde. Mir ist nicht ganz klar, ob Sie ein impertinentes Schwein sind oder nur ein armer Irrer. Egal. Meine Frau und ich, wir leben beide unser Leben, so wie es uns gefällt, und wir haben beide akzeptiert, dass jeder von uns tut, was er für richtig hält. Wir handhaben das mit einer gewissen Nonchalance. Und einer gewissen Diskretion. Bei ihr wechseln die Bekanntschaften recht häufig. Das habe ich am Rande mitbekommen, obwohl es mich eigentlich nicht interessiert. Ich denke, sie interessiert es auch nicht wirklich, mit wem ich meine Abende und Nächte verbringe. Wir sind uns bisher nicht gegenseitig in die Quere gekommen. Das ist vielleicht nicht das, was wir einander vor dem Traualtar geschworen haben, aber wir haben es beide so gewollt. Ist das nicht eine vorbildliche Ehe, wenn beide glücklich und zufrieden sind? Aber wir haben immer die Form gewahrt. Auch darin sind wir uns einig. Wir achten darauf, dass auch die Männer und Frauen, mit denen wir zusammen sind, die Form wahren. Ich weiß nicht, was Caterina dazu veranlasst hat, plötzlich fortzulaufen. Vielleicht wollte sie *Sie* loswerden. Wie auch immer. Mir ist es jedenfalls ein Rätsel, was Sie zu dieser Geschmacklosigkeit verleitet hat, mich aufzusuchen. Wenn ich Sie richtig verstanden habe, sind Sie bereits ins Visier der Polizei geraten. Das beruhigt mich. Und jetzt bitte ich Sie zu gehen, bevor ich meine gute Erziehung vergesse.'

Es blieb mir nicht anderes übrig, als mich zu fügen und das Feld zu räumen."

„Und dann? Was haben Sie dann unternommen?"

„Ehrlich gesagt, ich war ratlos. Eine Zeit lang spielte ich mit dem Gedanken, diese Simonetta aufzusuchen, Sie wissen, in deren Wohnung wir uns getroffen haben. Aber ich fragte mich, was sie überhaupt wissen könnte. Außerdem machte sie möglicherweise immer noch mit ihrem Mann Urlaub in den Bergen.

Von der Polizei blieb ich unbehelligt. Von Zeit zu Zeit standen immer noch Artikel über die Todesfälle und den Kunstdiebstahl in den Zeitungen, aber sie wurden beständig kürzer, und schon bald war das Interesse der Medien vollständig erloschen. Es gab ja auch nichts zu berichten. Das Altarbild Bellinis blieb spurlos verschwunden und über die beiden Todesfälle wurde nichts Neues bekannt. Zumindest drang nichts bis zu den Zeitungsleuten durch. Von Caterinas Verschwinden erfuhr die Öffentlichkeit überhaupt nichts. Auch wenn das der Polizei angezeigt worden war, kam es zu keiner öffentlichen Vermisstensuche. Vielleicht hatte sie sich bei ihrem Mann gemeldet. Ich weiß es nicht. Ich jedenfalls habe nie mehr etwas von ihr gehört. Irgendwann habe ich Venedig verlassen und bin danach nie wieder dorthin."

„Welch ein unspektakuläres Ende, wenn Sie mir diesen Ausdruck gestatten."

„Ja, unspektakulär und auch deprimierend. Aber ist es nicht sonderbar, wie all diese Dinge, die ja nun fast genau zwanzig Jahre zurückliegen, mir plötzlich wieder so gegenwärtig sind? Als wären sie gestern geschehen. Alles nur wegen dieser harmlosen Mitteilung in der Zeitung. Sie haben sie sicher auch gelesen, nicht wahr?"

„Sie meinen über den Bellini, der damals gestohlen wurde? Doch die Meldung, dass er ganz überraschend wieder aufgetaucht ist, wurde auch hier in England gebracht."

„Der Einbruch in die Santissima Trinità ist ja nie aufgeklärt worden. Und jetzt taucht das Bild nach all den Jahren wieder auf. Einfach so. Keine Information darüber, wer es gestohlen hat, wo es all die Jahre gewesen ist, wieso es plötzlich wieder da ist. Nichts! Ist das nicht höchst sonderbar?"

„Nicht unbedingt." Linos sammelte einen Augenblick lang seine Gedanken. „Ich vermute Folgendes: Es gibt da einen Kunstliebhaber, der ein Werk von Weltrang besitzen will und dem es gelingt, sich seinen Traum zu erfüllen. Niemand ahnt etwas, auch nicht die Menschen, die ihm am nächsten stehen. Aber eines Tages kommt die Reue. Oder der Überdruss. Oder jemand aus seiner Umgebung – ein Verwandter vielleicht – kommt hinter das Geheimnis. Dieser dringt nun darauf, sich des Bildes zu entledigen, es der Einfachheit halber auf diskrete Weise an den Eigentümer zurückzugeben. Also taucht das verschwundene Kunstwerk unverhofft wieder auf, und alles ist gut. Niemand stellt dumme Fragen, weil alle so klug sind, über die Angelegenheit den Deckmantel des Schweigens auszubreiten."

„Und was ist mit Bonfiglio und Don Vincenzo? Sie mussten sterben. Was ist mit Caterina Palese, die vor den Mördern geflohen und nie wieder aufgetaucht ist? Wer weiß, vielleicht ist sie auch eines gewaltsamen Todes gestorben?"

„Ich habe nur versucht, die Angelegenheit darzustellen, soweit sie das Gemälde betrifft. Für die Opfer interessiert sich allenfalls noch die Polizei, und wenn der rechtmäßige Eigentümer des Bellini mit dem reuigen Dieb im Gegenzug zur Rückgabe des Bildes Stillschweigen vereinbart hat, ja, was soll die Polizei dann machen?"

„Caterina Palese ist also allenfalls so eine Art Kollateralschaden. Genau wie Bonfiglio und Don Vincenzo. Wollen Sie das damit ausdrücken?"

„Aber ganz und gar nicht, glauben Sie mir das", beeilte Linos sich zu versichern. „Und wenn ich diesen Eindruck bei Ihnen erweckt haben sollte, so bitte ich Sie aufrichtigst um Verzeihung."

Ich schwieg, während Linos aufstand, ans Fenster trat und in die Dämmerung hinausschaute. Eine trostlose Landschaft lag vor ihm, öde Grasflächen begrenzt von einer grauen Mauer, an der hier und da alte, entlaubte Bäume standen. Durch den Garten verlief ein Weg, der beiderseits von barock anmutenden, keulenförmig zurechtgestutzten Eiben gesäumt wurde. Allein diese Eiben sorgten für grüne Farbtupfer in der winterlichen Tristesse.

„Eigentlich", sagte Linos nach einer Weile nachdenklich, „sollte ich diese Zeit des Jahres an der Riviera in Portolena verbringen und nicht hier im ungemütlichen England. Aber spätestens Mitte Dezember zieht es mich in jedem Jahr hierher in der Hoffnung auf eine weiße Weihnacht. Fast immer vergebens, aber im nächsten Jahr komme ich dann doch wieder.

Ist das nicht sonderbar?"

Ich erwiderte nichts. Ich war in meinen Gedanken immer noch in Venedig und bei Caterina.

„Dabei fällt mir ein, wir werden über die Feiertage Besuch aus Venedig bekommen."

„Aus Venedig?"

„Ja, es ist ein entfernter Verwandter von Octavia. Ich kenne ihn nicht persönlich. Er kommt mit seiner Frau, einer Japanerin. Sie haben sich vor zwanzig Jahren in Venedig kennengelernt und auf der Stelle ineinander verliebt." Mit einem Lächeln fügte er hinzu: „Ich vermute, sie haben sich mehr oder weniger selbst eingeladen, obwohl Octavia mir keine Einzelheiten verraten hat. Tomoko, so heißt Marks Frau, ist wohl ganz begierig, einmal ein typisch englisches Landhaus kennenzulernen."

„Und sie leben in Venedig?"

„Ja, Tomoko hat dort studiert, ich weiß nicht was, und Mark, der damals ein furchtbarer Tunichtgut gewesen ist und seinen Eltern auf der Tasche lag, nun, er ist auf seinen ausgedehnten Reisen eines Tages nach Venedig gekommen. Sie haben geheiratet und haben sich in Venedig niedergelassen. Da Mark ein oder zwei Semester Literatur in Oxford studiert hatte, hat er in Venedig Arbeit als Englischlehrer gefunden. Die beiden erwarten wir morgen, gerade rechtzeitig zum Weihnachtsfest."

„Dann wird es eine recht große Gesellschaft werden."

„Das stimmt. Aber heute beim Abendessen lernen Sie ja erst einmal Aunt Lulu kennen. Sie ist heute Nachmittag angekommen. Ihre Mutter und Octavias Großmutter waren irgendwie miteinander verwandt. Eigentlich heißt sie Ludovica. Ihre Vorfahren väterlicherseits waren Italiener. Wir alle nennen sie aber immer nur Aunt Lulu, obwohl sie ja nur eine entfernte Verwandte ist."

„Und wie soll ich sie anreden? Ich kann ja nicht Aunt Lulu zu ihr sagen."

„Aber sicher! Sie wäre zutiefst verletzt, wenn Sie es nicht täten. Sie ist eine ganz famose Person. Sie hat lange als Schauspielerin gearbeitet, meist auf dem Theater, aber sie hat auch ein paar Filme gedreht. Einmal sogar an der Seite von Laurence Olivier, aber nur eine ganz kleine Rolle. Und, aber das dürfen Sie nicht weitererzählen, kennen Sie diesen Gassenhauer aus den Zwanzigerjahren, *Don't bring Lulu*?" Linos kicherte in sich hinein. „Wer auch immer das Lied geschrieben hat, er hatte jemanden wie unsere Tante Lulu dabei vor Augen. Aber ich will Ihnen keine Angst machen. Sie ist inzwischen über achtzig und die roten Haare sind längst grau geworden."

Ich fragte mich, was ich mit dieser sonderbaren Beschreibung von Tante Lulu anfangen sollte. Ich konnte mich auch nicht erinnern, dieses Lied jemals gehört zu haben. Ich sah der Begegnung mit dieser Frau mit gemischten Gefühlen entgegen.

Nach einem Blick auf die Uhr entschuldigte ich mich mit dem Hinweis, ich wolle mich vor dem Abendessen noch frisch machen und verließ meinen Gastgeber.

5. Kapitel

Die große Halle in ihrer monumentalen Schlichtheit war ein Ehrfurcht einflößender Raum. Sie war zwei Stockwerke hoch und als ältester Teil des Landhauses im späten Mittelalter gebaut worden. Alles andere hatte man im Laufe der Jahrhunderte um sie herum angefügt, die letzten Gebäudeteile sogar erst um 1900. Ich verweilte dort einen Moment und berauschte mich an der erhabenen Würde des Ortes. Der Raum wurde nur spärlich von dem mächtigen Feuer im Kamin erhellt. Mein Blick schweifte über die Holzschnitzereien an den Wänden und dann zur Decke empor, auch dort filigrane Schnitzereien. Einige der Fenster mit dem an gotische Kirchen erinnernden Maßwerk gingen heute, wo nur noch eine der Mauern eine Außenmauer war, auf ein Treppenhaus, das man hinter den Scheiben sehen konnte.

Das Esszimmer befand sich direkt neben der Halle. Ich war der Erste dort. Auch hier gab es einen imposanten Kamin mit einem lodernden Feuer, das wohlige Wärme verbreitete. Die Wände waren gänzlich mit Holz verkleidet, das mattweiß lackiert war. Die Fenster bildeten schwarze Löcher in diesem Weiß, denn inzwischen war es draußen vollständig dunkel geworden. In der Mitte des Esszimmers stand eine lange Tafel. Mindestens vierzehn Menschen, schätzte ich, hätten dort Platz gefunden, heute aber war nur für sechs gedeckt. Zwei silberne Leuchter mit brennenden Kerzen standen auf dem weißen Leinen. Mehrere zweiarmige Kerzenhalter an den Wänden erhellten den Raum zusätzlich.

Von der Tafel abgesehen, war das Esszimmer spärlich möbliert. Ins Auge fiel eine große Anrichte an der Längswand direkt neben dem Kamin. Über der Anrichte hing ein Gemälde, das im Stil der Restaurationszeit gemalt war und eine junge Frau zeigte, deren schmales Gesicht nach der Mode jener Zeit von langen Korkenzieherlocken eingerahmt wurde. Dieses Gesicht war dem Betrachter zugewandt und die lebhaften Augen blickten ihn selbstsicher und gleichzeitig abschätzend an. Ich fühlte mich an die Porträts der zahlreichen Mätressen von König Charles II. erinnert.

„Es ist wahrscheinlich von Peter Lely, und wir vermuten, dass es Nell Gwyn darstellt." Octavia war unbemerkt hereingekommen und ihre Bemerkung bestätigte nun meine Vermutung. Linos' Frau, groß und schlank, strahlte Ruhe, Souveränität und Durchsetzungsvermögen aus. „Wir haben es allerdings nicht von irgendwelchen Kunstexperten begutachten lassen. So wohnt ihm ein letztes Geheimnis inne. Finden Sie nicht, dass das dem Blick der Frau entspricht, der auch etwas Rätselhaftes hat?"

Gleich nach Octavia war Gosia hereingekommen. Das polnische Dienstmädchen brachte eine altmodisch anmutende Terrine und stellte sie mitten auf den Tisch zwischen die sechs Gedecke. Gosia war eine junge, lebhafte Brünette, klein und drall. Als sie sich im Rücken von Octavia wusste, warf sie mir ein kesses Lächeln zu.

„Wir werden *à la française* essen", erklärte Octavia. „Das ist heutzutage etwas aus der Mode gekommen. Leider. Aber ich meine, dass Gosia diese Art zu servieren trotzdem kennen sollte. Ihr Name ist polnisch für Perle. Perle! Bis sie wirklich eine Perle ist, muss ich ihr noch eine Menge beibringen."

Gosia kam mit der nächsten Terrine, und ihr auf dem Fuße folgten Linos und Alathea.

Alathea war die ältere der beiden Töchter und vor Kurzem achtzehn geworden. Sie war groß und schlank und trug ihr langes, glattes, blondes Haar offen, was ihr schmales Gesicht noch schmaler erscheinen ließ. Auch ihre Lippen waren schmal, genau wie ihre Nase. Sie pflegte ihr Gegenüber aus ihren fast immer leicht geschlossenen blauen Augen mit kühlem Interesse anzusehen. Sie wirkte zurückhaltend, aber keineswegs schüchtern, und ich wusste, dass sie eine intelligente und zielstrebige Person war.

„Sie sehen es uns hoffentlich nach, dass wir beim Dinner auf die formelle Abendgarderobe verzichten", erklärte Octavia mit einem Blick auf Alatheas Jeans. „Derartiges ist der Jugend heutzutage einfach nicht mehr zu vermitteln."

„So viel Rücksichtnahme haben wir gar nicht verdient, Mum", meinte ihre Tochter, umarmte sie und gab ihr einen flüchtigen Kuss auf die Wange. „Eines Tages werdet ihr bedauern, nicht strenger mit uns gewesen zu sein."

In diesem Augenblick erschien nun auch Aunt Lulu, und sie tat es wie eine Schauspielerin, die die Bühne betritt. Trotz ihres Alters ging sie so selbstverständlich davon aus, Mittelpunkt der Gesellschaft zu sein, dass niemand auf die Idee kam, ihr diese Stellung streitig zu machen. Linos beeilte sich, mich ihr vorzustellen.

Sie hielt mir lächelnd ihre Rechte hin, welche nur noch aus Haut und Knochen zu bestehen schien und die ich nur leicht berührte aus Angst, ihr wehzutun. Unter allen Menschen, die mir in meinem Leben begegnet sind, war sie diejenige, die am ehesten Anspruch darauf hatte, *zierlich* genannt zu werden. Ihr Gesicht war über und über von Falten zerfurcht, aber es waren zwei funkelnde, lebhafte Augen, die aus diesem Gesicht hervorblickten.

„Ach, als ich jünger war, haben die Jerries mir noch die Hand geküsst." Sie krauste ihre Stirn und fixierte mich mit ihren stahlblauen Augen. Dann lachte sie kurz auf. „Nein, seien Sie jetzt nicht schockiert, das war nur ein Scherz." Sie hatte eine wohlklingende, dunkle Stimme, die ich bei einer derart fragilen Person nicht erwartet hätte.

Nach und nach hatte Gosia den Tisch mit Schüsseln, Platten und Terrinen gefüllt und verharrte jetzt neben der Tür und erklärte: „Es ist serviert, Madam."

„Wo bleibt Debs? Kann sie denn nie pünktlich sein? Ich frage mich, was die Kinder heute auf den teuren Internaten überhaupt noch lernen, wenn nicht einmal, pünktlich zu sein. Gosia, sieh nach, wo sie bleibt."

„Jawohl, Madam."

Aber kaum hatte sie den Raum verlassen, hörten wir Debs' Stimme in der Halle, und dann erschien die Kleine, murmelte eine Entschuldigung und ging zu Aunt Lulu, um sich von ihr einen Kuss auf die Stirn geben zu lassen.

Sie hieß eigentlich Deborah, wurde aber von allen nur Debs genannt, und sie war in vielem das Gegenteil ihrer Schwester. Sie hatte das kastanienbraune

Haar ihrer Mutter, die Locken streng zurückgekämmt und zusammengebunden, und sie hatte kindlich große, braune Augen, die unter dichten Brauen hervorschauten, eine Stupsnase und volle Lippen. Sie war lebhaft und von einer gewinnenden Fröhlichkeit, und obwohl sie nur zwei Jahre jünger war als Alathea, wirkte sie viel unreifer.

Da wir jetzt vollzählig waren, wies Octavia einem jeden von uns seinen Platz zu, und als wir alle saßen, entfernte Gosia die Deckel von den Terrinen, Platten und Schüsseln.

„Welche Suppe nehmen Sie, Karl? Die Rehconsommé oder lieber die Blumenkohlvellutata?", fragte Octavia mich. „Oder wollen Sie gleich mit der Taubenpastete beginnen? Die sollten Sie unbedingt probieren, sie ist Matsutanis ganzer Stolz. Außerdem sind da noch die von ihm persönlich geräucherten Forellen."

Es standen noch weitere Schüsseln mit Gemüse und Salaten auf dem Tisch.

„Ich kann gar nicht verstehen, wie er ganz allein all diese Gerichte zubereiten kann", meinte ich bewundernd.

„Wenn wir Gäste haben, so wie jetzt während der Feiertage, geht ihm Mrs Davis ein wenig zur Hand. Sie hat Reverend Curtis bis zu seinem Ruhestand den

Haushalt geführt. Das war, nachdem dessen Frau gestorben war. Anfangs hat Mrs Davis sich geziert, weil Matsutani Japaner ist. Ihr Großvater hat im Krieg in Burma gegen sie gekämpft und ist dort gefallen. Aber mittlerweile verstehen die beiden sich prächtig. Mrs Davis meint, er sei einer von den wenigen Japsen, von denen man etwas lernen könne."

Ich nahm mir von der Kraftbrühe. Es war abzusehen, dass es ein sehr reichhaltiges Abendessen werden würde, und ich wollte lieber mit etwas Leichtem beginnen.

Da alle noch mehr oder weniger hungrig waren, kam die Unterhaltung anfangs zu kurz, aber nach einiger Zeit meinte Debs:

„Und morgen kommt also dieser Mark aus Venedig."

„Kind, es ist nicht dieser oder jener Mark, es ist mein Vetter Mark."

„Dann ist er also quasi so etwas wie unser Onkel?", erkundigte sich Alathea.

„Nun, es ist eine recht entfernte Verwandtschaft. Lass mich nachdenken."

Ich bemerkte, dass sich Linos plötzlich mit einer erstaunlichen Hingabe seinem Essen widmete, so als gäbe es nichts Wichtigeres auf der Welt, und Alathea und Debs folgten seinem Beispiel.

„War seine Großmutter nicht mit Lord Ellington of Shadfen verheiratet?", fragte Aunt Lulu. „Er soll eine so stattliche Erscheinung gewesen sein. Ich habe ihn leider nie kennengelernt."

„Ja, als ich noch klein war, war ich furchtbar beeindruckt von ihm. Er war so ganz anders als mein Großvater. Männer wie ihn sieht man heute nur noch auf Fotos aus der Zeit Victorias." Octavia hing eine Weile ihren Erinnerungen nach. „Aber er war nicht Marks Großvater. Das bringst du durcheinander. Er ist leider kinderlos geblieben."

„Ja, wo ist denn dann dieser Mark hergekommen?"

„Marks Großmutter war die Schwester von Lord Ellington, denn der war ja mit der Schwester meiner Großmutter, Aunt Anne, verheiratet."

„Hatte Aunt Anne nicht Archibald, den Schwager meines Onkels George geheiratet? Irgendwie sind wir beide doch auch miteinander verwandt."

„Aber nein, Archibald war doch mein Großvater."

„Bist du sicher?"

„Ich werde doch wohl wissen, wer mein Großvater gewesen ist. Marks Großvater war auch Schotte, genau wie Archibald. Er war sogar irgendwie mit Archibald und George verwandt, aber nur sehr entfernt."

„Also ist er gar kein Nachkomme von Lord Ellington."

„Nein, aber von dessen Vater, und der gehörte sogar zum Hochadel. Lord Ellington und Marks Großmutter hatten noch einen älteren Bruder, der den Titel geerbt hat."

„Ach, von diesen Familiengeschichten werde ich noch ganz wirr im Kopf. Wie ist dieser Mark denn nun mit dir verwandt?"

„Aber das sagte ich doch schon. Seine Großmutter war die Schwägerin der Schwester meiner Großmutter."

„Tatsächlich? Aber wenn deine Großmutter mit dem Bruder der Schwägerin meiner Mutter verheiratet war und sie gleichzeitig die Schwester der Schwägerin von Marks Großmutter war, dann er ja auch mit mir verwandt."

„Ja, selbstverständlich."

„Ich hoffe, dass ihm das nicht unangenehm sein wird."

„Aber warum denn das, Aunt Lulu?"

„Na ja, was soll's. Ändern lässt es sich ja jetzt sowieso nicht mehr, oder?" Sie überlegte einen Moment. „Und die Eltern? Weißt du etwas über seine Eltern?"

„Ja, die Mutter hieß Mary und sie hat einen Immobilienmakler aus York geheiratet. Beide sind vor etlichen Jahren bei einem Verkehrsunfall ums Leben gekommen. Mark war ihr einziges Kind, aber viel zu erben gab es für ihn nicht."

„Und warum lebt er in Venedig? Dieser Mark, der morgen kommt?", bemühte sich Debs zum Wesentlichen zurückzukehren.

„Kind! Hörst du denn nie zu?"

„Entschuldigung. Ich meine diesen Onkel Mark. Warum Venedig?"

„Ich meine nicht, dass ihr ihn Onkel nennen solltet. Darauf wird heute kein Wert mehr gelegt."

„Na ja, Tante Tomoko, das würde auch komisch klingen", meinte Alathea.

„Und wenn ihr wissen wollt, warum er in Venedig wohnt, müsst ihr ihn morgen selber fragen."

Debs hatte sich wieder ihrem Salat zugewandt, aber dann fiel ihr doch noch eine Frage ein: „Und warum hat er eine Japanerin geheiratet?"

„Wahrscheinlich aus demselben Grund, mein liebes Kind, wie die meisten Menschen heutzutage. Er hat sich wohl in sie verliebt."

„Wie hat er sie denn überhaupt kennengelernt? Ist er in Japan gewesen?"

„Soweit ich weiß, haben die beiden sich in Venedig kennengelernt."

„Ja", seufzte Aunt Lulu, „Venedig ist genau der richtige Ort, um sich zu verlieben. Waren Sie auch schon einmal in Venedig?", wandte sie sich an mich.

„Ja."

„Und haben Sie sich dort auch verliebt?"

Alles, was ich vor zwanzig Jahren dort erlebt hatte, war mir durch meine Unterhaltung mit Linos wieder derart gegenwärtig, dass es mir unmöglich war, eine unbekümmerte Antwort zu gebe. Aunt Lulu lachte leise.

„Nun habe ich Sie schon wieder in Verlegenheit gebracht. Verzeihen Sie das ungezogene Benehmen einer alten Frau. Ich werde versuchen, mich zu bessern, obwohl das in meinem Alter gar nicht mehr so einfach ist."

„Aber nicht doch! Sie konnten ja nicht wissen ..."

„Ah, also tatsächlich, ich habe es geahnt! Wie romantisch! Erzählen Sie!"

„Gosia, du kannst jetzt abtragen und in der Küche Bescheid sagen, dass der nächste Gang serviert wird", sagte Octavia und Linos fragte:

„Wo wollen wir Mark und Tomoko eigentlich unterbringen?"

„Ich habe gedacht, ihnen ein Zimmer im Südflügel zu geben. Von dort haben sie einen schönen Blick auf den Park. Das Zimmer schräg über dem Arbeitszimmer zum Beispiel, oder was meinst du?" Normalerweise reagierte Octavia höchst ungehalten, wenn sich jemand in ihre Haushaltsführung einmischte.

„Sehr gut, ich bin ganz deiner Meinung. Wie dumm von mir, überhaupt zu fragen."

„Wir können uns glücklich schätzen, dass wir Matsutani haben", gab Debs dem Gespräch eine neue Richtung. „Er wird sicher wissen, was Japanerinnen gerne essen."

„Sei nicht albern, Kind!", fuhr Octavia sie an. „Tomoko lebt seit über zwanzig Jahren in Italien. Sie ist kein exotischer Zoobewohner, über dessen Ernährungsweise wir uns den Kopf zerbrechen müssten."

„Aber vielleicht hat sie sich trotzdem gewisse Vorlieben bewahrt, auf die wir Rücksicht nehmen sollten."

„Ich glaube, Japaner essen gerne Reis. Deshalb haben sie ja auch Schlitzaugen." Alathea sagte es, ohne eine Miene zu verziehen.

Mrs Davis, die Gosia gerade beim Abräumen und Auftragen half, gab ein sonderbares Geräusch von sich, so als würde sie keine Luft mehr bekommen, und Debs ereiferte sich: „Wieso sagt jetzt niemand etwas? Ich werde dauernd zurechtgewiesen, aber Alathea kann tun und sagen, was sie will."

Alathea wollte etwas erwidern, aber Octavia ließ sie mit einer energischen Handbewegung schweigen.

„Solche Gespräche wollen wir bei Tisch nicht führen. Habt ihr mich verstanden?"

Ihr scharfer Tonfall sorgte dafür, dass vorerst niemand mehr etwas sagte. Deshalb ergänzte Octavia etwas versöhnlicher:

„Wissen Sie, Karl, die beiden sind sonst ganz vernünftige Kinder. Linos und ich sind zu recht stolz auf sie. Ich weiß nicht, was mit den beiden heute los ist. Vielleicht, weil sie zu Hause sind und nicht in der Schule."

„Du solltest nachsichtiger mit ihnen sein", meinte Aunt Lulu. „Die jungen Dinger wollen auch mal auf die Koppel und sich austoben."

„Aber nicht während des Abendessens."

Wieder wurden nach und nach Schüsseln und Platten hereingetragen, bis eine neue Ansammlung verführerischer Köstlichkeiten zwischen uns aufgebaut war. Direkt vor mir standen die geschmorten Ochsenbäckchen, die in einer sämigen, braunen Sauce lagen. Ich bediente mich. Dazu nahm ich etwas in Knoblauchöl geschmorten Stängelkohl. Ich probierte, beglückwünschte mich zu dieser Zusammenstellung und aß mit gutem Appetit.

Als mein Teller leer war und Octavia das bemerkte, meinte sie: „Sie sollten unbedingt auch von der Lammkeule probieren. Sie stammt von einem Schaf der Rasse *Wiltshire Horn*, ist also eine regionale Spezialität. Es war für Matsutani nicht leicht, diese Keule zu bekommen."

„Dann werde ich sie natürlich probieren."

„Gosia!" Octavia sprach leise, aber nachdrücklich. „Pass doch auf! Aus dem Fenster schauen kannst du in deiner Freizeit."

„Sehr wohl, Madam."

Eilig ersetzte Gosia meinen schmutzigen Teller durch einen sauberen. Ich nahm mir eine Scheibe der bereits tranchierten Lammkeule und lud mir dazu von den knusprigen, braunen Bratkartoffeln auf den Teller. Schon als sie vorhin aufgetragen wurden, war mir bei ihrem Anblick das Wasser im Munde zusammen gelaufen. Mit einem Löffel der in Portwein geschmorten Schalotten rundete ich das Ganze ab. Die Minzsauce, ich gestehe es, verschmähte ich.

„Ich weiß noch gar nicht, was wir Weihnachten mit Gosia anfangen sollen. Hier im Dorf gibt es keine katholische Kirche. Ich fürchte, sie wird mit uns Ketzern zusammen die Weihnachtsmesse feiern müssen."

„Ich erinnere mich", warf Aunt Lulu ein, „dass meine Mutter einen Gärtner gehabt hat, der war Nonkonformist. Er hat sich standhaft geweigert, die Kirche Ihrer Majestät zu betreten. Später musste er gegen Hitler in den Krieg ziehen, sodass es meiner Mutter erspart blieb, ihn hinauszuwerfen." Aunt Lulu kicherte. „Er war ein fesches Mannsbild", und dabei lächelte sie mich augenzwinkernd an. „Keine von den weiblichen Dienstboten soll vor ihm sicher gewesen sein. Es heißt, sie hätten alle Angst gehabt, in die Nähe seines Gartenschuppens zu kommen, aber das glaube ich nicht."

„Früher konnte man sich sein Personal jedenfalls noch aussuchen. Aber heute?" Octavia hob resignierend die Schultern. Dann fiel ihr Blick auf Debs' Teller. „Du isst ja gar nichts. Was möchtest du? Lamm? Oder lieber Fasan?"

„Ich esse etwas, Mum, nämlich diesen Salat hier. Ich möchte kein Fleisch, wenn es das ist, was du meinst. Ich habe ein schlechtes Gefühl, wenn ich Fleisch esse."

„Das könnte an der Verdauung liegen", meinte Alathea. „Ich habe vor ein paar Tagen gelesen ..."

„Ich glaube, wir sollten bei Tisch nicht über die Verdauung reden", unterbrach Linos sie, bevor Octavia es tun konnte.

„*Ich* habe nicht über meine Verdauung gesprochen, sondern über meine *Gefühle*", erklärte Debs. „Ich finde es nicht richtig, wenn Menschen Fleisch essen."

„So ein Salat ist sicher auch viel gesünder", pflichtete Linos ihr bei.

„Es geht nicht nur um die Gesundheit", aber bevor Debs ihre Meinung ausführlicher darlegen konnte, unterbrach Octavia sie.

„Ich weiß nicht, wer dir diese Flausen jetzt schon wieder in den Kopf gesetzt hat. Wo soll das nur enden? Die Kinder wissen sich heutzutage nicht mehr zu benehmen."

„Was hat das, bitte schön, mit Benehmen zu tun, wenn ich kein Fleisch essen möchte?"

„Alles, was du in Gesellschaft anderer Menschen tust, hat etwas mit Benehmen zu tun, auch Essen und Trinken ist gutes oder schlechtes Benehmen. Wenn du allein bist, kannst du soviel Salat essen, wie du willst, aber nicht in Gesellschaft."

„Debs hat es sicher nicht böse gemeint", warf Linos ein.

„Ich möchte das jetzt nicht diskutieren. Ach, von mir aus soll sie Salat essen, soviel sie will, wenn sie es nicht besser weiß. Aber vergiss bitte nicht, Debs: Was hier in diesem Haus auf den Tisch kommt, das bestimme ich."

Alathea hatte interessiert zugehört und währenddessen mit guten Appetit ein samtig schimmerndes Guinnessragout auf getrüffeltem Kartoffelpüree Gabel für Gabel verputzt.

„Früher", erklärte Octavia, als niemand mehr etwas sagte, „hat man Kinder auf ein Internat geschickt, weil man wollte, dass sie gut erzogen werden. Heutzutage ... ach, ich weiß nicht, was man heutzutage mit den Kindern dort macht, aber es ist hinausgeworfenes Geld."

„Meine Mutter hat in ihrer Jugend noch einige Zeit in einem Internat in der Schweiz verbracht. Man meinte, das würde der Erziehung einer jungen Dame den letzten Schliff geben. Wenn man Glück hatte, wurde man irgendwohin geschickt, wo man Skifahren konnte. Ansonsten war die Schweiz auch damals schon eine recht langweilige Gegend."

„Und was, Aunt Lulu, hat man mit den jungen Herren gemacht?", fragte Debs. „Hat man die auch in die Schweiz geschickt?"

„Das kann ich dir nicht sagen. Mein Vater war Italiener. Und die Italiener sind früher allenfalls als Kaminkehrer oder als Bauarbeiter dorthin gegangen. All die schönen Tunnel durch die Alpen hätte die Schweizer ja nie und nimmer alleine bauen können."

Auf den zweiten war ein dritter Gang gefolgt, der süße Leckereien und Käse auf den Tisch brachte, und nachdem wir alle auch davon reichlich gegessen hatten, zogen Linos und ich uns in die Bibliothek zurück, tranken Kaffee und Cognac, redeten eine Weile über belanglose Dinge, gingen dann aber bald auseinander, und schließlich stand ich in meinem Zimmer am

Fenster, schaute in die dunkle Nacht hinaus und musste mir sagen, dass ich viel zu viel gegessen hatte, um jetzt schon schlafen gehen zu können.

Ich wusste, dass unterhalb meines Fensters eine große Rasenfläche war, aber jetzt im nächtlichen Dunkel war sie unsichtbar. Weiter weg hingegen war ein Lichtschein zu erkennen. Das war die Außenbeleuchtung über dem Eingang eines Nebengebäudes, das früher sowohl Gesindehaus als auch Stallung gewesen war. Jetzt wohnten der Koch und die kleine Polin dort, während die Kutschen und die Pferde durch Automobile ersetzt worden waren. Zwischen dem Landhaus und jenem anderen Gebäude befand sich eine Mauer mit einem kleinen Torhaus mit einem Spitzdach, dort wo der Durchgang war. Gerade in diesem Augenblick erahnte ich in der Dunkelheit etwas, das sich in Richtung Gesindehaus bewegte. Als es jenseits des Tors in den Lichtschein der Außenbeleuchtung gelangte, erkannte ich Gosia. Sie blieb vor dem Eingang unter der Lampe stehen und zündete sich eine Zigarette an.

Aus einer Laune heraus zog ich meine Jacke an, verließ mein Zimmer und gelangte durch einen Seiteneingang im Erdgeschoss in den Garten. Die Nacht war kalt, aber es war trocken und windstill. Der Lichtschein wies mir den Weg zum Gesindehaus.

Als Gosia mich durch das Tor kommen sah, wollte sie ihre Zigarette schnell verschwinden lassen.

„Nicht doch! Nicht meinetwegen. Rauchen Sie ruhig weiter."

Sie beantwortete das mit einem Lächeln und zog dann wieder gierig an ihrer Zigarette.

Ich erwiderte ihr Lächeln und blieb neben ihr stehen.

„Sie hatten während des Abendessens wenig Gelegenheit zu rauchen, nicht wahr?"

„Nein, die Frau will nicht, dass im Haus geraucht wird. Am liebsten würde sie es mir ganz verbieten."

Wir schwiegen eine Weile. Ich hielt es nicht für angebracht, mich mit dem Dienstmädchen über meine Gastgeberin zu unterhalten und wollte daher das Thema wechseln, aber Gosia kam mir zuvor.

„Sie sind ein trauriger Mann, nicht wahr? Entschuldigen Sie, wenn ich mich schlecht ausdrücke. Ich lerne diese Sprache erst noch."

„Wie kommen Sie darauf, dass ich traurig sei?"

„Die alte Frau sagt es."

„Hat sie das zu Ihnen gesagt?"

„Nein, nein, nicht zu mir. Aber ich habe es gehört."

Gosia steckte sich eine neue Zigarette am Rest der ersten an.

„Vielleicht bin ich heute ein wenig melancholisch.

Ich habe an eine Frau gedacht, die ich geliebt habe. Vor vielen, vielen Jahren."

„Melancholisch? Was bedeutet das Wort?"

„Nun ja, so etwas Ähnliches wie traurig."

„Sehen Sie! Und dann? Haben Sie die Frau später nicht mehr geliebt?"

„Doch, ich glaube schon, dass ich sie auch jetzt noch liebe, aber so genau weiß ich das nicht. Ich habe sie seit zwanzig Jahren nicht mehr gesehen."

„Lieben Sie denn jetzt eine Andere?"

„Eine Andere? Nein. Aber ich glaube, das verstehen Sie nicht."

„Nein, ich verstehe es nicht."

Die Unterhaltung hatte etwas Unwirkliches, aber in der Kälte einer dunklen Dezembernacht und im Licht einer armseligen Glühbirne war so vieles möglich.

„Warum haben Sie sie denn verlassen?"

„Wie kommen Sie darauf? Nein, ich habe sie nicht verlassen."

„Dann hat die Frau *Sie* verlassen? Hat sie Sie nicht geliebt?"

„Doch. Ich denke schon."

„Oh. Sie wissen es nicht? Haben Sie es damals auch nicht gewusst? Haben Sie sie nie gefragt?"

„Nein. Aber ich war mir dessen sicher. Wenn ich mich recht erinnere, hat sie es mir sogar gesagt."

„Dann verstehe ich es wirklich nicht." Und bevor ich etwas erwidern konnte, sagte sie: „Entschuldigen Sie. Da kommt jemand. Ich muss gehen."

Und im Nu war sie fort und die Tür fiel hinter ihr ins Schloss. Durch das kleine Torhaus kam Makoto Matsutani. Er grüßte mich freundlich und schien kein bisschen überrascht, mich hier mitten in der Nacht anzutreffen. Dann verschwand auch er im Gesinde-haus, und ich blieb allein zurück mit dem Gefühl, mir sei etwas Wichtiges vorenthalten worden. Es war, als hätte ich geträumt, ein Orakel habe zu mir sprechen wollen und wäre zu früh aufgewacht.

Ich wartete wohl mindestens zehn Minuten in der Hoffnung, Gosia würde noch einmal herauskommen, aber ich wartete vergebens. Später, als ich im Bett lag und lange keinen Schlaf finden konnte, sagte ich mir, dass Gosia verstanden hätte, was mir rätselhaft ge-blieben war. Wenn wir, ja, wenn wir doch nur weiter hätten miteinander reden können.

6. Kapitel

Am nächsten Vormittag trafen Mark und seine Frau ein. Sie hatten einige Tage in London verbracht, wo Mark seit über zwanzig Jahren nicht mehr gewesen war.

Octavia erzählte mir beim Frühstück, dass er, seit er Tomoko geheiratet hatte, mit ihr in Venedig lebte und keiner von beiden von da an seine Heimat besucht hätte. Nur zur Beerdigung seiner Eltern war Mark ein letztes Mal nach England gekommen. Ansonsten zog ihn nichts mehr hierher. Tomokos Vater lebte noch, aber der Kontakt war seit ihrer Hochzeit abgebrochen. Sie waren beide um die vierzig und führten eine glückliche, aber kinderlose Ehe. Mehr wusste Octavia nicht zu berichten.

Die neuen Gäste trafen mit dem Taxi ein.

„Ich habe in meiner Jugend einen Führerschein gemacht, aber in zwanzig Jahren Venedig habe ich das Autofahren wieder verlernt", erklärte er mit einem jugendlichen Lächeln, als das Thema zur Sprache kam. „Man kann dort ja nicht einmal Fahrradfahren. Die Venezianer werden wohl als die letzten Fußgänger in die Menschheitsgeschichte eingehen."

Als ich ihn zum ersten Mal sah, fiel mir sofort

Linos' Bemerkung ein, er sei einst ein Tunichtgut gewesen. Mochte er auch ein geläuterter Tunichtgut sein, er war der Typ dafür. Er war der Traum von einem Schwiegersohn, die tolle Sportskanone, ein idealer Saufkumpan und der charmante Schürzenjäger, kurzum, er war jedermanns Liebling. Er war auch mit vierzig noch nicht so ganz erwachsen, und ich fragte mich, wie erfolgreich er wohl sein würde, wenn er mit ergrauten Schläfen eines schönen Tages den reifen Grandseigneur würde geben müssen.

Seine Frau verblasste neben ihm naturgemäß, zumal sie eine typisch fernöstliche Höflichkeit an den Tag legte und eher unverbindlich wirkte mit einem Lächeln hier und einer Verbeugung da. Sie sprach sehr gut Englisch, was nicht verwunderlich war, denn Mark erklärte mit einem Augenzwinkern, kein Wort Japanisch zu verstehen, geschweige denn zu sprechen. Ich wusste, dass auch sie um die Vierzig war, wäre aber nicht in der Lage gewesen, ihr Alter zu schätzen. Sie hatte ein ebenmäßiges, rundes Gesicht mit großen, dunklen Augen, aber es waren nicht die den Menschen ihrer Heimat gerne zugeschriebenen Mandelaugen. Ihr glattes, schwarzes Haar trug sie auf eine zeitlose Art halblang, seitlich gescheitelt und mit einem bis zu den Augenbrauen reichenden Pony.

Sie kamen gerade rechtzeitig zum Lunch, einer

leichten Mahlzeit, die aus Suppe und Sandwiches bestand. Den Kaffee nahmen wir Männer in der Bibliothek ein, während die Frauen im Esszimmer zurück-
blieben.

„Tolle Nummer hier. Mehr England als das kann
Tomoko nicht erwarten", meinte Mark. „Ich habe ihr
gleich gesagt, dass das hier ein Volltreffer sein wird."

„Das höre ich gerne. Octavia und ich hatten gehofft, dass ihr euch hier wohlfühlt."

„Fehlt eigentlich nur noch ein Pub, so eines von der
guten alten Art. Gibt es hier in der Gegend eines?"

„Ja, noch. Im Dorf hat es immer die Kirche, die
Schule und das Pub gegeben. Die Schule ist inzwischen geschlossen und die Kirche nur noch eine Au-
ßenstelle der Gemeinde in Bradford-on-Avon, aber
das *George and Dragon*, das existiert noch."

„Ist es weit weg?"

„Eine halbe Meile ist es von hier ins Dorf. Mit dem
Auto ist man im Nu dort."

„Was ist, gehen wir einen trinken?"

„Ich habe leider noch etwa Wichtiges zu erledigen."

„Und Sie, Karl?"

„Doch, ich komme mit." Obwohl ich schon oft bei
Octavia und Linos gewesen war, kannte ich das *George and Dragon* noch nicht.

„Was meinen Sie, gehen wir zu Fuß?"

Linos erinnerte uns daran, dass das Pub erst um sechs wieder öffnen würde.

„Also treffen wir uns um halb sechs und machen einen kleinen Spaziergang."

Bevor wir auseinandergingen, erklärte uns Linos den Weg.

„Vor dem Tor nach rechts und nach zehn Metern links die Stiege über den Zaun, immer am Knick entlang und beim ersten Haus rechts den Weg mehr oder weniger geradeaus. Unbedingt eine Taschenlampe mitnehmen. Um halb sechs wird es dunkel sein."

„Also dann, um halb sechs am Torhaus."

Dort traf ich zur vereinbarten Stunde nur Mark an.

„Gehen nur wir beide ins Dorf? Kommt Tomoko nicht mit?"

„Pubs sind nichts für Frauen." Dann lachte er, weil ich wohl etwas irritiert dreinblickte. „Nicht, dass Sie mich jetzt für einen Macho halten. Ich habe sie gefragt, aber sie wollte nicht. Sie lässt sich lieber von Octavia das Haus zeigen, vom Dachboden bis zum Keller."

Wir machten uns auf den Weg. Ich hatte das Gefühl, dass das Wetter umgeschlagen war. Es war nicht mehr so kalt wie in den letzten Tagen, und ich hätte sonst was darauf verwettet, dass Schnee in der Luft lag. Wir schlichen im Licht der Taschenlampe neben dem Knick über das Feld und ich war froh, als wir endlich den befestigten Weg erreicht hatten. Unsere Unterhaltung verlief stockend und auf dem Niveau höflicher Konversation. Das änderte sich erst, als wir im *George and Dragon* angekommen waren und das erste Bier vor uns stand. Der Wirt hatte uns empfohlen, das kräftige Winterale zu nehmen, das die Brauerei extra für die Vorweihnachtszeit braute. Wir setzten uns so nah wie möglich an den Kamin, in dem ein munteres Feuer brannte. Niemand machte uns um diese Tageszeit den Platz dort streitig. Wir waren die einzigen Gäste.

„Es ist schön, mal wieder in einem richtigen englischen Pub zu sein."

„Erzählen Sie! Was hat Sie veranlasst, in Venedig zu leben?"

„Die Frau, die ich geheiratet habe."

„Ich verstehe nicht ganz. Sie hätten doch gemeinsam nach England gehen können. Als Japanerin lebt sie doch auch in Venedig in der Fremde."

„Wenn wir hier leben würden, wäre ich in der Heimat und sie wäre eine Ausländerin. In Venedig sind wir beide Fremde."

„Deshalb sind Sie also auch nicht nach Japan gezogen, oder?"

„Vielleicht. Ich habe Tomoko gefragt, ob sie dorthin

zurück möchte, aber sie wollte nicht."

„Warum wollte sie denn nicht?"

„Das habe ich sie nie gefragt."

Seine Antwort verwunderte mich ein wenig, und er mag mir das angesehen haben.

„Sehen Sie, Tomoko redet nicht gerne von ihrer Familie, obwohl da noch eine in Japan ist, auf jeden Fall ein Vater. Aber es besteht kein Kontakt. Wir leben jetzt das typische Leben von Emigranten, bewegen uns meist in entsprechenden Kreisen, haben nach zwanzig Jahren auch ein paar italienische Freunde, das schon, aber es gibt weit und breit keine lästigen Familienangehörigen."

Mark nahm einen tiefen Schluck von seinem Bier und ich nutzte die Gelegenheit, das Thema zu wechseln.

„Sie haben sicher auch die Berichte über dieses Altarbild von Bellini gelesen. Ich meine das, das vor zwanzig Jahren gestohlen wurde und nun wieder aufgetaucht ist. Stellen Sie sich vor. Ich war damals, als es gestohlen wurde, gerade in Venedig."

„Na ich hoffe, Sie waren nicht der Dieb." Er lachte. „Nein, entschuldigen Sie diese dumme Bemerkung. Lassen Sie uns zur Versöhnung noch so ein Winterale trinken. Einverstanden?"

Schließlich waren die Gläser wieder gefüllt, und

wir prosteten uns zu.

„Tomoko lebte damals auch schon dort. Ich bin erst kurz danach hingekommen."

„In Venedig wird sicher viel über das rätselhafte Auftauchen des verschollenen Gemäldes geredet."

„Allerdings." Mark lachte vergnügt, und ich wusste nicht, wo da der Witz war. Nie hätte ich auch nur im Entferntesten zu erahnen vermocht, was ich im Begriff war zu erfahren und was eben der Grund für Marks Heiterkeit war. Ich habe mich später gefragt, ob man hier noch von einem Zufall sprechen konnte oder ob es ein Beweis für die Existenz einer höheren Macht war – welchen Namen man ihr auch immer geben mochte –, und die aus irgendeinem rätselhaften Grund in mein Leben eingriff, die beschauliche Bahn meiner Existenz änderte, und sie in eine ganz und gar neue Richtung lenkte, wo nicht für möglich gehaltene Ereignisse auf mich einstürmen würden.

„Passen Sie auf!", meinte Mark, als er sich wieder beruhigt hatte. Er beugte sich zu mir und sprach leise und eindringlich, obwohl außer uns und dem Wirt immer noch niemand in der Kneipe war. „Ich weiß mehr über die Sache, als Sie ahnen." Er sah mich erwartungsvoll an.

„Ach." Eine beredtere Antwort fiel mir in diesem Augenblick nicht ein.

„Ich vertraue Ihnen. Aber ich nenne keine Namen. Könnte ich auch nicht." Wieder lachte er. „Ich kenne sie selber nicht. Also, hören Sie zu! Ich werde es kurz machen. Schon damals, als das Bild vor zwanzig Jahren gestohlen wurde, hatte man ja vermutet, dass es in den Besitz irgendeines Kunstsammlers gelangt sein könnte, womöglich sogar eines Venezianers. So war es auch tatsächlich. Woher ich das weiß? Ich verrate es Ihnen. Es gibt da in unserer kleinen Emigrantenkolonie eine Frau aus den USA, die mit einem reichen Anwalt aus altem venezianischem Adel verheiratet war. Vielleicht ist sie es immer noch. Ich weiß es nicht und ich glaube, sie weiß es auch nicht. Niemand hätte sagen können, womit er sein Geld verdiente und wofür er es ausgab, jedenfalls war er eines schönen Tages pleite, hat seine amerikanische Missus sitzen gelassen und sich mit Geld, das er beizeiten auf die Seite geschafft hatte, nach Südamerika abgesetzt, Gott weiß wohin. Aber das nur am Rande. Kommen wir zurück zur sitzen gelassenen Ehefrau. Sie wissen ja, wie manche Frauen sind. *Ein Weib tut wenig, plaudert viel.* War es nicht Goethe, der das gesagt hat?"

„Nicht direkt Goethe, aber jemand in der Art."

„Egal, diese Dame nun erzählte mir ganz im Vertrauen, dass eines Tages ein wildfremder Mann an ihrer Tür klingelt – ein junger, gut aussehender Bursche, meinte sie –, und er stellt sich als ihr Neffe vor. Anfangs ist sie misstrauisch, aber am Ende lässt sie ihn rein. Er will auch nicht etwa Geld von ihr, sondern nur mit ihr reden. Er stammt aus Neapel, wo seine Mutter immer noch lebt. Er selbst studiert in Rom, hat aber vom verstorbenen Vater her venezianisches Blut in den Adern. Er hat sogar einen Großonkel in Venedig, den er aber nie persönlich kennengelernt hat und zu dem seit dem Tod des Vaters keinerlei Verbindung mehr bestanden hatte. Aber kommen wir zur Sache. Dieser Großonkel ist verstorben. Ob sie ihn gekannt habe, will er von ihr wissen. Die Dame verneint, aber sie bekommt ein wenig Mitleid mit dem hübschen Bengel. Sie unterhalten sich, der junge Mann fasst Vertrauen zu ihr, schließlich ist sie seine einzige Verwandte in Venedig, und er erzählt ihr, dass er der Alleinerbe des Alten ist, und dass zum Erbe auch ein Palazzo im Stadtteil Castello gehört. Dort hat der Alte gewohnt. Ich hoffe, ich langweile Sie nicht."

„Nein, nein, überhaupt nicht. Erzählen Sie!"

„Gut. Hören Sie zu. Der junge Mann berichtet also der Dame, wie er sein Erbstück in Besitz genommen hat. Und beim Rundgang durch das Haus findet er ... Sie haben es erraten! ... das Altarbild von Bellini. Da sind noch etliche andere Gemälde, aber der Bellini fällt natürlich allein durch seine Größe auf. Fünf Meter hoch! So etwas haben die wenigsten im Wohnzimmer hängen. Er schöpft Verdacht. Von dem Diebstahl vor zwanzig Jahren hat er nichts mitbekommen. Damals ging er noch nicht einmal zur Schule. Aber er macht sich schlau. Findet heraus, wo das Bild her ist, das sich der muntere Großonkel unter den Nagel gerissen hat. Er ist völlig außer sich. Was nun? Er möchte gerne jeden Ärger mit der Polizei vermeiden. Klar, geht uns allen so, nicht wahr?" Wieder ließ Mark sein unbeschwertes Lachen erklingen. „Ich will nicht lange um den heißen Brei herumreden. Die Dame, die selber schon genug Scherereien mit den Behörden gehabt hat wegen ihres Verflossenen, gibt ihm natürlich genau den richtigen Rat, nämlich sich einen guten Anwalt zu suchen, der die Sache in Ordnung bringt. Ganz diskret. Zum Vorteil aller. Keine Namen, keine Polizei, keine Presse, einfach eine Rückgabe des Corpus Delicti, ohne Fragen, ohne Zeugen, zum Vorteil aller, wie gesagt. Und so kommt es am Ende auch. Der junge Mann findet einen Anwalt, der die Sache regelt. Das Bild ist wieder da, wo es hingehört, und keiner weiß, wie und warum, aber alle sind glücklich. Vielleicht ist dabei sogar Geld geflossen. Na ja, irgendjemand muss schließlich für die Bemühungen des Vermittlers aufkommen."

Ich dachte an Linos' Worte gestern. Genau das hatte er vermutet, so ungefähr jedenfalls.

„Und jetzt? Wird man nicht versuchen, die Diebe zu finden?"

„Für die Polizei ist die Sache vielleicht nicht so zufriedenstellend, aber der Orden, der sein wertvolles Bild wieder hat, hat sich verpflichtet zu schweigen. Und selbst wenn die Polizei Löcher im Mantel der Diskretion entdecken sollte und dem Anwalt auf die Spur kommt, der windet sich schon irgendwie raus. Das ist schließlich sein Beruf. Und wenn der nicht dichthält? Na, der Einzige, den sie belangen könnten, Großonkelchen, ist tot und ipso facto auch nicht mehr in der Lage, Auskunft über seine Komplizen zu geben. Ich wette mit Ihnen, nie wird bekannt werden, wie Großonkelchen an das Bild gelangt ist."

„Das ist ja wirklich allerhand", meinte ich, aber mir lag jetzt eine Frage auf der Zunge, die Mark seltsam erscheinen würde, weil sie so gar nichts mit seiner Geschichte zu tun zu haben schien, aber ich stellte sie trotzdem.

„Kennen Sie in Venedig jemand namens Palese?"

Er schüttelte den Kopf. Er könne nicht behaupten, jemanden mit diesem Namen zu kennen. Ich hatte nicht wirklich etwas anderes erwartet.

Mark sah auf die Uhr.

„Wir sollten nicht zu spät zum Dinner kommen. Lassen Sie uns noch schnell an der Bar ein Bier trinken, und dann machen wir uns auf den Weg."

Dort saßen inzwischen zwei ältere Männer aus dem Dorf. Mark kam schnell mit ihnen ins Gespräch. Ich erinnerte ihn nach einer Weile an die Uhrzeit.

„Sie haben recht. Wir müssen los. Trinken Sie aus, dann können wir gehen."

Ich hatte mit diesem dritten Pint zu kämpfen. Ich war kein Biertrinker und fragte mich, wie mein Körper all diese Flüssigkeit aufnehmen sollte. Irgendwie gelang es mir schließlich, das Glas zu leeren, und wir machten uns auf den Weg. Solange wir uns innerhalb des Dorfes befanden, hatten wir keine Mühe, uns zu orientieren. Dann müssen wir irgendwo falsch abgebogen sein. Trotz Taschenlampe. Wegen der ungewollten Umwege brauchten wir mindestens doppelt so lange für den Rückweg, aber wir kamen gerade noch rechtzeitig zum Abendessen.

Während des Abendessens beobachtete ich Tomoko. Ich war neugierig, was für eine Frau es fertiggebracht hatte, sich in diesen nichtsnutzigen Schwätzer zu verlieben. Sie war freundlich aber zurückhaltend, höflich, lächelte oft, vor allem dann, wenn jemand sie direkt ansprach, und auf alle Fragen hatte sie eine gefällige Antwort parat, die sie oftmals mit einer oder gar mehreren leichten Verbeugungen begleitete.

Als ich sie fragte, welchen Eindruck sie bei ihrer Führung durch das Haus gewonnen habe, äußerte sie sich begeistert, ihre Worte mit weit aufgerissenen Augen und neuerlichen Verbeugungen unterstreichend.

„Solche Häuser gibt es in Japan nicht."

„Tomoko ist auf dem Land aufgewachsen. In einem Haus aus Holz", ergänzte Mark, „und Wänden aus Papier."

„Aber in der Stadt ist alles viel moderner. Zum Studium bin ich nach Osaka gezogen. Dort hatte ich eine winzig kleine Wohnung, denn es leben heutzutage so viele Menschen in den Großstädten."

„Und in Venedig, Tomoko? Wo wohnt ihr in Venedig?", fragte Alathea.

„Oh, wir haben dort ein ganzes Stockwerk für uns. Viel mehr Platz, als wir brauchen."

„Es gibt sogar zwei Gästezimmer, die aber so gut wie nie genutzt werden", ergänzte Mark. „Die Wohnung liegt sehr günstig, nicht weit vom Campo Santa Margherita. Das ist mitten im Studentenviertel. Ich habe es also nicht so weit zur Arbeit."

Debs' Hoffnung, es könnten beim Abendessen wider Erwarten doch japanische Spezialitäten serviert werden, erfüllte sich nicht. Octavia hatte vielmehr ein typisch britisches Mahl zubereiten lassen. Höhepunkt war ein *Saddle of Mutton*, ein monumentaler Hammelrücken, der, wie es früher üblich war, im Ganzen auf den Tisch kam. Ich hatte nicht gedacht, dass irgendjemand heutzutage noch auf die Idee kommen würde, so etwas Gästen vorzusetzen. Ich fragte mich, ob es überhaupt noch so leicht war, eines Hammelrückens habhaft zu werden. Alle Welt wollte ja nur noch Lammfleisch. Aber Octavia wusste, was sie den Besuchern schuldig war. Denen und ihrem Vaterland.

„Wer gering schätzend auf die englische Küche herabsieht, hat noch nie *Saddle of Mutton* gegessen", erklärte sie.

Gosia und Mrs Davis brachten eine Platte mit Yorkshire Pudding, Schüsseln mit Erbsen, Möhren und Kartoffeln und jene dunkelbraune, überaus intensive Sauce, die die Engländer *Gravey* nennen.

Wie gestern saß ich gegenüber der Tür und konnte die beiden Frauen beim Servieren beobachten. Ich versuchte einen Blickkontakt mit Gosia herzustellen, aber es gelang mir nicht. Wich sie mir absichtlich aus? Schließlich erhob sich Linos, als wolle er eine Rede halten, ergriff stattdessen das Tranchierbesteck und rückte dem *Saddle of Mutton* zu Leibe. Alle füllten sich ihre Teller. Auch Debs, obwohl sie das Hammelfleisch hinterher nicht anrührte. Nachdem Tomoko voller Interesse beobachtet hatte, wie die anderen Gravey in ihren Yorkshire-Pudding gaben, folgte sie diesem Beispiel.

„Nun, Tomoko, wie gefällt Ihnen dieses typisch englische Essen?"

„Sehr gut, wirklich sehr gut", sagte sie lächelnd, deutete dabei mehrere Verbeugungen an und verdrehte vor Begeisterung die Augen.

„Hier in England gibt es zwar reichlich Regen, aber es ist zu kalt, um Reis anbauen zu können", meinte Mark grinsend.

Einen Augenblick herrschte Totenstille, dann fing Alathea an zu lachen. Sie und Debs waren bisher erstaunlich schweigsam gewesen. Tomoko registrierte Alatheas Heiterkeit, konnte sie sich offensichtlich nicht recht erklären, fiel dann aber trotzdem in das Lachen ein.

„Seit ich in Venedig lebe, esse ich gar nicht mehr so oft Reis. Heute liebe ich Pasta. Besonders Pasta mit Meeresfrüchten."

„Pasta gibt es heute leider nicht", erklärte Debs.

„Isst du auch gerne Pasta? Oh, ich sehe, du magst kein Fleisch."

„Nein." Es war zu erkennen, dass Debs gerne mehr geantwortet hätte, aber nach einem Blick in Octavias

Richtung verzichtete sie darauf.

„In Japan wurde früher auch nicht viel Fleisch gegessen, und Japaner lieben auch heute noch alles, was aus dem Meer kommt."

Alathea warf einen Blick auf ihre Schwester und fragte dann lächelnd: „Debs würde sicher brennend gerne wissen, ob sie auch das Fleisch von Walfischen essen."

„Oh ja, das hat in Japan eine große Tradition. Aber ich weiß, dass viele Menschen in Europa dafür kein Verständnis haben."

Wieder sah Debs ihre Mutter an, und dieses Mal lag in dem Blick ein flammender Appell. Aber Octavia hielt dem Blick stand. Mir tat die Kleine fast ein wenig leid. Ganz offensichtlich kochte sie vor Wut.

Als ich am nächsten Morgen aus dem Fenster sah, war die triste, graue Welt unter einer weißen Schneedecke verschwunden. Der Himmel war wolkenverhangen und es schien nicht richtig hell werden zu wollen. Vielleicht, dachte ich, gibt es noch mehr Schnee. Ich ging ins Esszimmer und ließ mir von Gosia ein englisches Frühstück bringen: Spiegeleier, Speck, Würstchen, Grilltomaten und Toast.

Kurz nach mir kam Debs. Ich kannte Octavia und Linos seit vielen Jahren und ich konnte fast von mir behaupten, ich hätte den Kindern beim Aufwachsen zugeschaut. Zuletzt hatte ich sie längere Zeit nicht gesehen und war erstaunt, wie sehr sich beide verändert hatten. Die Kinder waren dabei, erwachsen zu werden.

Wie ihre Mutter frühstückte Debs sehr wenig. Sie trank Milchkaffee und knabberte an einer trockenen Scheibe Toast.

„Ich weiß, dass weißes Brot nicht gesund ist, aber ich esse es für mein Leben gerne."

„Da haben wir etwas gemeinsam." Ich deutete auf das Brot auf meinem Teller, und sie lachte. Debs war ein fröhlicher Mensch, der gerne lachte.

„Alathea noch nicht auf?"

„Keine Ahnung."

„Nein?" Ich zögerte einen Moment. Mir war bereits aufgefallen, dass sich die Stimmung zwischen den beiden Schwestern verschlechtert hatte. „Ich erinnere mich, dass ihr beide früher unzertrennlich wart. Und ihr habt mir so manchen Streich gespielt, wenn ich hier war. Erinnerst du dich noch an die Sonnenfinsternis? War es nicht 2015? Morgens um halb zehn sollte sie ihren Höhepunkt erreichen. Ihr habt mich geweckt und behauptet, ich hätte verschlafen und würde das große Ereignis verpassen. Natürlich bin ich auf euch hereingefallen und sofort aufgestanden. Draußen war es tatsächlich total finster, denn es war mitten in der Nacht."

Wir lachten beide.

„Es war nett, dass Sie uns damals nicht verpetzt haben." Aber dann wurde Debs ernst. „Alathea ist nicht mehr so wie früher. Seit sie glaubt, erwachsen zu sein, ist sie unausstehlich."

„Du meinst, so wie gestern?"

„Ja, es bringt ihr Spaß, gemein zu mir zu sein. Und meine Eltern lassen mich im Stich. Vor allem für Mum ist Alathea ihr Ein und Alles."

„Denkst du nicht, dass Alathea es gar nicht so böse meint?"

„Das verstehen Sie nicht. Es ist nicht nur, dass sie mich ein wenig piesackt. Das hat sie schon immer gemacht. Aber heute macht sie mir richtig Angst."

„Sie macht dir Angst? Das verstehe ich nicht."

„Sie ist seit einiger Zeit so negativ. Sie zieht alles in Zweifel. Nichts ist ihr heilig. Was auch immer ich sage und was mir wichtig ist, wird von ihr zerpflückt und … und mit Dreck beworfen. Ja, mit Dreck beworfen! Nichts davon ist vor ihrer ätzenden Kritik sicher. Sie ist nur noch darauf aus, mich zu quälen."

„Vielleicht siehst du das ein wenig zu negativ. Möglicherweise ist sie selbst in einer Phase, wo sie etwas sucht. Vielleicht will sie herausfinden, was für sie im

Leben wichtig sein soll."

„Wenn sie mich dabei in Ruhe lassen würde, von mir aus. Aber nein, ich bin hier der Loser, auf dem alle herumhacken. Vielleicht wäre alles nicht so schwierig, wenn ich einen älteren Bruder hätte und nicht eine Schwester."

In diesem Augenblick kam Alathea herein. Sie ließ einen Blick aus ihren leicht verdunkelten Augen umherwandern. „Sind wir die Ersten oder die Letzten? Eigentlich auch egal, oder?" Als Gosia kam, erklärte sie, zum Frühstück Lammkoteletts, Blutwurst und Bratkartoffeln zu wollen. Und ein Glas Ale.

Gosia sah sie irritiert an. Derartige Wünsche waren bisher morgens wohl noch nie geäußert worden, und sie meinte nach kurzer Überlegung: „Ich werde die Frau fragen."

„Wenn ich dir sage, was ich frühstücken will, braucht das nicht von meiner Mutter genehmigt zu werden. Mach schon, troll dich in die Küche und sag Matsutani, was ich möchte!"

„Sei nicht immer so gemein zu ihr!", zischte Debs, als Gosia gegangen war, und ich hatte das Gefühl, sie war fast den Tränen nahe.

„Reg dich nicht auf, Kleine. Was geht es Gosia an, wenn ich heute nach Art unserer Vorväter frühstücken möchte? Vielleicht schmeckt mir so was am frühen Morgen nicht einmal, aber woher soll ich das wissen, wenn ich es nicht ausprobiere?"

Ich war überrascht, dass Gosia das Frühstück schon nach kurzer Zeit brachte. Matsutani konnte man offensichtlich auch mit ausgefallenen Wünschen nicht so leicht in Verlegenheit bringen.

„Gosia, du hast den Senf vergessen", erklärte Alathea. „Zu so einem Frühstück gehört Senf."

„Entschuldigen Sie, ich bringe ihn sofort."

Gosia ging, und Debs stand im selben Augenblick auf und folgte ihr. Man hörte die beiden vor der offenen Tür leise miteinander sprechen.

„Debs muss noch lernen, Distanz zu den Dienstboten zu halten. Meinen Sie nicht auch?"

„Bist du nicht ein bisschen grob zu deiner Schwester? Sie ist doch fast noch ein Kind."

„Mag sein. Aber irgendwer muss ihr schließlich helfen, erwachsen zu werden. Von den Eltern wird sie immer nur verhätschelt. Sie ist halt das Nesthäkchen. Aber sie selbst sieht das natürlich anders. Sie glaubt, dass immer alle gegen sie sind."

„Und du meinst, dass dein Weg der richtige ist, das zu ändern?"

„Vielleicht nicht. Dann ist es wohl so, dass ich ihr nicht helfen kann. Aber ich habe es zumindest versucht."

„Aus deinen Worten spricht eine große Härte."

„Meinen Sie? Vielleicht haben Sie recht. Aber ich bin lieber hart als wehleidig." Und dann lachte sie ganz unerwartet.

Ich fragte: „Bedeutet Härte für dich, unnachgiebig an etwas festzuhalten, oder bedeutet es nur, unbarmherzig zu zerstören?"

Sie dachte einen Augenblick nach. „Beides, ja, ich denke, beides. *Behalten hat seine Zeit und wegwerfen hat seine Zeit.* Heißt es nicht so in der Bibel? Aber wie ist es denn eigentlich mit Ihnen? Sie gehören doch zu einer sehr aufrührerischen Generation. Sind Sie auch auf die Barrikaden gegangen, wenn Ihnen etwas nicht passte?"

„Ich muss gestehen, ich war in meiner Jugend nicht sehr an Politik interessiert."

„Das meine ich nicht. Wie war es zum Beispiel mit den Haaren? Haben Sie Ihre Eltern geärgert, indem Sie Ihre Haare ordentlich lang haben wachsen lassen? Und wenn Sie Musik gehört haben, haben Sie sie dann so richtig schön laut aufgedreht, bis Ihre Eltern geschrien haben: ‚Mach die verdammte Urwaldmusik leiser!'?"

„Ich weiß nicht. Na ja, ich hatte die Haare natürlich etwas länger und meine Musik hat meinen Eltern auch nicht immer gefallen. Aber sie waren wohl verständnisvoller und freier von Vorurteilen als andere."

„Sie Ärmster! Dann ist Ihr Aufbegehren ja einfach so verpufft. Sehen Sie, ich habe Glück gehabt. Ich bin umgeben von Menschen aufgewachsen, die voller Vorurteile steckten und die nur Verständnis für das hatten, was ihnen in den Kram passte."

„Es erschreckt mich, wie du von deinen Eltern sprichst."

„Ach, die meine ich nicht. Ich meine, die Menschen im Internat."

„Und das war für dich ein Glücksfall, sagst du?"

„Ja, ich habe gelernt, zu dem zu stehen, was ich für richtig halte. Und zwar nicht nur dann, wenn die anderen derselben Meinung sind."

„Ist Debs nicht auf demselben Internat?"

„Man kann sich auch wegducken und sich in eine bequeme, ruhige Ecke zurückziehen. Wenn man nicht ein Nagel ist, der heraussteht, kann man dort ein süßes Leben führen."

Ich überlegte, was ich ihr antworten sollte, aber dann kamen Mark und Tomoko herein, und das beendete unser Gespräch. Ich trank meinen Tee aus und ging. Ich wusste nicht so recht, was ich anfangen sollte. Im großen Salon waren Debs und ihre Mutter dabei, den Raum weihnachtlich zu schmücken. Als ich kurz hinein schaute, waren sie gerade mit dem Weihnachtsbaum beschäftigt. Ich ging in die Bibliothek, um mir ein gutes Buch zu suchen und mich dann zum Lesen in den Salon über dem Esszimmer zu setzen. Dort würde sich um diese Zeit niemand aufhalten. Ich entschied mich für eine höchst seltene Erstausgabe von Rupert Brookes *Poems* von 1911. Als ich jedoch an meinem Ziel ankam, war Gosia dort gerade damit beschäftigt, Feuer im Kamin zu machen. Neben ihr stand ein Eimer mit der Asche vom Vortag und ein Korb mit Holzscheiten.

„Gehört das auch zu Ihren Aufgaben, Gosia?"

„Oh ja. Überall die Kamine sauber machen und anheizen."

„Ist das nicht zu anstrengend für eine junge Frau wie Sie?"

„Ach nein. Ich habe Kraft."

Ich beobachtete sie bei ihrem Tun und musste ihr recht geben. Sie war eindeutig keines dieser verzärtelten jungen Mädchen. Sie konnte zupacken. Octavia ließ sie eine altmodische schwarze Dienstbotentracht tragen. Während ich sie beim Hantieren am Kamin beobachtete, sagte ich mir, dass diese für sie fast ein wenig zu eng war.

„Ich habe über unser Gespräch vorgestern Abend nachdenken müssen", sagte ich, aber Gosia lachte nur.

„Das hätten Sie nicht tun sollen! Vergessen Sie es!

Wenn ich müde bin, erzähle ich immer dummes Zeug."

„Warum sagen Sie das?" Aber bevor ich weiter reden konnte, hatte sie das Feuer im Kamin so weit, dass es zog, und ergriff den leeren Holzkorb und den Eimer mit der Asche.

„Ich muss mich beeilen. Sonst schimpft die Frau wieder: ‚Gosia, wo bist du so lange gewesen? Trödel nicht immer her-um!'"

Im Nu war sie fort und ließ mich allein zurück. Wieder einmal.

Es war nicht wirklich kalt im Raum, trotzdem setzte ich mich in einen der beiden klobigen Chesterfieldsessel neben dem Kamin. Ich schlug den Gedichtband von Brooke aufs Geratewohl auf und las:

ERFOLG
Ich glaube, wenn du mich geliebt hättest,
als es mich danach verlangte,
Wenn ich eines Tages aufgeschaut und in deinen Augen
Mein wildes, krankes und gotteslästerliches Gebet
erhört gefunden hätte,
Und dein braunes Gesicht, so voller Erbarmen
und Weisheit,
Plötzlich errötet wäre ...

Ich klappte das Buch wieder zu. Ich hatte ein wenig Angst, das Gedicht zu Ende zu lesen. Was dann? Was wäre dann geschehen? Ich dachte an Caterina. Seit ich Linos die Geschichte jener Tage in Venedig erzählt hatte, musste ich immer wieder an Caterina denken. Wenn, wenn, immer nur wenn. Ich legte das Buch auf den Tisch und trat ans Fenster. Überall lag Schnee. Auch die Farbe der immergrünen Eiben war vom Schwarzweiß der Winterlandschaft aufgesogen worden. Ich weiß nicht, warum, aber mir fiel plötzlich wieder Cimas Bild von der Taufe Christi ein. Ich hatte davor gestanden, damals an einem Wintertag in Venedig, und mich wie ein neuer Mensch gefühlt. Und nichts war davon übrig geblieben. Alles nur Illusion. Und heute war diese Heilige Nacht, wieder so ein Ereignis, das einen neuen Anfang versprach, nicht für einen Einzelnen, sondern für alle. Für die ganze Menschheit. jahrein, jahraus. Von einer inneren Unruhe getrieben, wollte ich gerade gehen, als Octavia hereinkam.

„Oh, Sie sind hier. Entschuldigen Sie, ich wollte Sie nicht stören, Karl."

„Aber, ich bitte Sie."

„Ich wollte nur sehen, ob Gosia ihre Arbeit auch vernünftig gemacht hat."

„Hier ist alles in Ordnung", erklärte ich, aber Octavia war nicht meiner Meinung.

„Asche! Sehen Sie sich das an! Ich sage ihr immer, sie soll die Asche vor dem Kamin sorgfältig zusammenkehren. Aber sie benutzt immer nur die Schaufel und hier vor dem Kamin ist alles voller Asche. Manchmal habe ich das Gefühl, sie hört gar nicht zu, wenn ich etwas sage."

Mein Blick folgte den Handbewegungen, mit denen sie auf die Beweise von Gosias schludriger Arbeit hinwies. Hier und da waren tatsächlich Aschespuren zu sehen, aber ich fand, sie waren kaum der Rede wert.

„Ich meine, sie ist ein nettes Mädchen", sagte ich vorsichtig, „aber Sie sind nicht mit ihr zufrieden, oder?"

„Doch, eigentlich schon. Ich habe schon viel Schlimmere gehabt. Aber ich möchte, dass sie lernt, richtig gute Arbeit zu machen. Vielleicht bin ich zu perfektionistisch und erwarte zu viel von ihr."

„Möglicherweise. Wissen Sie, Octavia, manchmal habe ich das Gefühl, verzeihen Sie mir diese Offenheit, dass Sie auch von Ihren Kindern sehr viel verlangen."

„Selbstverständlich! Ich wäre eine schlechte Mutter, wenn ich mich nur um die Dienstboten kümmern würde und meine eigenen Kinder verlottern ließe."

„Ich wollte andeuten, dass Sie vielleicht auch *zu viel*

von ihnen verlangen."

„Sie meinen, sie bräuchten mehr von der sanften, alles verstehenden und alles verzeihenden mütterlichen Liebe? Nein, Karl, die beiden haben schon einen sehr nachsichtigen Vater, das muss reichen. Sie sind halt in einer Phase, wo sie sich entscheiden müssen, was sie aus ihrem Leben machen wollen. Das ist nicht immer einfach. Und wenn man dabei nicht vorankommt, sucht man die Schuld dafür auch gerne mal bei anderen. Erzählen Sie, Karl, haben die beiden sich bei Ihnen ausgeweint?"

„Nein, nein", beeilte ich mich zu beteuern. „Es war nur so ein Eindruck, nicht mehr."

„Sehen Sie, Karl, ich möchte, dass Alathea und Debs sich in ihrem Leben nicht einfach nur dorthin treiben lassen, wo der Wind der Zeit sie gerade hintreiben möchte. Sie sollen ihr Leben selbst in die Hand nehmen und sich bewusst für etwas entscheiden. Aber was rede ich!" Sie sah auf die Uhr. „So spät schon. Ich muss in die Küche. Ich habe noch so viel mit Matsutani zu besprechen. Entschuldigen Sie mich, Karl."

Als sie gegangen war, klangen Octavias Worte in mir nach. Ich fragte mich, ob ich damals in Venedig etwas hätte tun müssen, was ich nicht getan hatte.

Ich verließ das Haus und ging ein paar Mal um das

Landhaus herum, auf dem einen Weg zum Gesindehaus und auf dem anderen wieder zurück. Ich betrachtete das Gebäude von allen Seiten, ohne dass es
mich in irgendeiner Form weiterbrachte. Endlich war
es Zeit zum Lunch ins Haus zu gehen. Es gab wieder
nur ein kleines Mittagessen aus Suppe und Sandwiches.

Beim Essen wurde der Nachmittag geplant. Man
wollte Mark und Tomoko Bradford-on-Avon zeigen,
eine Gründung der Römer und mit fast 10.000 Ein-
wohnern der größte Ort in der Nähe. Alle außer mir
wollten mit, und im Nu waren sie aufgebrochen.

„Vielleicht sind wir zum Tee zurück, vielleicht auch
nicht. Warten Sie nicht auf uns", waren ihre Ab-
schiedsworte gewesen.

Ich ging nach nebenan in den großen Salon und
Gosia brachte mir den Kaffee dorthin. Das Haus
wirkte still und verlassen, obwohl Matsutani und
Gosia und auch Mrs Davis irgendwo bei der Arbeit
sein mussten. Ich hatte den anderen gesagt, ich hätte
noch etwas zu erledigen, was aber nicht stimmte, und
kaum waren sie fort, begann ich mich zu langweilen.
Ich ärgerte mich, dass ich nicht mit nach Bradford
gefahren war. Ich kannte den Ort, aber ich wäre in
Gesellschaft gewesen. Ich spielte mit dem Gedanken,
in die Küche zu gehen und Matsutani *Hallo* zu sagen,

verwarf den Gedanken aber sofort wieder. Ich kam mir vor, wie ein gefangenes Tier, dabei war ich nur in mir selbst gefangen. Ich zwang mich, den großen Salon nicht zu verlassen, und starrte in das Kaminfeuer. Ich war kurz davor einzuschlummern und stand deshalb auf und ging im Raum auf und ab.

Ich dachte an das, was Mark mir gestern im Pub erzählt hatte. Zwanzig Jahre lang hatte meine Zeit mit Caterina in meiner Erinnerung quasi stillgestanden. Nie wieder hatte ich etwas von ihr gehört und auch nichts von dem gestohlenen Gemälde. Ich war seitdem auch nie wieder in Venedig gewesen. Und jetzt tauchte der Bellini plötzlich wieder auf und nicht nur das, der Zufall brachte mich mit einem Menschen zusammen, der etwas über den Diebstahl wusste oder doch zumindest über das Wiederauftauchen des Gemäldes. Durfte ich hoffen, nun auch endlich etwas von Caterina zu erfahren?

Hoffen? Musste ich es nicht eher fürchten? Jetzt, nach zwanzig Jahren? War der Schmerz, sie verloren zu haben, nicht zu einer erträglichen Melancholie geworden? War die Unruhe durch die von der kurzen Zeitungsnotiz aufgepeitschten Erinnerung nicht Beweis genug dafür, dass es besser wäre, wenn Caterina ein schöner, aber längst vergangener und endgültig abgeschlossener Abschnitt meines Lebens bleiben würde?

Zum Tee waren die anderen tatsächlich noch nicht zurück. Ich stellte es mit einer gewissen Verärgerung fest. Ich unterstellte ihnen, sie wüssten um meinen Gemütszustand und wollten durch ihre Abwesenheit die Qual meiner sinnlos kreisenden Gedanken noch verstärken. Gosia brachte mir Sandwiches, Scones und Tee, aber ich war nicht hungrig. Ich fragte mich, wie sehr sich ein Mensch wohl in zwanzig Jahren veränderte. Hatte ich mich verändert? Aber dann schimpfte ich mich einen alten Narren. Ich tat ja schon fast so, als würde ein Wiedersehen mit Caterina nicht nur möglich, sondern sogar greifbar nahe sein. In meinem Ärger nahm ich ein Sandwich und biss hinein. Endlich hörte ich Stimmen im Hof. Eine Frau lachte. Es klang wie Aunt Lulu.

Es dauerte eine Weile, bis schließlich Octavia zur Tür hereinschaute.

„Ah, hier sind Sie, Karl. Haben Sie es genossen, einmal ein paar Stunden vor uns Ruhe zu haben? Ich sehe, Sie haben Ihren Tee gehabt. Aber Gosia, das dumme Ding, hat wieder vergessen abzuräumen."

„Aber nein, ich bin noch gar nicht fertig." Und um das zu unterstreichen, nahm ich mir noch ein Sandwich.

„Sie sind gut, diese Gurkensandwiches, nicht wahr?

Ich meine, niemand macht so gute Gurkensandwiches wie Matsutani."

Ich gab ihr recht und würgte das Sandwich hinunter.

Für mich war es wie eine Erlösung, dass die anderen nun wieder da waren. Ich ging in mein Zimmer und legte mich auf mein Bett, um mich bis zum Abendessen noch ein wenig auszuruhen.

Dieses Abendessen war erneut eine verhältnismäßig leichte Mahlzeit. Ich vermutete, das war der Tatsache geschuldet, dass uns morgen ein Tag kulinarischer Exzesse erwartete. Nach dem Essen nahmen ausnahmsweise alle gemeinsam den Kaffee im großen Salon ein. Gosia bot verschiedene Digestifs an. Die Unterhaltung drehte sich um das, was man am Nachmittag in Bradford-on-Avon erlebt hatte. Ich hörte interessiert zu und fühlte mich nicht mehr ausgeschlossen.

Nach einer Weile gingen die beiden Mädchen und kamen nach kurzer Zeit mit ihren Musikinstrumenten zurück. Sie nahmen etwas abseits Platz und als sie sich der Aufmerksamkeit der Anwesenden sicher waren, begannen sie, Alathea auf der Querflöte zur Gitarrenbegleitung von Debs, bekannte Christmas Carols vorzutragen.

Als sie *In The Bleak Midwinter*, nach der Melodie

von Gustav Holst, spielten, fiel Aunt Lulu ein und intonierte die von Christina Rossetti gedichteten Verse in einem wunderschönen Alt. Aunt Lulus Stimme und Alatheas Flötenspiel umschmeichelten einander und wetteiferten zugleich darum, immer höher in himmlische Sphären vorzudringen. Wir alle wurden von diesem Vortrag in den Bann gezogen. Am Ende wurde er mit beifälligem Gemurmel honoriert, und während die Mädchen ihr Spiel fortsetzten, sagte ich mir, die Menschen denken, sentimentale Weihnachten seien eine Spezialität der Deutschen, während für Engländer dieses Fest ein großer Spaß sei, der mit allerlei Unfug und viel Alkohol gefeiert werde. Aber diese englische Hausmusik hätte sogar einen E.T.A. Hoffmann in exaltierte Stimmung versetzt.

Als die Mädchen ihre Instrumente weggelegt hatten, saßen wir noch eine ganze Weile vor dem Kamin. Tomoko erzählte, dass Weihnachten heutzutage auch in Japan gefeiert werde. Für viele junge Leute sei es allerdings eine Art Valentinstag. Verliebte und solche, die es werden wollten, verabredeten sich zum Candle-Light-Dinner, in der Hoffnung, sie könnten am Ende ein Paar fürs Leben werden. An Weihnachten kein solches Date zu haben, sei für junge, unverheiratete Menschen ganz schlimm.

Ich beobachtete die beiden Mädchen. Eigentlich

waren sie beide, vor allem Alathea, längst in dem Alter, wo man sich über solche Dinge Gedanken macht. Waren sie schon einmal verliebt gewesen? Auch in einem reinen Mädcheninternat wurden die Schülerinnen nicht wie Gefangene gehalten, hatten Gelegenheit, draußen jemanden kennenzulernen. Ich versuchte mir auszumalen, was das wohl für ein Mensch seine könnte, der sich in die kratzbürstige Alathea verlieben würde. Und umgekehrt. Und dann stieg plötzlich aus dem Nichts die Frage empor, wem Caterina jetzt wohl ihre Liebe schenkte.

Das gesellige Beisammensein ging langsam zu Ende. Als Aunt Lulu sich zurückzog, hatte sie für mich ein besonderes Wort zum Abschied.

„Wer weiß, wie die Welt heute aussehen würde, wenn Maria und Joseph sich auch so viele Gedanken gemacht hätten wie Sie. Wahrscheinlich hätten sie sich für eine Abtreibung entschieden. Also Kopf hoch, Karl! Das Schlimmste, was passieren kann, ist, dass er hinterher ab ist."

Während ich noch dabei war, diese Worte zu verdauen, verabschiedete sich Alathea mit einer flüchtigen Umarmung von mir und küsste mich dabei auf den Mund. Ich war völlig perplex, unfähig, etwas zu sagen. Ich sah mich verstohlen um, aber niemand schien etwas bemerkt zu haben.

„Es ist so schön, dass Sie in diesem Jahr die Weihnachtstage bei uns verbringen", sagte dann Octavia zu mir. „Wir freuen uns wirklich sehr, dass Sie hier sind, und die Einsamkeit Ihrer Dichterklause einmal hinter sich gelassen haben."

Als am Ende nur Mark und ich zurückgeblieben waren, verabschiedete ich mich schleunigst. Ich hatte keine Lust, mich in der Heiligen Nacht zu betrinken.

7. Kapitel

Ich schlief sehr unruhig. Wenn ich an die Grenze zwischen Schlafen und Wachen gelangte, wurde mir bewusst, dass ich von einem wirren Traum geplagt wurde. Ich drehte mich im Bett um und hoffte, der Albtraum möge nicht weitergehen. Aber ich hoffte vergebens. Schließlich stand ich entnervt auf, obwohl es draußen noch völlig finster war. Ich sah aus dem Fenster und hatte den Eindruck, dass es über Nacht noch mehr Schnee gegeben hatte. Ich spielte mit dem Gedanken, ein Bad zu nehmen, verzichtete aber darauf, weil ich die anderen nicht durch den Lärm wecken wollte. Leise ging ich die Treppe hinunter und in den Garten. Das Licht über der Tür des Gesindehauses brannte. Offensichtlich hatte niemand daran gedacht, es auszumachen. Lange stand ich dort vor der Tür. Ich probierte die Klinke und fand den Eingang unverschlossen. Wie leichtsinnig, dachte ich. Schließlich kehrte ich zum Hauptgebäude zurück und ging wieder in mein Zimmer.

Heute kamen alle zeitig zum Frühstück, denn um zehn Uhr wollten wir zum Weihnachtsgottesdienst in der Dorfkirche. Als wir uns vor dem Gesindehaus versammelten, dort, wo auch die Garagen waren, entstand einige Unruhe, weil Debs fehlte.

„Gosia, sieh nach, wo sie bleibt!"

„Jawohl, Madam."

Gosia hatte sich tatsächlich entschlossen, am anglikanischen Gottesdienst teilzunehmen. Oder hatte Octavia so entschieden?

Auch Tomoko kam mit zur Weihnachtsmesse.

„Japaner", erklärte Mark, als seine Frau es nicht hören konnte, „neigen dazu, sich bei verschiedenen Religionen zu bedienen. Wie es halt gerade passt."

Als Gosia mit Debs eilig zurückkam, trug Debs ihre Jacke noch über dem Arm. Sie wurde in den ersten Wagen kommandiert und zwar auf die Rückbank zu Aunt Lulu und Alathea, und dann ging es los. Gosia saß im zweiten Wagen neben mir. Sie hatte sich nicht nur ordentlich herausgeputzt, mit ihr kam auch ein kräftiger Hauch eines blumig süßlichen Parfüms. Die wenigen Minuten bis zur Kirche reichten aus, um auch die nicht so hervorstechenden Noten sich ausbreiten zu lassen. Ich konnte Vanille und Moschus identifizieren. Es war beileibe kein billiger Duft, aber ich fand ihn dem aktuellen Anlass nicht recht angemessen. Ich war dankbar, dass in der Kirche Tomoko zwischen mir und Gosia saß.

Wir drei waren ein recht verlorenes Häuflein. Keiner von uns war mit dem Ablauf einer anglikanischen

Messe vertraut, und der häufige Wechsel zwischen Gesangbuch und Gebetbuch verwirrte uns. Als es an die Feier der Eucharistie kam, beugte sich Gosia zu mir herüber und flüsterte: „Darf ich auch?" Ich verstand, was sie meinte, und fühlte mich geschmeichelt, weil sie mich um Rat fragte. Allerdings brachte sie mich in eine gewisse Verlegenheit. Ich sah mich nicht in der Position, diese Kirchen übergreifende Fragestellung zu entscheiden. Andererseits war auch nicht der Augenblick, um die unterschiedlichen theologischen Standpunkte der anglikanischen und der römisch-katholischen Kirchenleitungen dazu, wer an wessen Eucharistiefeier teilnehmen darf, gegeneinander abzuwägen. Ich sagte also einfach: „Ja."

Als wir an der Reihe waren, wechselte ich einen Blick mit Tomoko und machte eine einladende Handbewegung. Mit einem schüchternen Lächeln und einer Verbeugung folgte sie meiner Einladung, und so gingen wir alle drei nach vorne und empfingen das Sakrament von Christi Leib und Blut, allen theologischen Bedenken, die wer auch immer haben mochte, zum Trotz. Es war schließlich Weihnachten.

Als es zurück ging, ergatterte ich den Beifahrersitz, aber Gosia saß direkt hinter mir, und so waberte ihr Parfüm auch auf der Rücktour um mich herum.

Uns blieb noch Zeit bis zum Weihnachtsdinner,

und wir verbrachten diese Zeit damit, im großen Salon Dry Martinis zu trinken. Mark mixte sie für uns, aber sie bestanden praktisch nur aus eiskaltem Gin und einer grünen Olive.

„Churchill soll gesagt haben, dass es völlig ausreicht, wenn die Flasche mit dem Gin eine Zeit lang neben dem Wermut gestanden hat", erklärte er uns. „Und er hat damit immerhin den Zweiten Weltkrieg gewonnen."

Für Aunt Lulu und Tomoko gab er einen Schuss Dubonnet in den Gin, während Octavia sich dieser Art von Aperitif gänzlich verweigerte und einen Sherry trank.

„Meinen Sie, dass der Schnee noch lange liegen bleibt?", fragte ich Linos.

„Ich glaube nicht."

„Immerhin haben wir weiße Weihnachten gehabt", sagte Octavia. „Selten genug. In Venedig habt ihr so etwas wahrscheinlich nie, oder?"

„Manchmal schneit es im Winter, aber nur sehr, sehr selten. Und der Schnee bleibt nie lange liegen. Wenn es trocken ist, dann ist es mitunter sehr kalt." Tomoko unterstrich ihre Aussage mit einem entsprechenden Gesichtsausdruck.

„Ich hoffe, Sie werden nicht enttäuscht sein, Tomoko, dass es heute keinen gebratenen Truthahn geben wird. Wir bevorzugen Gans."

Mark lachte. „Keine Angst! Die Japaner denken sowieso, dass bei uns im Westen an Weihnachten nichts anderes als Hähnchen auf den Tisch kommt. Ergebnis der erfolgreichen Werbekampagnen einer bekannten Fast-Food-Kette mit Sitz in Kentucky."

„Wo wir gerade von Fast Food reden", meinte Octavia. „Wo sind eigentlich die Kinder hin verschwunden?"

Eine Antwort auf diese Frage erübrigte sich, weil Gosia erschien und erklärte, dass nun serviert würde. Also gingen wir ins Esszimmer hinüber. Die beiden Gesuchten erwarteten uns dort bereits. wie immer übernahm Octavia es, die Anwesenden auf die für sie vorgesehenen Plätze zu dirigieren. Dann kamen Gosia und Mrs Davis und servierten die Vorspeise.

„Was ist denn das?", fragte Debs.

„Gyuniku no tataki", erklärte Octavia. Sie sagte es ganz vorsichtig, damit kein Laut verloren ging. „Richtig, Tomoko?"

Tomoko klatschte vor Freude in die Hände. Dabei war es nichts anderes als mageres Fleisch vom Rind, das ganz kurz die Pfanne geküsst hatte und nun aufgeschnitten und fast noch roh, aber mit einem äußerst raffinierten Dressing serviert wurde.

Mir tat Debs ein wenig leid, weil alle Anwesenden

sie möglichst unauffällig beobachteten. Eine Weile rang sie mit sich, aber dann entschied sie sich, das Fleisch zu probieren.

„Rindertataki. Wunderbar!", meinte Mark. „Das macht Tomoko auch oft, und dies hier ist nicht schlechter als ihres. Aber euer Koch ist ja auch Japaner."

Auf das Rindfleisch folgte eine klare Brühe mit Hechtklößchen und Julienne Streifen, bevor dann endlich der Höhepunkt serviert wurde: die Weihnachtsgans! Um genau zu sein, es waren ihrer zwei. Schließlich waren wir acht Personen. Es gab dazu verschiedene Gemüse, Möhren, Erbsen, Rosenkohl, Pastinaken, Kartoffeln aus dem Rohr und eine sämige, mit Sauerrahm verfeinerte braune Sauce. Jeder bediente sich nach Belieben, während Linos und Mark das Geflügel tranchierten.

„Wissen Sie übrigens, Tomoko, dass Linos und ich uns auch in Venedig kennengelernt haben? Das war Mitte der neunziger Jahre. Venedig ist wirklich die richtige Stadt, um sich dort zu verlieben."

„Nun erzähl doch nicht schon wieder diese alten Geschichten", murmelte Linos.

„Aber warum denn nicht? Oder ist es dir unangenehm, wenn ich verrate, dass es lange gedauert hat, bis ich dich erhört habe?"

„Ja, wie heißt es doch gleich?" Mark lachte. „Ein Mann läuft einer Frau solange hinterher, bis sie ihn gefangen hat."

„Sei nicht so impertinent, Mark", meinte Octavia gut gelaunt. „Ja, ich habe ihn lange im Ungewissen gelassen, obwohl ich ihn von Anfang an ganz nett fand. Trotz des Größenunterschieds." Octavia war fast einen Kopf größer als Linos. „Aber für Frauen ist es nicht ganz so schlimm, größer zu sein. Männer haben eher ein Problem damit, wenn sie kleiner sind. Wir wohnten beide im Hotel Bauer. Damals nannte man es, glaube ich, immer noch Bauer-Grünwald. Nachdem er endlich eine Gelegenheit gefunden hatte, sich mir vorzustellen, und somit nichts mehr dagegen sprach, miteinander zu verkehren, lud er mich zum Kaffee ein. Ich schlug vor, ins *Caffè Florian* zu gehen. Es gibt kein schöneres Café in Venedig."

„Octavia!" Aber je mehr Linos versuchte, sie zu bremsen, desto mehr Vergnügen bereitete es ihr weiterzuerzählen.

„Es ist etwas Wundervolles für eine Frau, zu beobachten, wie ein Mann lichterloh für sie brennt."

„Bitte, lass uns von etwas anderem reden, Liebling."

Ich war Linos dankbar für seinen Versuch, Octavia von diesem Thema abzubringen.

„Ich verstehe nicht, warum du heute so empfindlich

bist. Schließlich geht die Geschichte für dich doch gut aus." Sie lachte. „Du hast mich schließlich bekommen."

„So wie ich meine Tomoko." Mark zwinkerte seiner Frau zu.

„Kann man Venedig auch besuchen, ohne hinterher verheiratet zu sein?", fragte Alathea.

„Ja", erklärte ich in einem Akt der Selbstbehauptung. „Mir ist das passiert."

„Gut, dass Sie dieses Thema ansprechen. Wir warten ja immer noch auf die Geschichte, wie Ihnen in Venedig Ihr Herz gestohlen wurde." Aunt Lulu sah mich erwartungsvoll an. „Erzählen Sie, Karl! Seien Sie kein Feigling!"

„Lasst uns endlich einmal davon sprechen, was wir heute Nachmittag geplant haben. Unsere Gäste wissen ja noch gar nicht, was auf sie zukommt." Mit diesen Worten gelang es Linos endlich, der Unterhaltung eine neue Richtung zu geben. „Wir werden nachher ein kleines Laienspiel aufführen und bitten alle Anwesenden, auch eine Rolle dabei zu übernehmen."

Im Laufe der Jahre war in diesem Haus eine ambitionierte Tradition entstanden: Der Weihnachtstag gehörte nicht harmlosen Spielen wie Teekesselchen und so weiter, sondern man führte Shakespeare auf. Kein vollständiges Drama selbstverständlich, nur ein paar Szenen. Während des Desserts gab es kein anderes Thema mehr, als wer in dem vorgesehenen Stück welche Rolle übernehmen sollte.

Die Halle, wo wir uns nach dem hastig getrunkenen Kaffee versammelten, war nicht nur der älteste, sondern auch der größte Raum des Landhauses und stellte den idealen Ort für die Aufführung dar. Hier tauchte man tatsächlich in das Zeitalter Shakespeares ein.

In diesem Jahr war das *Wintermärchen* ausgewählt worden. Octavia und Linos hatten dies rechtzeitig genug getan, um Alathea und Debs Zeit zu geben, ihre Rollen zu lernen. Die beiden hatten wie immer die wichtigsten Charaktere zu spielen und von ihnen wurde am Weihnachtstag Textsicherheit erwartet. Alle anderen Darsteller durften mit einem Skript in der Hand auftreten. Sofern sie Gäste waren, hatten sie ja auch gar keine Möglichkeit, sich vorzubereiten.

Linos hatte anfangs befürchtet, dass beide Töchter die Rolle der Witwe Paulina, der Heldin des Stücks, würden spielen wollen. Zu seiner Überraschung war Alathea ohne lange Diskussionen bereit, den Part des bösen Königs von Sizilien zu übernehmen, der erst am Ende durch die Winkelzüge Paulinas auf den rechten Weg zurückgeführt wird. Ich selbst war Lord Camillo. Mich hatte einst der böse König mit der Ermordung des Königs von Böhmen betraut, aber vor der Tat zurückschreckend hatte ich jenen König gewarnt und war mit ihm zusammen nach Böhmen geflohen. Bei Shakespeare ist Böhmen übrigens eine Insel wie Sizilien irgendwo im Mittelmeer. Sogar für Tomoko fand sich eine winzige Rolle. Sie war das verlorene Kind namens Perdita. Einzig Linos spielte nicht mit. Er beschränkte sich darauf, Regie zu führen.

Aufgeführt wurde die Schlussszene des *Wintermärchens*, und Alathea und Debs zeigten sich ihren Rollen bestens gewachsen. Sie beherrschten nicht nur ihren Text, sie spielten auch mit sehr viel Herzblut. Alles verlief ohne größere Zwischenfälle bis zu jener Stelle, wo die einst verstoßene Königin Hermione, die in dieser Szene bisher so getan hatte, als wäre sie eine leblose Statue, auf Geheiß von Paulina von ihrem Piedestal herabsteigt, um mit dem nun geläuterten König aufs Neue vereint zu werden. Dabei spricht Paulina zum König:

Weichet nicht vor ihr zurück – nein, gebt ihr die Hand;
wie sie jung war, musstet Ihr Euch um ihre Gunst
bemühen;
nun da sie alt ist, muss sie um die Eurige buhlen.

An dieser Stelle bekam Aunt Lulu einen Lachanfall, der dem von ihr verkörperten König von Böhmen allerdings schlecht anstand. Nachvollziehbar war er aber allemal, denn jene Hermione wurde von Octavia gespielt. Es dauerte, bis Aunt Lulu sich wieder beruhigt hatte und die Aufführung weitergehen konnte.

Auf Shakespeare folgte die nächste Mahlzeit: der Nachmittagstee. Bei Tee und Sandwiches fragte ich Tomoko, ob ihr das Theaterspiel gefallen habe.

„Oh ja, sehr."

„Aber ein bisschen enttäuscht ist sie schon", meinte Mark schmunzelnd. „Ich habe ihr nämlich erzählt, dass die Engländer Weihnachten mit allerlei Schabernack, mit Knallbonbons und albernen Spielen verbringen und dabei bunte Papphüte auf dem Kopf tragen. Und obendrein haben wir sogar die Fernsehübertragung der königlichen Weihnachtsansprache schnöde ignoriert."

„Aber auf den Christmascake wird sie nicht verzichten müssen", erklärte Octavia.

Jeder musste von dem Kuchen ein Stück nehmen. Das unmäßige Essen kam damit allerdings an ein vorläufiges Ende. Später am Abend sollte es nur noch einen leichten Imbiss geben, mehr nicht.

Die Gesellschaft löste sich vorübergehend auf. Alathea und Debs verschwanden, wohin auch immer, und Mark und Linos gingen Billard spielen. Wir anderen erwogen, einen Spaziergang zu machen, am Ende waren es Aunt Lulu, Tomoko und ich, die loszogen. Es war bereits dunkel, als wir das Haus verließen. Mit Rücksicht auf Aunt Lulu schlugen wir kein großes Tempo an und gingen auf der Straße. Mit Autoverkehr war nicht zu rechnen. Die Hauptaufgabe dieser schmalen Nebenstraße war, das Landhaus mit der Außenwelt zu verbinden. Deshalb hatte auch niemand es für nötig befunden, Schnee zu räumen.

Wir konnten bequem zu dritt nebeneinander gehen und uns unterhalten, und obwohl es keine Straßenbeleuchtung gab, sorgte der Schnee dafür, dass wir uns problemlos orientieren konnten. Es war, als würde er den schwachen Lichtschein des Mondes nicht nur reflektieren, sondern noch verstärken. Die Luft war klar und es war merklich kühler geworden. Es würde wohl nicht mehr schneien, aber bei diesen Temperaturen würde der Schnee noch eine Weile liegen bleiben.

Ohne viel Aufhebens zu machen, hatte Aunt Lulu sich bei mir eingehängt.

„In meinem Alter kann man sich bei einem Sturz wer weiß was brechen. Sie werden das zu verhindern wissen, nicht wahr?"

„Es ist mir eine Ehre", murmelte ich.

„Ich kann mir gar nicht vorstellen, wie alte Menschen in Venedig leben können. Diese vielen Kanäle mit den vielen Brücken."

„Man gewöhnt sich daran", erwiderte Tomoko, „wenn man sein Leben lang nichts anderes gekannt hat."

„Wahrscheinlich haben Sie recht. Ich habe sogar von einer Vergreisung Venedigs gelesen."

„Ja, das ist richtig", sagte Tomoko. „Die jungen Leute ziehen aufs Festland. Dort gibt es billige Wohnungen und sie finden leichter Arbeit. Es gibt nur noch wenige Familien mit Kindern in Venedig."

„Was Sie nicht sagen. Sie und Mark haben auch keine Kinder, nicht wahr?"

„Nein."

Aunt Lulu blieb einen Augenblick stehen.

„Sehen Sie, Tomoko, in meinem Alter bleiben nicht mehr allzu viele Laster, denen ich mich hingeben kann. Eines der letzten ist die Neugier. Ich hoffe, Sie nehmen es mir deshalb nicht übel, wenn ich Sie frage, warum Sie keine Kinder haben."

„Nein, überhaupt nicht, aber ich kann es schwer erklären. Ich bin Japanerin und Mark ist ein Gaijin, ein Europäer."

„Aber Sie leben doch in Europa", sagte ich. „Hier

sind Kinder von Eltern verschiedener Nationalität nichts Außergewöhnliches mehr."

„Ich weiß, aber ich würde meinen Vater sehr enttäuschen. Ein Kind, dessen Vater ein Gaijin ist und das auch noch im Ausland geboren ist. Mein Vater lebt noch sehr stark im Einklang mit den Traditionen meines Volkes."

„Aber ist es nicht so, dass Sie gar keinen Kontakt mehr zu ihm haben?", fragte Aunt Lulu. „So hat man mir jedenfalls erzählt."

„Aber er ist trotzdem immer noch mein Vater."

Eine Weile gingen wir schweigend weiter. Ich hätte gerne ein harmloseres Thema angeschlagen, aber Aunt Lulu ließ nicht locker.

„Was sagt Mark denn dazu? Wünscht er sich keine Kinder?"

„Ich weiß nicht, er hat nie mit mir darüber gesprochen."

„Ich habe im Laufe meines Lebens gelernt, dass die Männer allesamt noch von diesem archaischen Trieb beherrscht werden, ihr Erbgut weitergeben zu müssen. Manche merken es nur nicht. Was meinen Sie, Karl?"

„Glauben Sie nicht, dass unsere Kultur uns soweit gebracht hat, unsere animalischen Triebe unter Kontrolle zu bringen?"

„Das halte ich für eine Illusion. Haben Sie Kinder?“, fragte sie.

„Nein. Und Sie?“

„Nein. Ich bin wohl nie einem richtigen Mann begegnet. Sie wissen doch, Karl, das Gegenstück zum maskulinen Drang zur Reproduktion ist das feminine Bestreben, einen Partner zu finden, der für die Aufzucht des Nachwuchses optimale Eigenschaften und Ressourcen mitbringt.“ Sie lachte. „Und jetzt lassen Sie uns umkehren. Das Gehen auf dem Schnee strengt mich doch sehr an.“

Es dauerte nicht lange, und Aunt Lulu wandte sich wieder an Tomoko: „Wie kommt es, dass Sie keinen Kontakt mehr zu Ihrem Vater haben? Liegt es nur an der großen Entfernung?“

„Möglicherweise“, antwortete sie, aber mir war klar, dass das nicht die Wahrheit war.

„Als ich mich entschlossen habe, dem bürgerlichen Leben zu entfliehen und Schauspielerin zu werden, hat es Jahre gedauert, bis meine Eltern bereit waren, das zu akzeptieren. Eltern haben manchmal sehr sonderbare Vorstellungen, was gut für ihre Kinder ist. Ich vermute, Ihr Vater hätte es lieber gesehen, wenn Sie in Japan geblieben wären.“

„Natürlich. Und ich wäre auch gerne dortgeblieben. Aber es war immer mein Traum, einige Semester in

Venedig zu studieren."

„Und dann sind Sie geblieben, weil Sie Mark kennengelernt haben? Sagen Sie ja! Das wäre so voller Romantik."

„Damals kannte ich Mark noch gar nicht."

„Damals?", fragte Aunt Lulu etwas irritiert.

Tomoko zögerte einen Moment, dann sagte sie: „Ich meine, als ich nach Venedig kam."

Trotz der sonderbaren Antwort hakte Aunt Lulu nicht weiter nach, sondern wechselte das Thema. Zu meinem Erstaunen respektierte sie, dass es hier etwas gab, worüber Tomoko nicht sprechen wollte. Sie erzählte von ihren eigenen Reisen nach Venedig und bemühte sich, auch mich in das Gespräch einzubeziehen, und so redeten wir über Venedig, bis wir wieder das Landhaus erreichten.

Aunt Lulu wollte sich ein wenig ausruhen, also gingen Tomoko und ich den Billardspielern zuschauen. Mark hatte inzwischen allerdings einen neuen Gegner bekommen. Alathea hatte ihren Vater abgelöst. Sie hatte ihm damit eine große Freude bereitet. Er machte sich nichts aus Billard.

„Kommt herein!", begrüßte uns Mark, während er gerade zum Stoß ansetzte. „Nehmen Sie sich was zu trinken. An Weihnachten bleiben nur Abstinenzler und Spielverderber nüchtern." Und als Alathea das

Spiel fortsetzte, wandte er sich an Tomoko: „Du kommst genau richtig. Alathea hat gerade gemeint, sie würde uns gerne einmal besuchen. Was sagst du? Platz haben wir ja."

„Das wäre eine große Freude." Tomoko ließ keine Zweifel daran, dass sie das aufrichtig meinte. „Wann willst du kommen?"

„Möglichst bald. Die Schule habe ich ja glücklicherweise hinter mir, und ich habe noch nichts Neues angefangen."

„Wir müssen natürlich noch Octavia und Linos fragen."

„Wozu?" Alathea sah Mark erstaunt an. „Ich bin volljährig und kann tun, was ich will."

Mark lachte. „Ich würde sagen, es ist einfach höflicher, und außerdem habe ich das Gefühl, dass deine Eltern in diesen Dingen ein bisschen altmodisch sind."

„Gut, dann werde ich sie fragen, aber ich kann mir nicht vorstellen, dass sie etwas dagegen haben."

„Nichts für ungut, lass es uns nachher beim Essen ansprechen. Keine Angst, heute ist Weihnachten, da sind Eltern großzügig."

„Wenn es sein muss." Sie hob resignierend die Schultern.

Als Mark Alatheas Wunsch beim Abendessen wie

beiläufig erwähnte, erklärte Debs, bevor Octavia oder Linos überhaupt irgendetwas sagen konnten:

„Die fährt nicht ohne mich." Sie maß die ganze Runde mit einem angriffslustigen Blick ihrer großen braunen Augen.

„Vergiss nicht, meine geliebte Schwester, dass du immer noch zur Schule gehst. Ich hingegen bin uneingeschränkter Herr über meine Zeit."

„Wir wollen jetzt nicht diskutieren, wer Herr über deine Zeit ist", meinte Octavia.

„Und du, geliebte Schwester, vergisst, dass ich noch zehn Tage habe, bis die Ferien vorbei sind."

„Jetzt ist aber Schluss! Es scheint ja fast, als wolltet ihr heute Abend schon los."

„Es ist doch so, Mum", meinte Alathea, „Mark und Tomoko fliegen morgen wieder zurück. Ich könnte sie begleiten. Und ich bin ganz sicher, dass Debs ihre Ferien hier ohne mich noch mal so schön finden wird."

„Da haben die beiden aber auch noch ein Wörtchen mitzureden." Aber Mark und Tomoko erklärten, Alathea gerne und auch ganz spontan aufnehmen zu wollen.

„Und ich fliege mit."

„Du solltest dich lieber ein wenig um dein Französisch kümmern, Debs. Deine Leistungen lassen zu wünschen übrig", meinte Alathea ein wenig von oben herab.

„Ich fliege auch."

„Jetzt sei nicht albern!" Octavia klang schon ein wenig gereizt. „Was um Himmels Willen sollen Mark und Tomoko mit zwei von eurer Sorte anfangen?"

„Wir nehmen sie auch im Doppelpack."

„Musst du mir denn schon wieder in den Rücken fallen, Mark? Und was ist eigentlich mit dir, Linos? Könntest du dich bitte auch einmal äußern?"

„Ich meine, wenn wir es einer erlauben, müssen wir es beiden erlauben."

Octavia schwieg einen Moment, dann fing sie an zu lachen und konnte sich kaum wieder beruhigen. Wir sahen sie verständnislos an.

„Ich stelle fest, alle sind gegen mich. Ich gebe auf."

8. Kapitel

So einfach, wie Alathea und Debs es sich vorgestellt hatten, gestaltete sich die Reise aber doch nicht. Für den Flug, mit dem Mark und Tomoko nach Venedig zurückkehrten, gab es keine freien Plätze mehr. Die beiden Mädchen mussten ihre Abreise um einen Tag verschieben. Am 27. Dezember brachten Octavia und Linos sie dann zum Flughafen. Ich hatte vorher mit ihnen zusammen gefrühstückt und saß schließlich allein bei einer letzten Tasse Tee.

Linos hatte mir erzählt, dass im Laufe des Vormittags sein Sekretär James Finsberg-Stallard aus dem Urlaub zurückkehren würde, nachdem er Weihnachten bei seinen Eltern in Salisbury verbracht hätte.

Er musste von mir unbemerkt angekommen sein, denn gerade als ich das Esszimmer verlassen wollte, erschien er in der Tür.

„Da ist ein Telefongespräch für Sie", erklärte er nach einer hastigen Begrüßung. „Wollen Sie es im Arbeitszimmer annehmen oder soll ich es auf den Apparat im großen Salon legen?", fragte er mich. Im Esszimmer gab es kein Telefon.

„Ich komme ins Arbeitszimmer. Wer will mich denn sprechen?"

„Es ist Mr Gregson. Er ruft aus Venedig an.“

„Gregson?“

„Mr Mark Gregson.“

„Und er will *mich* sprechen?“

„Ja.“

Finsberg-Stallard ging vor mir her zum Arbeitszimmer, ließ mich eintreten und schloss dann hinter mir die Tür. Ich nahm den Hörer auf. Nach ein paar höflichen Floskeln kam Gregson zur Sache.

„Sie haben mich doch im Pub gefragt, ob ich hier jemanden namens Palese kennen würde, nicht wahr? Vielleicht habe ich etwas für Sie. Heute lese ich zufällig in der Zeitung, ein gewisser Cristoforo Palese sei vor wenigen Tagen verstorben. Ehemaliger Direktor von *RAI* in Venedig. Sie wissen, die haben hier ein Regionalstudio im Palazzo Labia. Ist es der, an dem Sie interessiert waren?“

Ich war zu erschüttert von dieser Nachricht, um antworten zu können.

„Hallo, Karl! Sind Sie noch dran?“

„Ja, sicher. Erzählen Sie, was steht in der Zeitung, ich meine, über Palese?“

„Er soll 85 Jahre alt geworden sein. Und dann heißt es noch, dass er eine Tochter hinterlässt.“

„Nur eine Tochter?“

„Mehr steht hier nicht. Eine Tochter. Das ist alles.

Ich kann Ihnen eine Kopie vom Artikel per eMail zukommen lassen."

„Dafür wäre ich Ihnen sehr dankbar."

Nach dem Ende des Gesprächs behielt ich den Hörer noch lange in der Hand und starrte aus dem Fenster, ohne etwas zu sehen. Ich musste unbedingt nach
Venedig. Möglichst noch heute. Ich wusste nicht, was
ich mir davon erhoffte. Für mich zählte nur, dass die
geheimnisvolle Macht, die hinter all den unglaubli-
chen Zufällen steckte, die mein friedliches Dasein aus
den Fugen geraten ließen, schon wieder in mein Leben eingriff. In welche Richtung wollte diese Macht
mich zwingen? Ich würde es erfahren. Früher oder
später.

Ich erkundigte mich also nach Flügen. Ich bekam
einen Platz in einer Maschine am Nachmittag, die
aber erst spät abends in Venedig ankommen würde.

Als Octavia und Linos vom Flughafen zurückka-
men, waren sie überrascht von meinen Reiseplänen,
und ich konnte ihnen nicht einmal erklären, warum
ich so plötzlich nach Venedig wollte. Linos bot an,
mich zum Flughafen zu bringen, aber das konnte ich
ihm unmöglich zumuten. Ich hatte stattdessen beschlossen, die Bahn von Bradford-on-Avon zu nehmen. Das nun wieder stieß auf heftigen Widerstand.
Schließlich einigten wir uns darauf, dass Finsberg-

Stallard mich fahren würde.

Am Abend landete ich pünktlich auf dem Flughafen Marco Polo auf dem Festland von Venedig. Weil es schon spät war und ich möglichst bald in meinem Quartier sein wollte, fuhr ich mit dem Taxi zur Piazzale Roma. Von dort aus ging ich zu Fuß. Vor zwanzig Jahren war ich zuletzt hier gewesen, aber davor hatte ich Venedig mehrere Male besucht und war mit der Stadt vertraut gewesen. Ich hatte das Gefühl, nach langer Zeit einen guten Freund wiederzusehen.

In dem Zeitungsartikel, den Mark mir geschickt hatte, stand, dass die Trauerfeier am Freitagvormittag sein sollte, also heute bereits stattgefunden hatte. Aber warum hätte ich hingehen sollen? Ich konnte mir nicht vorstellen, dass ich dort Caterina getroffen hätte. Sie lebte wahrscheinlich bis zum Tod ihres Mannes getrennt von ihm. Sonst wäre im Artikel nicht nur die Tochter erwähnt worden. Einen Augenblick lang ging mir die Frage durch den Kopf, ob Caterina möglicherweise schon verstorben war. Sollte sie noch leben, musste sie die Mitte 60 bereits überschritten haben und nicht jeder erreicht dieses Alter. Aber ich verwarf diesen Gedanken umgehend.

Am nächsten Vormittag ging ich zu Mark und Tomoko. Sie wohnten nur wenige hundert Meter von meiner Unterkunft entfernt, aber natürlich fand ich das Haus nicht auf Anhieb.

Als ich an der Haustür klingelte, hörte ich kurz darauf Marks Stimme über mir. Er schaute von einem Balkon im zweiten Stock zu mir herab.

„Hallo! Donnerwetter, Sie sind es! Welcher Wind hat Sie hierher geweht? Warten Sie, ich öffne gleich."

Nach ein paar Sekunden ertönte der Summer, und ich betrat das Haus. Ich stieg die Treppe zum zweiten Stock hinauf, wo Mark in der offenen Tür auf mich wartete.

„Kommen Sie herein! Die Frauen sind alle ausgeflogen. Sie müssen also mit mir vorliebnehmen." Ich erfuhr, dass ich auch Mark nur angetroffen hatte, weil Samstag war und er nicht arbeiten musste.

Er führte mich ins Wohnzimmer, einen großen Raum, der trotz des Terrazzobodens behaglich wirkte.

„Tomoko macht mit den beiden Mädels eine Erkundung des Ortes. Sie sind ja erst gestern angekommen. Aber warum um alles in der Welt sind Sie hier? Sagen Sie nicht, es hat etwas mit diesem alten Herrn zu tun, diesem Palese."

„Oh, das ist eine lange Geschichte. Ich erzähle sie Ihnen vielleicht ein andermal. Mit Palese hat es eigentlich nichts zu tun."

„Wie Sie wollen, ganz wie Sie wollen. Was kann ich

Ihnen anbieten? Einen Espresso oder vielleicht schon ein erstes Gläschen Wein?"

„Gerne einen Espresso, wenn es nicht zu viel Mühe macht."

Während Mark in der Küche verschwand, schaute ich mich im Raum um. Er zeigte deutliche Spuren des Gestaltungswillens einer Frau, aber es war da auch eine gewisse Nüchternheit, ja Strenge, die Tomoko wohl aus ihrer japanischen Heimat mitgebracht hatte. Was meine Aufmerksamkeit ganz besonders erregte, war eine Art Installation, in deren Mitte sich eine Miniatur eines fernöstlichen Schreins befand. Sie war auf einem auffallend hoch angebrachten Regalbrett aufgestellt. Vor und um den kleinen Schrein herum standen verschiedene Schalen, Vasen und andere Gefäße, alle aus weißem Porzellan. In den Vasen ganz links und ganz rechts steckten Zweige mit dunkelgrünen Blättern.

„Das ist Tomokos Hausschrein", erklärte Mark, als er mit dem Espresso zurückkam und meinen neugierigen Blick bemerkte. „Die Anhänger des Shinto verehren darin ihre Götter. Ich weiß nicht, wie ernst Japaner so etwas heutzutage noch nehmen, aber für Tomoko ist es wichtig. Ich glaube, es ist für sie vor allem so etwas wie eine letzte Verbindung zu ihrer Heimat. Aber fragen Sie mich jetzt nicht nach Einzelheiten.

Tomoko kann Ihnen das alles genau erklären, wenn sie zurück ist. Allerdings habe ich keine Ahnung, wann das sein wird."

Während Mark weiter plauderte und wir den Kaffee tranken, fiel mein Blick auf ein gerahmtes Schwarzweißbild, dass auf einem Sideboard stand und ein junges Mädchen zeigte. Sie hatte ein auffallend schmales Gesicht, umrahmt von langem, schwarzem Haar. Die großen dunklen Augen, die direkt in die Kamera blickten, waren die einer Asiatin. Der Mund war leicht geöffnet, aber er lächelte nicht. Es war ein ebenso schönes wie graziles, aber gleichzeitig auch angsterfülltes Gesicht.

„Das ist ein Bild von Tomoko."

Ich sah ihn erstaunt an.

„Das Bild ist schon zwanzig Jahre alt. Ich habe es selber gemacht, damals, als wir uns gerade kennengelernt hatten."

Ich versuchte, Tomoko in dem Bild wiederzuerkennen. Es waren ihre Augen, das ja, aber ihr Gesicht war heute runder, das Haar kürzer. Und der Gesichtsausdruck? Tomoko lachte gerne, aber wenn das Lachen fort war, sah man auch heute noch manchmal in ein scheues, ein fast trauriges Gesicht.

„Aber nun erzählen Sie doch endlich, woher Sie den alten Palese kannten. Auch wenn Sie nicht seinetwegen gekommen sind. Kannten Sie ihn gut?"

„Eigentlich gar nicht. Ich habe ihn vielleicht ein oder zwei Mal gesehen. Und gesprochen habe ich ihn einmal und das auch nur ganz kurz. Vor zwanzig Jahren."

Man sah Mark an, dass er sich auf meine Worte keinen Reim machen konnte. Er überlegte, ob er nachhaken oder das Thema fallen lassen sollte. Die Entscheidung wurde ihm abgenommen.

Die Tür des Wohnzimmers stand offen, und wir hörten die Wohnungstür gehen, und eine weibliche Stimme rief: „Tadaima." Mark antwortete: „Schön, dass du wieder da bist. Komm herein! Du wirst nie erraten, wer hier ist."

Ich blickte zur Tür und dort stand Tomoko, das Gesicht weiß wie ein Blatt Papier und mit einem Ausdruck, als würde sie eine Begegnung mit dem leibhaftigen Gottseibeiuns oder dessen shintoistischem Pendant befürchten. Als sie mich erkannte, entspannten sich ihre Züge, und sie kam herein und begrüßte mich freudig. Aber ihr Lächeln verflog schnell wieder. Sie setzte sich zu uns, ohne sich an unserer Unterhaltung, die sich allerdings in Belanglosigkeiten erschöpfte, zu beteiligen. Als Mark sie einmal direkt anredete, schien sie ihn überhaupt nicht zu hören.

„Hallo, Tomoko!", rief er lachend. „Was ist mit dir?"

Sie lächelte kurz, verfiel dann aber wieder in ihr rätselhaftes Schweigen. Plötzlich stand sie auf, entschuldigte sich und trat vor ihren Hausschrein, verbeugte sich, klatschte in die Hände und verharrte dann, als würde sie ein Gebet sprechen. Ich warf Mark einen erstaunten Blick zu, aber der schüttelte nur den Kopf. Nach einer Weile kam Tomoko zu uns zurück. Sie wirkte jetzt ein wenig entspannter.

Mark sah sie fragend an.

„Ich habe ihn gesehen. Vorhin."

„Wen hast du gesehen?"

„Meinen Vater. In der Akademie. "

„Wie? Deinen Vater? Bist du sicher?"

„Ja."

„Du hast ihn zwanzig Jahre lang nicht gesehen."

„Er war es. Ganz sicher. Ich erkenne doch meinen Vater. Er hat mich nicht gesehen. Ich bin schnell weggegangen."

„Warum denn?", fragte Mark, aber Tomoko schüttelte nur den Kopf.

„Ich kann nicht glauben, dass er es wirklich war. Warum um alles in Welt sollte er hier in Venedig sein?"

„Ich habe ihn gesehen", beharrte Tomoko.

Eine Weile sagte niemand etwas, dann wechselte

Mark das Thema:

„Was ist mit den Mädels?"

„Ich habe Alathea zugeflüstert, mir wäre nicht gut. Dann bin ich geflohen."

Mark dachte einen Moment nach, und dann meinte er zu mir gewandt:

„Die beiden finden allein hier nicht wieder her. Wir haben sie gestern vom Flughafen abgeholt und hierher gebracht. Sie sind zum ersten Mal in Venedig unterwegs."

„Sie haben ihre Handys dabei", sagte Tomoko

„Ich habe die Nummern nicht. Du?"

Sie schüttelte den Kopf.

„Und sie haben unsere nicht. Ich gehe hin und schaue nach ihnen. Octavia reißt mir den Kopf ab, wenn die beiden gleich am ersten Tag hier Blödsinn anstellen. Kümmer du dich inzwischen um Karl."

Nachdem Mark fort war, saßen wir beide eine Weile schweigend da, und als ich das nicht länger aushielt, sagte ich:

„Ich denke gerade an unser Gespräch am Weihnachtsabend, als wir mit Aunt Lulu spazieren gingen. Wir redeten auch über Ihren Vater." Aber an diesem Punkt wusste ich nicht mehr so recht weiter, und Tomoko verharrte in ihrem Schweigen.

Ich nahm einen neuen Anlauf: „Mark hat mir erzählt, dass das dort oben ein Hausschrein ist."

„Oh, ja. Das ist ein Kamidana. Dort wohnen Götter aus meiner Heimat. Wir nennen unsere Götter in Japan Kami. Die Kami in meinem Schrein verbinden mich mit meiner Heimat, und sie beschützen mich hier."

Ich wusste nichts über die religiösen Vorstellungen der Japaner und fragte: „Beschützen die Kami Sie auch vor Ihrem Vater?"

„Nein, natürlich nicht. Warum sollten sie mich vor ihm schützen müssen?"

„Aber Sie sind doch vorhin vor Ihrem Vater davongelaufen, nicht wahr?"

Sie dachte eine Weile nach, dann schüttelte sie den Kopf.

„Das verstehen Sie nicht."

„Versuchen Sie es mir zu erklären."

Wieder dauerte es lange, bis Tomoko antwortete.

„Ich kann darüber mit niemandem sprechen. Verzeihen Sie mir."

„Aber nein!", antwortete ich peinlich berührt. „Ich muss Sie um Vergebung bitten, dass ich so in Sie dringe."

Wir schwiegen beide. Schließlich versuchte ich das Gespräch wieder in Gang zu bringen, indem ich sie bat, mir etwas über ihren Hausschrein zu erzählen und mir die Bedeutung der einzelnen Gegenstände darin zu erklären. Mein Interesse schien ihr Freude zu bereiten. Sie beschrieb mir, was sich im Innern des Schreins befand, welche der Gefäße Reis, welche Salz, Sake oder Wasser enthielten und warum und wann sie welche der Gaben erneuern musste und was für mich sonst noch hätte interessant sein können. Wir waren in eine intensive Unterhaltung vertieft, was ihre Religion ihr bedeutete, als Mark zurückkam.

„In der Akademie keine Spur von ihnen. Ich habe die ganze Galerie von vorne bis hinten abgesucht", berichtete er. „Für Malerei interessieren die Mädels sich offensichtlich nicht sonderlich. Aber ich habe sie am Zattere gefunden. Ich glaube, da waren wir früher auch immer, nicht wahr, Tomoko? Sobald die Sonne scheint, zieht es einen unweigerlich dorthin, besonders, wenn man jung ist und nichts zu tun hat. Und jetzt wissen wir, dass das sogar bei Leuten funktioniert, die gerade erst hier angekommen sind. Muss irgendwie was mit Magie zu tun haben."

„Es tut mir leid, dass ich mich nicht besser um sie gekümmert habe", meinte Tomoko.

„Ach was. Eigentlich sind sie ja alt genug, um sich zurechtzufinden. Ich habe ihnen erklärt, wie sie wieder hier herfinden und zur Sicherheit die Handynummern ausgetauscht. Hätten wir gleich gestern machen sollen. Übrigens, wir wollen mit den beiden nachher essen gehen. Kommen Sie auch mit, Karl? Es ist ein kleines Restaurant hier ganz in der Nähe."

„Gerne."

Alathea und Debs kehrten schließlich von ihrem Bummel am Zattere zurück, voll Begeisterung über das schöne Wetter mit den fast frühlingshaften Temperaturen.

Mark zwinkerte mir zu. „Wissen Sie, Karl, da treiben sich bei gutem Wetter um diese Tageszeit die Studenten von der *Ca' Foscari* herum. Na Mädels, habt ihr denn auch schon ein paar italienische Jungs kennengelernt?"

„Nein, haben wir nicht", erklärte Debs, während Alathea seine Frage schlicht ignorierte.

„Ich merke schon, so fragt man keine großen Mädchen aus. Also gut, ich habe Hunger, gehen wir."

Wir verließen das Haus und erreichten im Nu den Campo San Barnaba. Dort war es, erinnerte ich mich, wo Katharine Hepburn in dem Jahr, in dem ich geboren wurde, so spektakulär ins Wasser fiel. Mark führte uns auf der anderen Seite des Campo in eine lange und sehr schmale Gasse, die zu meiner Überraschung zu beiden Seiten von vielen Geschäften und Restaurants gesäumt wurde, und dort in eine Gaststätte, die sich besonders durch ihre Meeresfrüchte- und Fischgerichte auszeichnete.

„Und wisst ihr was?", erklärte Mark nach dem Essen an die beiden Mädchen gewandt. „Heute Abend ist bei uns eine kleine Willkommensparty für euch geplant. Wir leben hier ja sozusagen im Exil, da freut sich jeder, hin und wieder mal ein neues Gesicht zu sehen. Ein paar Freunde von uns werden kommen."

Es war nicht zu erkennen, ob Alathea und Debs sich über diese Ankündigung freuten.

„Auch ein paar Leute in eurem Alter. Wie ist es mit Ihnen, Karl, Sie kommen doch hoffentlich auch, oder?"

Ich zögerte einen Moment, aber dann kam mir eine Idee, und ich willigte ein. Als wir das Restaurant verlassen hatten, nutzte ich die Gelegenheit für ein Gespräch mit Mark unter vier Augen.

„Sagten Sie nicht, dass Sie eine Verwandte dieses Menschen kennen, Sie wissen schon, der den gestohlenen Bellini geerbt hat?"

„Ja, schon."

Er sah mich fragend an. Ich zögerte einen Moment. Ich dachte an jene höhere Macht, die beschlossen hatte, die Dinge jetzt, nach zwanzig Jahren in Bewegung zu setzen, ganz so, als wäre ein Damm gebrochen. Also gab ich mir einen Ruck.

„Kommt der junge Mann heute Abend auch?"

„Ruzzino?" Mark sah mich verblüfft an. „Wie kommen Sie auf die Idee? Ich kenne ihn doch gar nicht."

„Aber diese Verwandte, die kennen Sie doch."

„Seine Tante? Ja. Ob Sie es glauben oder nicht, sie ist heute Abend auch da. Sie hat eine Tochter, die im Alter der beiden Mädels ist, deshalb habe ich sie eingeladen."

„Sie könnte doch auch diesen Ruzzino mitbringen", insistierte ich.

„Aber warum denn?"

„Ich würde ihn gerne kennenlernen. Er ist doch sicher auch nicht viel älter als Alathea und Debs, oder?"

„Das mag ja sein. Aber ich verstehe immer noch nicht ganz, worauf Sie hinauswollen."

„Laden Sie ihn ein. Tun Sie mir den Gefallen."

„Und wenn ich es tue? Sie sind sich hoffentlich darüber im Klaren, dass alles, was ich Ihnen über Ruzzino erzählt habe, absolut vertraulich war. Wenn Sie ihm gegenüber irgendeine falsche Bemerkung machen, bringen Sie nicht nur mich in große Schwierigkeiten, sondern auch seine Tante."

„Ich versichere Ihnen, Mark, kein Sterbenswörtchen von jener Angelegenheit wird über meine Lippen kommen. Ich möchte ihn einfach nur kennenlernen. Laden Sie ihn doch bitte ein."

„Also, ich weiß wirklich nicht … ich könnte Sharon anrufen. Vielleicht bringt sie ihn mit. Aber ich kann nichts versprechen. Und wenn er kommt, ich verlasse mich auf Sie, verstanden?"

„Das können Sie, seien Sie unbesorgt."

Nachdem wir uns getrennt hatten, sagte ich mir, dass eigentlich wenig gewonnen wäre, wenn ich nur die Bekanntschaft dieses Ruzzino machen würde. Ich musste mit ihm auch über die Dinge reden, die mich so brennend interessierten. Aber ich hatte Mark leichten Herzens meine Diskretion zugesagt. Wie auch immer, die Geschichte würde weitergehen. Auch ohne mein Zutun.

Ich nutzte das gute Wetter, um von einem mir vertrauten Ort zum nächsten zu spazieren. Es war wunderbar, nach so langer Zeit wieder einmal in Venedig zu sein. Die Gegend, in der Caterina gewohnt hatte, mied ich, obwohl mir klar war, dass ich früher oder später dorthin würde gehen müssen. Ich schaute mir in der Frarikirche die Krippe an und später auch jene in einigen anderen Kirchen. Eins ums andere Mal war ich fasziniert, wie es den Krippenbauern gelang, das Geschehen der Heiligen Nacht in einem italienischen Alltag stattfinden zu lassen. Einmal entdeckte ich inmitten der Engel, Magier und Hirten, die um die Heilige Familie herum standen, sogar eine Figur, die ihrer

Kopfbedeckung nach einen Dogen darstellte. Das Christuskind wurde nicht im fernen Bethlehem geboren, sondern kam hier, mitten unter den Venezianern zur Welt.

Als die Sonne langsam immer tiefer sank und ich in meinen Beinen den langen Weg, den ich zurückgelegt hatte, spürte, suchte ich mir eine gemütlich aussehende Bar und trank dort einen Cappuccino. Der heiße Kaffee machte mir erst so richtig bewusst, wie kalt es draußen war. Ende Dezember spendete die Sonne allenfalls in der Mittagszeit ein wenig Wärme. Ich war hungrig, aber ich verzichtete darauf, etwas zu essen. Bei den Gregsons würde es sicher einen Imbiss geben.

Als ich dort ankam, waren bereits etliche Gäste da. Einige saßen oder standen im Wohnzimmer, andere im weitläufigen Flur. Es mochten an die zwanzig Menschen sein. Tomoko nahm sich meiner an und stellte mich verschiedenen Gästen vor. Da war ein englisches Ehepaar in den Vierzigern, eine alte Dame aus der Schweiz, die ihren Lebensabend in Venedig verbrachte, ein Spanier, der Anfang dreißig war und sich hingebungsvoll um eine deutlich jüngere, rothaarige Engländerin bemühte. Die hielt ihn aber auf Distanz und wollte sich lieber mit Alathea unterhalten. Vom anderen Ende des Raums her hörte ich Marks Lachen. Dessen Lautstärke signalisierte, dass er schon einiges getrunken hatte. Er unterhielt sich lebhaft mit einer temperamentvollen jungen Frau, die mir später als Mariangela, Sekretärin an der Schule, wo Mark arbeitete, vorgestellt wurde. Sie machte bei der Gelegenheit aber keinen Hehl daraus, dass sie sich für mich in keinster Weise interessierte. Sie wandte sich lieber dem Spanier zu, der inzwischen die Sinnlosigkeit seiner Bemühungen um die kleine Rothaarige eingesehen hatte. Es waren auch zwei Asiaten unter den Gästen, ein junger Japaner, von dem ich erfuhr, dass er sein Glück als Fußballspieler in Italien suchte, und ein älterer Herr, der allein im Wohnzimmer auf dem Sofa saß und die Gesellschaft lächelnd und mit scheinbar väterlichem Wohlwollen beobachtete.

Ich bediente mich am Buffet im Flur. Es gab Käse, Salami und in Würfel geschnittene Mortadella, Oliven, getrocknete Tomaten, Brot und Wein. Während ich meinen Hunger stillte, blieb meine Neugier auf den jungen Ruzzino unbefriedigt. Ich wartete voller Ungeduld auf eine Gelegenheit, Mark fragen zu können, ob er denn schon da sei. Dann läutete es, und ein junger Mann erschien in Begleitung zweier Frauen. Als die ältere, die Mark Sharon nannte, ihm den jungen Mann als entfernten Neffen vorstellte, musterte ich ihn neugierig. Groß, sportlich, attraktiv, etwa Mitte zwanzig und ein dunkler, mediterraner Typ mit einem breiten, aber etwas gekünstelten Lächeln. Das waren meine ersten Eindrücke. In dieser Reihenfolge. Mark nahm den jungen Ruzzino sofort ins Schlepptau und stellte ihn erst Alathea und der Rothaarigen und dann, nachdem man mit denen ein paar Sätze gewechselt hatte, Debs vor. Die hatte seit einiger Zeit mit dem Sohn des englischen Ehepaars in der Nähe des Fensters gestanden. Deren lebhafte Unterhaltung war allerdings fast zur Gänze von Debs bestritten worden.

Fürs Erste war ich damit zufrieden, den jungen Mann zu beobachten. Ich hatte auch keine rechte Idee, worüber ich mich mit ihm hätte unterhalten sollen, wenn nicht über das, worüber ich mich mit ihm nicht unterhalten durfte.

An der lebhaften, kleinen Debs mit ihrem kindlich rundlichen Gesicht und den großen, braunen Augen schien er Gefallen zu finden.

„Der ist doch viel zu alt für sie", murmelte ich leise vor mich hin.

Der junge Engländer, nunmehr nicht mehr im Mittelpunkt von Debs' Aufmerksamkeit, ließ die beiden stehen und gesellte sich zu Alathea und der Rothaarigen. Ich sah, dass Alathea die beiden am Fenster nicht aus den Augen ließ.

„Hallo Fremder." Seinem Akzent nach war es ein

Amerikaner, der mich unverhofft ansprach. Er war wohl um die Fünfzig und hatte schon zu dieser frühen Stunde einen glasigen Blick und eine schwere Zunge. „Ich habe Sie hier noch nie gesehen. Sind Sie der Vater oder so was von den beiden Mädels? Ich heiße übrigens Wilson, James Wilson."

Ich murmelte meinen Namen und erklärte, nicht der Vater zu sein.

„Ihrem Gesichtsausdruck nach gibt es für Sie nichts Schlimmeres, als für den Erzeuger der beiden gehalten zu werden. Dabei sind es doch zwei süße Käfer. Die Kleine am Fenster ist noch zu unreif, aber die Blonde, holla, die wirkt zwar ein bisschen unterkühlt, aber davon darf man sich nicht täuschen lassen. So ist das fast immer bei den Blondinen. Wussten Sie, dass Hitchcock eine Vorliebe für blonde Schauspielerinnen hatte? Er mochte das, dass die sich nicht gleich die Kleider vom Leib reißen, wenn ihnen ein Mann gefällt."

Ich warf einen unauffälligen Blick auf das Wasserglas in seiner Hand und tippte auf Whiskey oder Cognac.

„Die Dunklen sind da ganz anders. Haben Sie schon Mariangela kennengelernt? Seien Sie bei der vorsichtig. Wenn sie hungrig ist, frisst sie Sie mit Haut und Haaren."

„Danke für den Tipp."

„Sind Sie übrigens neu hier auf der Insel?"

„Ich bin gestern Abend angekommen."

„Zum ersten Mal hier?"

„Nein."

Ich hoffte, ihn durch meine knappen Antworten loswerden zu können. Vergeblich.

„Sie machen mich neugierig, Fremder. Ich mag Leute, die nicht ständig ihr Inneres nach außen kehren, als wären sie beim Seelenklempner auf der Liege. Oder sind Sie womöglich selbst einer von denen? Die gucken sich die Leute auch immer nur an und denken sich ihren Teil."

„Nein."

„Nein? Nein, weil Sie was machen?"

„Ich bin Schriftsteller."

„Wusste ich es doch! Eine verwandte Seele! Was schreiben Sie? Romane? Drehbücher? Oder womöglich sogar Gedichte?"

„Nein, Sachbücher."

„Ach, Sie Ärmster! Also Bücher, wo einem irgendwelche Idioten eventuell nachweisen können, dass man Unfug produziert hat? Nichts für mich. Ich schreibe Romane. Da ist man immer auf der sicheren Seite. Und wenn man noch so hirnrissigen Blödsinn schreibt. Was solls? Das ist dann halt dichterische

Freiheit."

„Und was für Romane schreiben Sie?"

„Krimis. Anspruchsvolle Romane lesen die Leute mitunter mehrmals, aber wenn sie einen Krimi einmal zu Ende gelesen haben, müssen sie sich einen neuen kaufen. Das hat was mit Marketing zu tun, gell?" Er zwinkerte mir vertraulich zu. „Als Künstler muss man immer an das Dach über dem Kopf denken, und was man morgen essen und trinken will."

Vor allem an das Trinken, dachte ich. Er ging mir zunehmend auf die Nerven.

„Ich schreibe Krimis, die hier in Venedig spielen. Es gibt nichts Besseres. Da sind die Leute scharf drauf wie auf Freikarten für'n Puff." Er legte vertraulich seine Hand auf meine Schulter. „Was hat man von Büchern, die erst gelesen werden, wenn man selbst längst verhungert ist? Darauf trinken wir!" Er leerte sein Glas und machte sich dann davon, um es irgendwo wieder zu füllen.

Mark kam zu mir herübergeschlendert.

„Na, was hat er Ihnen erzählt, der liebe Jimmy? Bestimmt, dass er ein erfolgreicher Schriftsteller ist. Das macht er meistens. Möglicherweise schreibt er tatsächlich daheim im stillen Kämmerlein, so genau weiß das keiner. Er hat allerdings noch nie etwas veröffentlicht. Aber er tut gerne so, als wäre er Chandler oder Hemingway. Oder beides. Er hat das Glück, dass sein Vater ihm reichlich Geld hinterlassen hat. So kann er hier in Venedig angenehm leben und die meiste Zeit in *Harry's Bar* verbringen. Aber mal ein anderes Thema. Soll ich Sie jetzt mit dem jungen Ruzzino bekannt machen? Ja? Aber denken Sie dran, kein falsches Wort zu ihm."

Mit mir im Schlepptau ging Mark zu den jungen Leuten hinüber, drängte sich recht rüde in ihr Gespräch und stellte mich als Freund der Familie vor. Er erklärte Ruzzino, ich wäre nach Venedig gekommen, um ein Buch über die Paläste der reichen Venezianer zu schreiben. Das stimmte nicht, war aber sehr geschickt gelogen. Ruzzino betrachtete mich jedoch anfangs etwas misstrauisch, was sich erst änderte, als er erfuhr, dass ich Deutscher wäre. Er atmete befreit auf.

„Ich hatte schon befürchtet, Sie wären einer von der *Guardia di Finanza*. Vor denen ist man nirgends sicher. Nicht dass ich etwas zu verbergen hätte."

Mark klopfte ihm jovial auf die Schulter.

„Ja, ja, wenn man erst einmal so reich ist, dass es sich lohnt, Steuern zu hinterziehen, dann hat man keine ruhige Minute mehr", meinte er lachend.

„Sie gehen leider von völlig falschen Voraussetzungen aus. Wissen Sie, ich habe zwar einen imposanten alten Kasten geerbt, aber es ist praktisch nichts da, um den Unterhalt des Palazzo zu finanzieren. Ich kann am Ende nichts anderes tun, als ihn verkaufen. Sind Sie auf der Suche nach einem entsprechenden Objekt?", wandte er sich an mich.

Ich verneinte vehement.

„Sie sehen, ich habe keinen Grund, mich über mein Erbe zu freuen. Einen Haufen Scherereien habe ich, und wer weiß, was mir ein Verkauf am Ende einbringt. Vielleicht finde ich einen Hotelkonzern, der mir einen anständigen Preis bietet. Eine andere Möglichkeit sehe ich eigentlich nicht."

„Gibt es keine zahlungskräftigen Venezianer mehr?"

„Nicht wirklich. Hier in Venedig machen sich immer mehr Hotels breit, das sagte ich auch gerade zu Debs. Und was bleibt den Einheimischen am Ende übrig? Sie müssen aufs Festland ziehen, und die Stadt gehört bald ganz den Russen und Chinesen und all den anderen Ausländern."

„Hätten Sie denn keine Lust, selbst im Palast des alten Ruzzino zu wohnen?", fragte Mark.

„Das wäre doch furchtbar, wenn Luigi das tun würde", erklärte Debs. „Wir haben gerade darüber gesprochen. Man muss kein Linker oder gar Kommunist sein, um zu erkennen, dass solche Paläste das Ergebnis der Ausbeutung der arbeitenden Bevölkerung sind. Auch wenn Luigi selbst nichts vorzuwerfen ist, wenn er dort einziehen würde, würde er sich zum Komplizen der Ausbeuter machen." Debs ließ einen herausfordernden Blick zwischen Mark und mir hin und her wandern.

„Ich dachte immer, die Venezianer wären als ehrliche Kaufleute durch den Handel reich geworden."

„Ja, und wer hat die Waren transportiert? Die Seeleute! Sie haben ihr Leben riskiert, damit die Kaufleute immer reicher werden konnten."

„Wissen Sie", sagte der junge Ruzzino, „wenn ich im Haus von Zio Alvise wohnen würde, hätte ich ein ganz und gar schlechtes Gefühl. Nein, das könnte ich nicht. All diese Zurschaustellung von Reichtum!"

„Ich verstehe, was Sie meinen. So ein Haus ist sicher auch innen drin wie eine Art Antiquitätenladen, nicht wahr? Alte Möbel, erlesenes Geschirr und sicher auch beeindruckende Kunstwerke. Ich meine Skulpturen, Gemälde und dergleichen."

Der junge Ruzzino sah mich kurz an und blickte dann zum Fenster hinaus.

„Ja, ja, das natürlich auch. Aber von diesen Dingen verstehe ich nichts."

„Sie sollten einmal einen Experten hinzuziehen. Wer weiß, was für Schätze Zio Alvise Ihnen hinterlassen hat."

„Ich fürchte, dass nichts wirklich Wertvolles darunter ist. Aber ich kenne leider auch keinen Kunstexperten hier in Venedig. Verstehen Sie etwas von diesen Dingen? Debs hat erzählt, Sie schreiben Bücher über Malerei."

„Nun ja, ich habe einmal ein Buch über Guido Reni schreiben wollen, Sie wissen, den Maler aus Bologna." Der junge Ruzzino machte eine unbestimmte Kopfbewegung, die ja oder nein bedeuten konnte. „Aber das war vor vielen Jahren, und ich bin nur Laie. Ich habe zusammengetragen, was Wissenschaftler über ihn gesagt haben und aus all dem ein lesbares Buch für andere Laien machen wollen."

„Und für so etwas interessieren sich Leute? Entschuldigen Sie, das war jetzt nicht abwertend gemeint."

Ich machte eine wegwerfende Handbewegung.

„Oh ja, derartige Darstellungen sind sogar sehr beliebt. Sie ersparen es den Leuten, sich mit den Werken eines Malers selbst auseinandersetzen zu müssen."

„Aber", warf Debs ein, „warum sich überhaupt damit auseinandersetzen? Ich schaue mir ein Bild an und entweder gefällt es mir oder nicht. Ich meine, das reicht."

„Aber wenn es dir gefällt, möchtest du dann nicht wissen, warum das so ist?"

„Nein." Debs überlegte einen Moment. „Wenn ich

anfange, über ein Bild nachzudenken, hört es auf, mir zu gefallen."

„Und wenn es das Ziel des Künstlers war, dich zum Nachdenken zu bringen?"

„Dann tue ich es erst recht nicht. Warum sollte er mir seinen Willen aufzwingen dürfen? Ich beschäftige mich nur, womit ich mich beschäftigen *will*."

Ich wollte erst etwas erwidern, aber dann bemerkte ich, dass Debs' Worte dem jungen Ruzzino galten und nicht mir. Luigi bedachte Debs mit einem wohlwollenden Lächeln.

Ich fragte mich, was ich mir von dem Gespräch mit dem jungen Ruzzino erhofft hatte. Selbst wenn ich ihn nach Herzenslust hätte ausfragen dürfen, was hätte ich erfahren können? Er hatte das Erbe eines entfernten Verwandten angetreten und dabei ein gestohlenes Gemälde entdeckt und zugesehen, es so schnell wie möglich loszuwerden. Wie das Bild in den Besitz des Onkels gelangt war, darüber wusste er wahrscheinlich genauso viel wie ich über die Rückseite des Mondes ... wie man zu sagen pflegte, als man noch nichts über die Rückseite des Mondes wusste.

9. Kapitel

Ich wohnte am Rio de le Romite, einer ruhigen Gegend in Dorsoduro, und mein Zimmer im ersten Stock ging nach vorne auf den schmalen Kanal, der beiderseits gesäumt wurde von einem Fußweg und niedrigen Häusern. Prachtvolle Palazzi gab es hier keine und auch keine Menschenmassen.

Kurz nach acht wurde ich wach. Ich stand auf, und als ich die Vorhänge ein Stück beiseiteschob, sah ich, dass der Tag bereits angebrochen, der Himmel jedoch vollständig bedeckt war. Kein Mensch war weit und breit zu sehen. Die Wasseroberfläche des Kanals war spiegelglatt und die Stille vollkommen.

„Und was mache ich heute?", fragte ich mich, während ich den friedvollen Anblick vor meinem Fenster auf mich wirken ließ. Ich lächelte, denn ich wusste die Antwort auf meine Frage ja längst. Gleich nach dem Frühstück verließ ich die Locanda und ging Richtung Campo San Polo.

Es war einige Zeit, nachdem ich Venedig damals verlassen hatte, als ich vom Ausland aus die Telefonnummer der Paleses wählte. Eine weibliche Stimme hatte sich gemeldet, und ich fragte nach Signora Caterina Palese. Es folgte ein sekundenlanges Schweigen und dann sagte die Stimme, die ich als Lidias zu erkennen glaubte: „Hier wohnt niemand dieses Namens", und bevor ich darauf etwas erwidern konnte, war aufgelegt worden. Ich rief auch die Nummer der Johanniter Chorherren von Santissima Trinità an und verlangte Padre Angelo. Ich war mir sicher, dass Caterina im Falle einer Rückkehr nach Venedig mit dem Geistlichen in Kontakt treten würde. Er war mir gegenüber in einem unerklärlichen Maße misstrauisch. Trotzdem blieb mir nichts anderes übrig, als ihm zu glauben, dass er Caterina seit ihrem Verschwinden nicht wiedergesehen habe. Drei oder vier Mal wiederholte ich meine Anrufe, bis man mir bei meinem letzten Anruf erklärte, Padre Angelo sei verstorben.

Ich dachte zurück an jenen Tag, als ich die Wohnung der Paleses aufgesucht hatte, damals, nachdem Caterina verschwunden war. Ich erinnerte mich an das Gespräch mit ihrer Tochter und ihrem Mann. Wen würde ich jetzt dort antreffen? Lidia? Sie musste inzwischen um die 40 sein und lebte möglicherweise längst anderswo. Hatte Palese, nachdem Caterina ihn verlassen hatte, eine andere Frau zu sich genommen? Ich hatte etwas weiche Knie, als ich mich meinem Ziel näherte. Ich hatte das Gefühl, mir stünde ein Wendepunkt in meinem Leben bevor. Oder sollte es ein Schlusspunkt werden? Ich machte kurz in einer

Bar Halt und trank einen Caffè mit einem Schuss Grappa.

Als ich den Campo San Polo überquerte, ging mir durch den Kopf, wie wenig sich Venedig in all den Jahren verändert hatte. Ich konnte mich nicht erinnern, dass es damals schon eine Eisbahn auf dem Campo gegeben hatte, aber ansonsten schien die Zeit stehen geblieben zu sein. Die Häuser haben es gut, dachte ich. Wir Menschen altern schneller.

Ich betrat die schmale Gasse, wo sich die Wohnung der Paleses befand. So sehr ich mich auch bemühte, kein Geräusch zu machen, meine Schritte hallten laut zwischen den hohen Mauern.

Es gab immer noch einen Klingelknopf, neben dem der Name Palese stand.

Ich läutete.

Ich wartete.

Eine verzerrte weibliche Stimme erklang aus der Gegensprechanlage.

Ich brauchte einen Moment, bis ich in holprigem Italienisch erklärt hatte, dass ich Signora Palese sprechen wolle.

Die Gegensprechanlage schwieg, und unendlich lange passierte gar nichts. Dann war plötzlich doch das Schnarren des Türöffners zu hören. Ich stieß die Tür auf und betrat den Innenhof. Ich erinnerte mich, dass ich mich nach links wenden musste. Und dort stand sie. Auch nach 20 Jahren erkannte ich die Frau mit den langen weißen Locken sofort wieder. Caterina! Ohne etwas zu sagen, wandte sie sich um, und ich folgte ihr. Sie führte mich in die Wohnung und in den Salon, in den mich damals auch Lidia geführt hatte.

Wir standen uns schweigend gegenüber. Sie trug einen schwarzen Rock und einen schwarzen Blazer und beides verlieh ihrer schlanken Figur eine dezente Eleganz.

„Nun, Carlo", sagte sie schließlich mit einem feinen Lächeln. „Du möchtest mich doch jetzt sicher küssen. Warum tust du es nicht?"

Als ich sie dann ausgiebig geküsst hatte, fragte sie mich, ob ich denn all die Jahre hier in Venedig auf sie gewartet hätte. „Gerade erst gestern Abend bin ich hier angekommen, zum ersten Mal nach zwanzig Jahren, und schon stehst du vor der Tür. Hast du mich denn nicht längst vergessen?"

„Nein, und ich bin unendlich glücklich, dich wiederzusehen. Auch wenn du dich noch so sehr über mich lustig machst."

Ich war wirklich in einer euphorischen Stimmung und es war für mich unbegreiflich, wie sie solch spöttische Bemerkungen machen konnte. Als wäre unser Wiedersehen für sie irgendein beliebiger und völlig belangloser Zufall. Aber ich war überzeugt, dass es in ihrem Innern ganz anders aussah. Sicher war dies nur der Versuch, ihre Gefühle zu verbergen.

„Du verstehst mich falsch, Carlo", antwortete sie. „Ich bin schon lange nicht mehr in dem Alter, in dem man sich über andere lustig macht. Aber ich mache mir auch keine Illusionen mehr."

„Unser Wiedersehen ist doch aber keine Illusion, keine Täuschung. Es ist ein Traum, der wahr geworden ist. Wir sind aus unserem Traum aufgewacht und in der Wirklichkeit angekommen."

Sie sah mich nachdenklich an, ohne etwas zu erwidern. Ich blickte in ihre grünen Augen. Mochte das Haar auch weiß geworden sein, die Augen waren jung geblieben. Die Haut ihres Gesichts war, von ein paar Falten um die Augen herum abgesehen, immer noch glatt, hatte aber ein leicht fahles, fast durchscheinendes Aussehen bekommen. Ihr Lächeln war ein wenig melancholischer, als ich es in Erinnerung hatte. Aber wie auch immer, ich konnte mich gar nicht sattsehen an ihr.

„Wo bist du all die Jahre gewesen?", fragte ich schließlich.

„Hier und da. Die meiste Zeit in Rom. Nirgendwo ist es anonymer als in einer Großstadt. Man ist schnell nur noch ein kleiner Fisch unter vielen anderen kleinen Fischen im großen Schwarm."

„Und was hast du gemacht?"

„Warum willst du das wissen? Quäle uns beide doch nicht mit deinen Fragen. Das ist doch längst alles Vergangenheit."

„Ich möchte es aber wissen."

„Es gab einen Mann, der für mich gesorgt hat."

Ich fürchte, ich habe sie entgeistert angestarrt.

„Es gibt Männer, vor allem verheiratete Männer, die es sich etwas kosten lassen, noch ein zweites Zuhause zu haben. Eines, wo sie hin und wieder leben können. Ein zweites Zuhause mit einer zweiten Frau."

„Ich verstehe nicht."

„Du verstehst, Carlo. Aber wie du willst." Wie eine Schülerin, die ein Gedicht gleichgültig aufsagt, erzählte sie: „Er hieß Ugo. Er war verheiratet, glücklich verheiratet. Seine Frau hieß Adele. Ich habe sie nie kennengelernt, aber er hat mir ihren Namen genannt. Er wollte zu mir nicht von ihr als *meine Frau* sprechen müssen, und er hat sie in meinem Beisein auch nie so genannt, immer nur Adele. Er hatte drei Kinder, ein Haus in Monte Porzio Catone. Das ist nicht weit von Frascati. Dort lebte er mit seiner Familie. Gearbeitet hat er in Rom. Nachdem wir uns kennengelernt hatten, hat er in der Via Giulia in der Altstadt eine Wohnung gemietet. Dort lebten Ugo und ich. Den Nachbarn gegenüber haben wir uns als Ehepaar ausgegeben. Aber er konnte natürlich nur selten die Nacht über bei mir bleiben. Nur hin und wieder hat er seine Frau angerufen und behauptet, er müsse länger arbeiten und würde im Hotel übernachten. Den Nachbarn haben wir Ugos häufige Abwesenheit damit erklärt, dass er beruflich sehr viel auf Reisen sei. Manchmal haben wir uns für kurze Zeit tagsüber getroffen, in der Wohnung oder irgendwo in der Stadt.

Unser Leben war ein einziger großartiger Betrug. Wir haben sie alle betrogen, die Nachbarn, Adele, und alle anderen. Eigentlich haben wir sogar uns selbst betrogen. Manchmal hatten wir das Gefühl, unsere erfundene Welt wäre die Wirklichkeit. Ich weiß nicht, was passiert wäre, wenn Ugo in Rente gegangen wäre. Aber er ist kurz vorher an einem Herzinfarkt gestorben. Das war ... lass mich überlegen ... es war vor vier Jahren. So, jetzt weißt du, wie ich die letzten zwanzig Jahre verbracht habe. Wolltest du das wirklich wissen? Oder möchtest du sogar noch mehr wissen? Wie wir die Abende und die Nächte miteinander verbracht haben?"

Ich stand auf und trat ans Fenster, schaute hinaus. Ich kehrte Caterina den Rücken und hoffte inständig, dass sie nicht weiter reden würde. Wenn sie zu ihrem Mann zurückgekehrt wäre, damit hätte ich mich abfinden müssen, aber sie hatte zwanzig Jahre ihres Lebens einfach weggeworfen! Sie hatte die Jahre einem Mann geschenkt, der mir, so empfand ich es, Caterina gestohlen hatte. Zwanzig Jahre lang hätten wir miteinander glücklich sein können! Ich dachte an unseren letzten Abend in der Wohnung ihrer Freundin, den grünen Salon mit den beiden riesigen roten Sofas vor dem Kamin. Und an die Nacht in dem anderen Raum. Ich war den Tränen nahe. Ich versuchte, meine Fassung wiederzugewinnen.

Die Fenster hier gingen auf den schmalen Kanal, auf dem Caterina und ihr Mann nach der Trauerfeier für Bonfiglio nach Hause gelangt waren, während ich mich als dilettantischer Verfolger lächerlich gemacht hatte. Auf der anderen Seite des Kanals stand ein Gebäude, das einen tristen und heruntergekommenen Eindruck machte. Schließlich wandte ich mich ihr wieder zu.

„Und jetzt? Ich meine, bist du aktuell auch ..."

„... die Geliebte eines Mannes? Nein, dafür bin ich längst zu alt. Außerdem hat Ugo für meine Zukunft Vorsorge getroffen, genauso diskret, wie unser Zusammenleben es gewesen war. Sein Anwalt hat mir nach seinem Tod einen Umschlag gebracht, in dem ein Schlüssel für ein Bankschließfach war. Es enthielt Schmuck, wertvollen Schmuck, den ich bei Bedarf zu

Geld machen kann. Es ist genug, um davon meinen Lebensabend finanzieren zu können. Mehr als genug."

Die grünen Augen musterten mich prüfend.

„Ach Carlo, warum nimmst du dir das so zu Herzen?"

Es tat mir gut, dass keine Spur von Spott in ihrem Blick oder in ihrer Stimme lag. Ich atmete tief durch.

„Du hast recht. Ich sollte mich freuen, dich endlich, endlich wiederzuhaben. Und das tue ich auch. Wirklich." Aber tatsächlich befand sich mein Innerstes in einem derartigen Aufruhr, wurde ich durchgeschüttelt von einander widerstrebenden Gefühlen, dass ich kaum noch meiner selbst Herr war. Ich schlug Caterina vor, einen Spaziergang zu machen. Draußen, unter fremden Menschen würde ich gezwungen sein, die in mir tobenden Gefühle zu zähmen.

„Gut, wenn du es möchtest. Aber wohin wollen wir gehen?"

„Brauchen wir ein Ziel?"

„Lass uns ins *Caffè Florian* gehen."

„Gut."

Wir machten uns nicht die Mühe, einen Weg durch ruhige Gassen zu suchen, sondern folgten dem von Geschäften, Bars und Restaurants gesäumten Weg zur Rialtobrücke. Immer wieder kamen uns Passanten in den schmalen Gängen entgegen, sodass eine Unterhaltung zwischen uns unmöglich war. Die Rialtobrücke überquerten wir auf der bei den Touristen weniger beliebten Seite, von wo aus man auf den Fondaco dei Tedeschi blickt.

„Schick sieht er heute aus, nicht wahr?"

„Ja", erwiderte Caterina. „Damals, als er noch das Hauptpostamt war, war er arg heruntergekommen."

Aus irgendeinem Grund tröstete es mich, dass wir beide Venedig mit Augen sahen, die diesen Ort zwanzig Jahre lang nicht gesehen hatten.

Auf der anderen Seite des Canal Grande wandte sie sich nach rechts, um auf dem kürzesten Weg zum Markusplatz zu gelangen.

„Lass uns schnell noch einmal in San Salvatore hineinschauen. Ich möchte gerne einen Blick auf die *Verkündigung* von Tizian werfen."

Ich folgte ihr bereitwillig. Ich hatte die Atmosphäre dieser Kirche in guter Erinnerung, obwohl ich nicht hätte sagen können, wieso. Zielstrebig ging sie auf das Altarbild Tizians zu.

„Siehst du, wie erschrocken sie über das Erscheinen des Engels ist?", flüsterte Caterina. „Möglicherweise hat sie sogar seine Botschaft, dass sie den Sohn Gottes zur Welt bringen wird, schon vernommen und ist deshalb so verängstigt. Zu etwas Großem auserwählt zu sein, ist schrecklich. Aber gleichzeitig ist es auch berauschend."

Ich beobachtete, mit welchem Ernst sie das Bild anstarrte. Die Hände presste sie vor den Mund, als fürchtete sie, aufschreien zu müssen, und doch konnte sie ihren Blick nicht von dem Gemälde abwenden. Ich hätte zu gerne gewusst, was sie daran so faszinierte. Dann entspannten sich ihre Züge, und ich fragte sie:

„Hast du dich auch einmal zu etwas auserwählt gefühlt?"

Sie sah mich eine Weile schweigend an, die Stirn in Falten gelegt, als würde sie angestrengt nachdenken. Dann zuckte sie die Schultern.

„Es ist schon so lange her, dass ich mich nicht mehr daran erinnern kann."

Wir verließen die Kirche durch den Seitenausgang und ließen uns vom Menschenstrom die schmalen Einkaufsstraßen mit ihren noblen Geschäften in Richtung San Marco treiben, bis schließlich Enge und Hektik von einem Augenblick zum nächsten der Weite und Eleganz der Piazza San Marco wichen.

Vor dem *Caffè Florian* standen Tische und Stühle, aber auch bei Sonnenschein hätte sich bei der herrschenden Kälte kein Mensch dort niedergelassen und bei diesem grauen Winterwetter tat es erst recht niemand.

Als wir uns dem Eingang näherten, warf ich einen Blick durchs Fenster ins Innere und entdeckte Debs und den jungen Ruzzino.

„Sieh nur, der Mann, der den gestohlenen Bellini geerbt hat! Und die Tochter meines Freundes. Lass uns den beiden *Guten Tag* sagen."

Ich hatte Caterina unbekümmert am Arm berührt und spürte, wie sie bei meinen Worten erstarrte, nur einen Moment lang und sicher nicht meiner Berührung wegen. Ich sah sie erstaunt an. Sie war leichenblass geworden, fasste sich aber im Nu.

„Woher weißt du das?"

Ich ahnte, was sie meinte. „Ach, ich hätte das nicht sagen dürfen. Ich hatte versprochen, es für mich zu behalten. Aber ich war so überrascht, die beiden hier zu sehen. Du wirst mich nicht verraten, nicht wahr?"

„Nein, natürlich nicht", sagte sie, aber ich war mir nicht sicher, ob sie mir überhaupt zuhörte.

Wir betraten das Café und Caterina erklärte dem bereitstehenden Kellner, er möge uns in den *Sala Orientale* führen. Auch wenn sie seit zwanzig Jahren nicht mehr hier gewesen war, so kannte sie doch noch die Namen aller Räume.

Auch hier hatte sich nichts verändert. Alles war wie vor zwanzig Jahren: Marmortische, rote Plüschbezüge auf Stühlen und Sitzbänken, die Wände mit Gemälden, Spiegeln und ganz viel Gold dekoriert.

Der junge Ruzzino und Debs saßen einander gegenüber an einem Tisch am Fenster. Außer ihnen war
niemand in dem kleinen Raum. Als wir näher kamen,
bemerkte Debs uns.

„Schau nur, Luigi, Herr Charles!"

Charles, so nannten Debs und Alathea mich immer
scherzhafterweise. Der junge Mann sprang auf. Er
wirkte fast ein wenig schuldbewusst.

„Welch eine Überraschung! Wir freuen uns, Sie zu
sehen", sagte er, und dann fixierte er Caterina und ergänzte an sie gewandt: „Kennen Sie und Debs sich
schon?"

Das junge Mädchen und die ältere Frau reichten
sich die Hand.

„Debs ist zum ersten Mal in Venedig. Genau wie
ich. Oh, entschuldigen Sie! Wie unhöflich von mir.
Ich bin Luigi." Er gab Caterina die Hand. „Und Sie,
waren Sie früher schon einmal hier, oder ist es für Sie
auch das erste Mal?"

Caterina lachte.

„Ich bin hier geboren. Aber ich bin vor zwanzig
Jahren von hier fortgegangen und erst seit gestern
wieder hier. Da Carlo es zu erwähnen vergaß, ich heiße Caterina."

„Aber nehmen Sie doch bitte Platz!"

Wir setzten uns zu den beiden an den Tisch.

„Und wie kommt es", fragte Debs, „dass Sie so lange nicht hier gewesen sind?"

„Ich hatte mich damals von meinem Mann getrennt und deshalb Venedig verlassen."

„Entschuldigen Sie, ich wollte nicht indiskret sein."

„Ach, lassen Sie nur. Er ist kürzlich verstorben. Deshalb bin ich hierhergekommen, um zu regeln, was zu regeln ist."

„Was Sie nicht sagen!", rief der junge Ruzzino. „Ich bin auch wegen eines Todesfalles hier. Mein Großonkel ist gestorben und hat mich zu seinem Alleinerben bestimmt. Wir sind uns nie begegnet, ich wusste nicht einmal von seiner Existenz, aber er hatte wohl keine andern Blutsverwandten mehr außer mir."

„Ist es nicht ein sonderbarer Zufall, aber ich kannte ihn. Nur flüchtig, er war ein Bekannter meines Mannes."

„Erzählen Sie!", forderte der junge Ruzzino sie voller Eifer auf. „Was war er für ein Mensch? Mein Vater war ein Enkel seines älteren Bruders und meinte, er sei ein sonderbarer Kauz gewesen. Steinalt ist er auf jeden Fall geworden. Eigentlich war er ja sogar nur mein Urgroßonkel."

„Er war ein Kunstliebhaber. Die Malerei war sein Ein und Alles. Sie war für ihn wie ein Schatz, an den er sein Herz gehängt hatte."

„Oh ja, Luigi und ich, wir waren gerade in seinem Haus. Ich meine, in Luigis. Überall hängen Bilder an den Wänden."

„Der Malerei gehörte sein Herz, da haben Sie sicher ganz recht. Wahrscheinlich hat er deshalb auch nie geheiratet." Luigi lachte. „Wie haben Sie ihn kennengelernt? Hatten Sie auch etwas mit Malerei zu tun?"

„Ich? Nein. Cristoforo, so hieß mein Mann, hat für das Fernsehen eine Dokumentation über die venezianische Renaissancemalerei gemacht, und Alvise Ruzzino wusste alles, was man darüber wissen konnte. Er kommt in dem Film einige Male als Experte zu Wort. Danach haben die beiden sich immer wieder mal getroffen. Ganz selten war ich auch dabei."

Debs sah auf die Uhr.

„Ach du lieber Himmel! Ich komme zu spät zum Essen. Ich muss los."

Sie sprang auf.

„Warte! Ich bringe dich. Entschuldigen Sie uns." Und mit einem charmanten Lächeln ergänzte er: „Ich hoffe, wir sehen uns bald wieder."

„Und wir?", fragte ich, als die beiden fort waren. Die Cappuccini, die wir bestellt hatten, als wir kamen, waren getrunken. „Wollen wir Essen gehen?"

„Lass uns hier eine Kleinigkeit bestellen. Vielleicht

ein Sandwich oder ein Tramezzino."

„Wie du möchtest." Ich zögerte einen Moment. „Warum hast du das vorhin gesagt?"

„Was?"

„Dass du nichts mit Malerei zu tun gehabt hättest?"

„Es war eine spontane Antwort. Ich habe nicht weiter darüber nachgedacht, und solche Antworten entsprechen immer der Wahrheit. Auch dann, wenn man diese Wahrheit nicht sofort erkennt. Nur lügen kann man nicht spontan. Das muss man wollen."

„Ich verstehe nicht, was du damit sagen willst."

„Genau das will ich damit sagen."

Ich verstand immer noch nicht, und obwohl ich das Gefühl hatte, es wäre besser, das Thema nicht weiter zu verfolgen, ließ ich nicht locker.

„Hast du mir nicht damals erzählt, dass du Malerei studiert hast? Bei diesem alten Mann, der uns einmal begegnet ist?"

„Ja und? Das war damals."

„Dass du Malerei studiert hast? Oder dass du es mir erzählt hast?"

„Hör doch endlich mit dieser dummen Fragerei auf. Kann ich denn gar nichts sagen, ohne dass du mir mit irgendwelchen Fragen auf die Nerven gehst?"

Der Kellner brachte Sandwiches und Wein. Wir waren immer noch allein in der kleinen *Sala Orientale*.

Als der Kellner wieder fort war, sagte Caterina:

„Verzeih mir, Carlo. Aber diese alte Sache geht mir immer noch sehr nahe."

Über den Tisch hinweg ergriff sie meine Hand, ich aber ließ meinen Blick über die Piazza San Marco schweifen, wo nur wenige Menschen zu sehen waren. Wie konnte unser Wiedersehen nach zwanzig Jahren sich so entwickeln. Aber dann erinnerte ich mich, dass sie sich schon damals immer wieder unberechenbar und heftig im Umgang gezeigt hatte. Ich hatte es im Laufe der Jahre nur vergessen. Ich spürte die Wärme ihrer Hand auf meiner, und als ich sie ansah, in ihre grünen Augen blickte, wusste ich wieder, warum ihr launisches Betragen für mich damals so ganz ohne Bedeutung gewesen war. Ich ergriff die Hand, die auf meiner geruht hatte, mit meinen beiden Händen und drückte sie ganz fest.

„Nenne mich ruhig wieder einen Dummkopf, aber diese Hand möchte ich nie, nie wieder loslassen."

Lange Zeit saßen wir einander schweigend gegenüber. Dann fragte ich:

„Wie war das damals, als du aus Venedig geflohen bist? Hast du jemals wieder von den Verbrechern gehört?"

„Von den Leuten, die in Santissima Trinità eingebrochen haben?" Sie zuckte mit den Schultern. „Nein.

Mir ist später klar geworden, dass ich die Gefahr, in der ich damals zu schweben meinte, fast ein wenig herbeigesehnt habe. Ich bin sicher, dass sie wirklich existierte, das schon. Die Menschen, die Bonfiglio und Don Vincenzo auf dem Gewissen haben, hätten möglicherweise auch mich getötet. Aber eigentlich habe ich meine Angst davor benutzt als eine Art Vorwand, um vor meinem Leben hier zu fliehen, vor meiner Ehe, vor meiner Vergangenheit."

„Du hast also nie wieder etwas von diesen geheimnisvollen Gangstern gehört oder gesehen?"

„Nein, nie." Und nach einigem Zögern fügte sie hinzu: „Aber ich habe lange überlegt, ob es vernünftig ist, hierher zurückzukommen, denn das Bild von Bellini ist nun wieder da."

„Und damit ist diese Geschichte wohl endgültig vorbei."

Sie schüttelte den Kopf.

„Ach, Carlo, du verstehst rein gar nichts. Du warst schon immer ein naiver Dummkopf, und du hast dich nicht verändert. Wahrscheinlich habe ich mich deshalb in dich verliebt. Du bist das kleine Kind, das von der Mutter beschützt werden muss. Nein, es ist nicht vorbei. Jetzt geht es wieder los. Ich habe Angst vor dem, was passieren wird, jetzt, wo das Bild wieder da ist."

Ich hätte zu gerne gewusst, was sie damit meinte, aber ich dachte an ihre Bemerkung über meine dauernde Fragerei und schwieg.

Nach einiger Zeit verließen wir das *Florian* und spazierten am Wasser in Richtung der Giardini. Jetzt war es Caterina, die viele Fragen stellte. Ganz genau wollte sie wissen, was ich in den letzten zwanzig Jahren erlebt hatte. Später tauchten wir wieder in das Häusermeer jenseits der Piazza San Marco ein und wählten uns dort ein Restaurant, das gutes Essen versprach.

Nach dem Abendessen begleitete ich Caterina zu ihrer Wohnung, sofern man jenen Ort, an dem sie vor zwanzig Jahren zuletzt gewohnt hatte, so bezeichnen konnte. Wir gingen durch abseits gelegene, menschenleere Gassen. Wären nicht hier und da erleuchtete Fenster gewesen, hätte man glauben können, die Stadt wäre ausgestorben. Es gab und gibt für mich nichts Schöneres als die nächtliche Stille und Einsamkeit Venedigs mit den Kanälen, deren Wasseroberfläche von keinem Windhauch bewegt wird.

Caterina hatte sich bei mir eingehakt, sodass wir wie ein altes Ehepaar wirkten.

10. Kapitel

Am nächsten Tag wollten wir zur Santissima Trinità gehen. Als ich das vorschlug, war Caterina wenig begeistert. Alles, was mit dem Altarbild von Bellini zusammenhing, schien sie ausblenden zu wollen, soviel hatte ich inzwischen begriffen. Allerdings war meine Neugierde, mein Wunsch, dieses berühmte Bild endlich einmal mit eigenen Augen sehen zu können, übermächtig. Ich hätte es mir selbstverständlich auch allein anschauen können, aber ich sagte mir, dass ein gemeinsamer Besuch Caterina möglicherweise helfen könnte, ihre in meinen Augen unverständliche und irrationale Aversion zu überwinden.

Als ich kam, um sie abzuholen, erklärte sie, noch nicht fertig zu sein, und nötigte mich, einen Espresso zu trinken. Sie kochte ihn mit der kleinen achteckigen Kaffeekanne auf dem Herd in der Küche. Mir war klar, dass sie Zeit gewinnen und den Gang zur Santissima Trinità hinauszögern wollte. Ich lächelte darüber, aber das wäre mir bestimmt schnell vergangen, wenn ich geahnt hätte, was Caterinas Bummelei nach sich ziehen sollte.

„Zwanzig Jahre war ich nicht hier, und es hat sich in all den Jahren wenig verändert." Wir saßen im

Wohnzimmer und tranken unseren Kaffee. „Cristoforo hat sich nie viel für die Wohnung interessiert." Mit einer Handbewegung versuchte sie, die Gesamtheit aller Räume einzuschließen. „Er lebte in einer anderen Welt, ich weiß nicht wo. Die hier war für ihn immer nur ein Ort, den er zum Übernachten aufsuchte. Oft auch in Begleitung. Er hatte nicht das Bedürfnis, hier irgendetwas zu verändern. Und Lidia ist schon wenige Jahre nach mir ausgezogen. Sie lebt heute mit ihrem Mann in Bologna."

„Hast du aus der Zeitung von Cristoforos Tod erfahren?"

„Aus der Zeitung? Aber nein! Das Lokalblatt von Venedig wird in Rom nicht gelesen. *RAI* brachte im Kulturkanal einen Nachruf auf ihn. Er hat in den Anfangsjahren von *RAI Tre* einige wirklich gute Dokumentationen für sie gemacht. Später hat er es vorgezogen, in der Hierarchie ein paar Stufen nach oben zu klettern und nur noch am Schreibtisch zu sitzen. Aber es gibt dort offensichtlich noch Leute, die seine damaligen Filmbeiträge nicht vergessen haben. Ich habe dann mit Cristoforos Anwalt, den er schon damals hatte, Kontakt aufgenommen. Ich war überrascht, als er mir versicherte, ich sei bis zum Schluss mit ihm verheiratet gewesen, auch zwanzig Jahre, nachdem ich spurlos verschwunden war."

„Hat er nicht versucht, dich zu finden?"

„Vielleicht, aber sicher nicht zu sehr." Sie lachte. „Der Anwalt hat mir die Schlüssel für die Wohnung gegeben, und dann hat er mir etwas erzählt, was ich kaum glauben konnte. Cristoforo hat jeden Monat Unterhalt an mich gezahlt. Tatsächlich! Er wusste natürlich nicht, wo ich mich aufhalte, aber er hat das Geld auf ein Sperrkonto eingezahlt. Monat um Monat, Jahr um Jahr. In den zwanzig Jahren ist eine stattliche Summe zusammen gekommen. Ich habe mich gefragt, warum er das getan hat. Vielleicht war es sein Stolz. Er hat nie etwas geschenkt haben wollen. Es war für ihn Ehrensache, für alles zu bezahlen. Auch seinen Affären gegenüber war er immer großzügig. Und weil ich zumindest auf dem Papier immer noch seine Frau war, hat er auch mich bezahlt."

Wir hatten gerade unseren Kaffee getrunken und wollten nun endlich aufbrechen, als wir Geräusche im Flur hörten. Die Tür des Salons ging auf. Wir sahen gebannt auf die Frau, die im Türrahmen erschien. Sie bemerkte uns und erstarrte wie vom Donner gerührt.

„Was ist, Cucciola? Etwas nicht in Ordnung?", hörten wir eine Männerstimme sagen, und einen Augenblick später schaute der Sprecher über die Schulter seiner Cucciola ins Zimmer. „Nanu! Wer ist denn das?"

„Darf ich vorstellen?", erklärte die Frau: „Meine Mutter."

Die kindlich hohe Stimme stand in deutlichem Widerspruch zur eisigen Kälte ihres Tonfalls. Caterinas Tochter war immer noch auffallend schlank und immer noch nach der neuesten Mode gekleidet. So wie damals vor zwanzig Jahren, als ich ihr hier begegnet war.

Der Mann hatte ihre Schultern gefasst und sie sanft beiseitegeschoben. Er erinnerte mich ein wenig an Caterinas Ehemann. So mochte der mit Anfang vierzig ausgesehen haben. Weil er unschlüssig war, wie er sich verhalten sollte, sagte schlicht: „Angenehm. Simoni. Ich bin der Ehemann." Und er machte eine Kopfbewegung in Lidias Richtung.

Caterina gab sich einen Ruck und stand auf, ohne sich aber auf die Besucher zuzubewegen. Die blieben ihrerseits an der Tür stehen.

„Es tut mir leid, dass wir uns unter diesen Bedingungen kennenlernen", sagte Caterina.

Es folgte ein betretenes Schweigen. Ich selbst war sitzen geblieben und wusste überhaupt nicht, was ich tun sollte. Ich wäre gerne aufgestanden und gegangen, aber ich konnte Caterina unmöglich allein lassen.

„Du hattest noch einen Schlüssel?" Lidias Frage klang eher wie eine Feststellung.

„Nein, Sandro hat ihn mir gegeben."

„Wer ist dieser Sandro?", fragte Simoni.

„Ein Freund der Familie", antwortete Lidia. „Er war Vaters Anwalt."

„Sandro sagte, ihr wäret nach der Trauerfeier wieder nach Bologna gefahren."

„Und da hast du dann schon mal hiervon Besitz ergriffen. Hat Sandro dir verraten, was im Testament steht?"

„Das hat er. Aber keine Angst, ich werde das Erbe ausschlagen. Du bekommst alles. Zufrieden?"

„Warum versuchst du immer, andere Menschen ins Unrecht zu setzen?", brauste Lidia auf. „Zwanzig Jahre lang hast du nichts von dir sehen und hören lassen und jetzt tust du so, also würdest du dein ach so gutes Recht meiner Habgier opfern."

Simoni nahm Lidias Hand, um sie zu beruhigen, und versuchte dem Gespräch eine andere Wendung zu geben, indem er sich an mich wandte: „Wir kennen uns, glaube ich, noch nicht. Ich heiße Simoni, aber das sagte ich ja bereits."

Kaum hatte ich meinen Namen genannt, fuhr Lidia mich an: „Und? Haben Sie die Nacht heute mit ihr hier verbracht und seinen Platz im Ehebett eingenommen? Sind Sie die ganzen zwanzig Jahre lang ihr Liebhaber gewesen? Oder nur einer von vielen?"

Ich war sprachlos angesichts ihrer ungeheuerlichen Bemerkung.

„Du hast dich nicht geändert, Lidia", sagte Caterina mit fast sanfter Stimme. „Du hast mich immer gehasst, weil dein Vater und ich uns nicht geliebt haben, nicht lieben konnten."

„Du hast doch niemals einen anderen Menschen geliebt als dich selbst. Vater hat dich geliebt, aber deine Kälte hat ihn verzweifeln lassen."

„Er wusste sich zu trösten."

„Was sollte er denn tun? Ihm blieb wenigstens noch ein Ausweg. Und was war mit mir? Mir blieb nur diese Hölle hier. Wie oft habe ich mir den Tod gewünscht. Und wie oft habe ich ihn dir gewünscht. Du hast mein Leben zerstört und du hast sein Leben zerstört. Warum hast du das nur getan? Du ... du ... ",
stieß sie noch mit erstickender Stimme hervor, bevor sie aus dem Zimmer stürzte.

Caterina zögerte einen Moment. Als sie ihrer Tochter folgen wollte, hielt Simoni sie zurück.

„Lassen Sie sie, Signora! Sie beruhigt sich wieder. Sie ist stark. Wenn man sie allein lässt, hat sie sich schnell wieder im Griff. Sie ist noch ein wenig aufgewühlt vom Tod ihres Vaters. Und jetzt auch noch Sie nach so langer Zeit unerwartet wiederzusehen, das hat sie wohl ein wenig schockiert. Nehmen Sie ihr das

Ganze also nicht gar zu übel. Sie hat es nicht so böse gemeint, wie es vielleicht geklungen hat. Bitte, Signora, nehmen Sie doch wieder Platz."

Caterina setzte sich neben mich und Simoni uns gegenüber.

„Nun, da mir die Maske vom Gesicht gerissen wurde und die Fratze einer Rabenmutter zum Vorschein gekommen ist, sollte ich wohl wirklich nicht versuchen, ihr Trost zu spenden." Caterinas Stimme klang fast ein wenig heiter.

Simoni räusperte sich.

„Sie wohnen hier, ich meine Sie beide?"

„Ich wohne in einer Locanda in Dorsoduro", beeilte ich mich klarzustellen.

„Aber Sie, Signora?" Als Caterina nickte, meinte er: „Dann werden Lidia und ich uns ein Hotelzimmer nehmen."

„Das wäre wohl eher an mir, das Feld zu räumen."

„Unter keinen Umständen! Wir nehmen auf jeden Fall ein Hotel, und wenn Sie nicht hierbleiben, wird die Wohnung leer stehen."

In diesem Augenblick kam Lidia zurück. Sie bemühte sich, eine distanzierte Nonchalance zu zeigen. Vielleicht hatte sie die letzten Worte ihres Mannes gehört. Jedenfalls drängte sie ihn zum Aufbruch, bevor es zu einer Fortsetzung des Gesprächs kommen konnte.

Als die beiden gegangen waren, saßen Caterina und ich schweigend beieinander und ich sah mit Bestürzung, wie Tränen Caterinas Wangen hinunterliefen. Sie sagte nichts. Sie wandte sich nicht ab. Sie weinte einfach nur lautlos.

Nach einer Weile wischte sie sich mit dem Handrücken die Tränen aus dem Gesicht und sagte lapidar: „Es lohnt nicht, über verschüttete Milch zu klagen. Lass uns unseren Spaziergang machen."

Wir wechselten kaum ein Wort auf unserem Weg. Auf der anderen Seite der Rialtobrücke wählte Caterina ohne zu zögern einen mir unbekannten Weg Richtung Santissima Trinità, der uns in erstaunlich kurzer Zeit ans Ziel führte. Sie bewegte sich immer noch mit einer schlafwandlerischen Sicherheit durch Venedig, so als wäre sie nie fort gewesen.

Als wir vor der Kirche standen, meinte sie: „Ich möchte noch schnell hier in die Bar."

Caterina bestellte einen Aperitif, also tat ich dasselbe. In der Bar war nicht viel los. Wir hatten uns ans Fenster gesetzt, von wo aus wir auf der anderen Seite des Campo Santissima Trinità die Kirche sehen konnten.

„Ich hätte dir diese Begegnung gerne erspart", sagte sie schließlich. Ich wusste, was sie meinte.

„Ach was. Deine Tochter war ein wenig durcheinander. Wie ihr Mann gesagt hat, der Todesfall, das überraschende Wiedersehen und so. Das war alles zu viel für sie. Mehr war nicht."

„Nein, was sie gesagt hat, war die Wahrheit, und du weißt das auch. Du brauchst dich nicht zu verstellen, Carlo. Habe ich dich nicht auch unglücklich gemacht? Nein, antworte bitte nicht! Nicht, bevor du sicher bist, eine ehrliche Antwort geben zu können."

Hatte Caterina mich unglücklich gemacht? Ich war mir sicher, dass die Antwort nur ein *Nein* sein konnte. Nie hatte ich einen Menschen so sehr geliebt wie sie. War das nicht ein großes Geschenk? Zu lieben. Auch wenn diese Liebe ohne den Menschen, der geliebt wurde, zwanzig Jahre ganz auf sich allein gestellt war. War man nicht trotzdem ein glücklicher Mensch, wenn man liebte? Aber bevor ich antworten konnte, sprach Caterina weiter wie zu sich selbst.

„Ich habe ihn unglücklich gemacht. Ja, sicher. Aber hat er mich wirklich geliebt? Weißt du, Carlo, das habe ich mich immer gefragt, und ich habe nie die Antwort gefunden. Vielleicht, weil ich mir sicher war, dass er mich nicht verstanden hat. Und einen Menschen, den man nicht versteht, kann man nicht lieben."

„Warum nicht? Vielleicht fühlen wir uns von einer

rätselhaften Person noch viel mehr angezogen als von einer, die uns vertraut erscheint. Denn diese verstehen wir, jene zieht uns an, weil wir ihr Wesen ergründen möchten."

„Aber jetzt sprichst du von romantischer Schwärmerei. Die Melodien, die so überaus süß klingen, solange man sie nicht hört. Hört man sie, ist der Zauberbann gebrochen. Und so endet das Schwärmen für eine rätselhafte Person, wenn man sie näher kennengelernt hat." Sie lachte leise. „Heute ein alles verzehrendes Feuer und morgen ein Häuflein Asche. Nein, wenn man einen Menschen liebt, darf man es nur um der Liebe willen tun. Weißt du das nicht, Carlo?"

Wir schwiegen eine Weile. Dann fragte ich: „Hast *du* deinen Mann geliebt?"

„Nein." Sie sagte es, ohne zu zögern. „Ich hätte es damals nicht ertragen können, mit einem Mann verheiratet zu sein, den ich liebe."

„Wolltest du denn nicht glücklich sein?"

„Damals, als ich Cristoforo geheiratet habe? Nein. Mir reichte es, einen Mann zu haben, der mir finanzielle Sicherheit bieten konnte. So brauchte ich nicht zu arbeiten. Was hätte ich auch tun sollen?"

Ich dachte an den ärmlich aussehenden alten Mann, dem wir damals – vor zwanzig Jahren – begegnet waren und der ihr Lehrer gewesen war.

„Hattest du Angst, von der Malerei nicht leben zu können?"

„Ich konnte nicht leben, weil ich Angst vor der Malerei hatte." Sie lachte wieder dieses leise, freudlose Lachen. „Aber jetzt genug davon, Carlo. Wir wollen gehen. Wir wollten der Santissima Trinità einen Besuch abstatten, und das tun wir jetzt auch."

Wir überquerten den Platz und betraten die Kirche.

Eine Zeit lang ließen wir den majestätischen und doch auch so unendlich kalten Raum auf uns wirken. Wie schon damals erschauderte ich auch heute angesichts der roten Klinkersteine der unverputzten Mauern.

„Was wollen wir uns zuerst ansehen?", fragte Caterina. „Den *Guido Reni*, der dich damals so interessierte? Oder den *Lorenzo Lotto*?"

„Ich würde gerne das Altarbild von Bellini sehen, jetzt, wo es endlich wieder da ist."

Das Gemälde befand sich an der Außenwand des südlichen Seitenschiffs. An einem Tag wie heute mit einem wolkenverhangenen Himmel lag es im Halbdunkel. Auch das Einschalten des Scheinwerfers half nicht viel, denn das Licht löste auf dem Bild Reflexe aus, die das Betrachten eher noch zusätzlich erschwerten. Dennoch war ich mir im Klaren, dass ich ein Meisterwerk vor mir hatte. Allein die Anmut der Mutter Maria mit dem Jesuskind begeisterte mich. Dazu die links und rechts davon stehenden Heiligen, Maria am nächsten Lucia von Syrakus mit dem Glas, in dem ihre Augen schwammen, und Katharina von Alexandrien, die den Palmzweig als Zeichen ihres Martyriums in Händen hielt. Mein Blick wanderte von einer Figur zur nächsten, sie alle waren in sich gekehrt und strahlten eine fast grenzenlose Gelassenheit aus. Einzig der musizierende Engel im Vordergrund blickte den Betrachter an. Und das alles in diesen selbst aus dem Halbdunkel heraus hell strahlenden Farben.

Ich war so vertieft in das Bild gewesen, dass ich Caterina neben mir gänzlich vergessen hatte. Als ich mich ihr zuwandte, las ich in ihrem Gesicht nichts von der Ergriffenheit, die mich erfüllt hatte. Ihr Blick hatte etwas Suchendes. Oder war es eher etwas Prüfendes? Da war keine Spur von Begeisterung, so wie gestern, als sie vor Tizians *Verkündigung Marias* in San Salvatore gestanden hatte. Hier war es der nüchterne Blick des Fachmanns, der die Ausführung einer Arbeit kritisch begutachtet. Ich hätte gerne etwas zu ihr gesagt, aber mir war klar, dass es zwischen meinem Zugang zu diesem Bild und ihrem nicht die geringste Gemeinsamkeit gab, und deshalb schwieg ich. Ich wollte mich wieder auf das Bild konzentrieren, allein, es war unmöglich. Ich fragte mich, wie ich ihre Art, das Bild zu sehen, verstehen sollte. Ich erinnerte mich an das, was sie von ihrem Lehrer, dem alten Cavallino erzählt hatte, dass er sie an den alten Meistern zu schulen versuchte, indem er sie deren Bilder kopieren ließ. War das ihre Sicht auf dieses Gemälde von Bellini?

Verstohlen beobachtete ich ihr Gesicht. Langsam entspannte es sich. Lag jetzt nicht sogar so etwas wie Wehmut in ihrem Blick?

„Ist es nicht wunderbar", sagte ich, „dieses prächtige Kunstwerk nach zwanzig Jahren wieder an seinem angestammten Platz zu sehen?"

Caterina sah mich irritiert an, als hätte ich sie aus einer Trance herausgerissen. Nach einem Moment des Zögerns nickte sie.

„Natürlich. Wie du sagst, es ist wunderbar."

Während ich noch über die Gleichgültigkeit, mit der sie das sagte, staunte, wandte sich Caterina abrupt von Bellinis Werk ab, und mir blieb nichts anderes übrig, als ihr zu folgen. Wir kamen zu Guido Renis Bild von Matthäus und dem Engel, und ich erinnerte mich, mit welchem glühenden Eifer sie über die Darstellung des Engels gesprochen hatte.

„Weißt du noch, was du mir damals über den Engel

erzählt hast? Über diesen Engel und jenen, den Reni zum heiligen Hieronymus sprechen lässt?"

„Ja. Ich erinnere mich. Aber heute weiß ich nicht mehr, welcher von beiden den wahren Engeln ähnlicher ist. Vielleicht ist es dieser, der zu Matthäus aufblickt, aber vielleicht ist es auch der andere, der sogar einen Heiligen klein und unbedeutend erscheinen lässt."

„Dieser Zweifel ist jetzt aber nicht die Quintessenz deines Lebens, oder?", versuchte ich eine scherzhafte Note in unser Gespräch zu bringen, aber Caterina ging nicht darauf ein.

„Hast du eigentlich damals das Buch über Guido Reni veröffentlicht?"

„Nein."

„Nein? Aber wieso denn nicht?"

Wie sollte ich es ihr erklären? Ich konnte es mir selbst ja nicht erklären. Es war die Geschichte eines Scheiterns. Ich hatte eines Tages aufgehört, an dem Buch zu arbeiten, und etwas in mir hatte verhindert, dass ich mir die Frage nach dem Warum stellte. Manchmal war da eine verschwommene Ahnung gewesen, ich hätte Caterinas wegen aufgehört, aber ich hatte nie zugelassen, dass das zur Gewissheit wurde.

Als wir Santissima Trinità verließen, schlug ich vor, Essen zu gehen, aber Caterina meinte, heute, am 31.

Dezember, sollten wir nicht ausgehen. Es wäre doch viel schöner, zur Wohnung am Campo San Polo zurückzugehen, auf dem Weg dorthin einzukaufen, selbst etwas zu kochen und gemeinsam einen ruhigen Abend zu verbringen.

Ich war einverstanden. Ich erkundigte mich, was wir alles einkaufen müssten. Caterina lachte vergnügt. Offensichtlich war diese Idee so ganz nach ihrem Herzen und ein verlockendes Abenteuer, dem sie mit geradezu kindlicher Freude entgegensah. Sie strahlte eine unbändige Lebensfreude aus, die mir angesichts des Tages, wie er bis jetzt verlaufen war, ganz und gar unverständlich war. Kein Zweifel, sie hatte beschlossen, alles bisher Geschehene einfach auszublenden. Ich entschloss mich, es ihr gleich zu tun und alle dunklen Gedanken zu verscheuchen.

Auf dem Weg zurück kauften wir in einem Laden Wein, Käse, Eingelegtes und Wurst, in einem anderen Geflügel, in wieder einem anderen Brot, am Rialtomarkt Scampi und Gemüse, und was dann noch fehlte, bekamen wir in einem kleinen Supermarkt in der Nähe des Campo San Polo. Mit allerlei Taschen in den Händen erreichten wir die Wohnung.

Wir legten unsere Einkäufe in der Küche ab und setzten uns eine Zeit lang ins Wohnzimmer, jeder mit einem Glas Wein in der Hand. Ich gestand Caterina, dass ich gänzlich unerfahren im Kochen sei und allenfalls für einfachste Hilfsdienste zu gebrauchen sein würde. Sie lachte und meinte, es würde schon alles gut werden. Sie erklärte mir, was es am Abend zu essen geben sollte, was zu tun wäre und in welcher Reihenfolge die einzelnen Aufgaben erledigt werden müssten.

„Du kochst gerne, nicht wahr?", fragte ich.

„Ja. Weißt du, Carlo, wir müssen schließlich alle essen, um zu überleben. Niemand kann also in Zweifel ziehen, dass diese Arbeit sinnvoll ist. Und außerdem entsteht nichts für die Ewigkeit. Wenn das Essen fertig ist, wird es verzehrt. Man könnte auch sagen, es wird vernichtet. Was ist hingegen mit jenen Schöpfungen, denen wir eine große Zukunft zubilligen? Sollte man sie nicht besser auch gleich nach ihrer Erschaffung vernichten?" Sie lachte. „Ich sehe dir an, dass du nicht einverstanden bist."

„Nein, natürlich nicht. Die großen Leistungen der Menschen in der Kunst, der Literatur, Malerei, Architektur, in der Philosophie und Politik zerstören? Vergessen? War es etwa sinnlos, was Homer geschaffen hat, oder Sokrates, Plato und Aristoteles, oder Caesar und Karl der Große, Michelangelo, Raffael, da Vinci? Und hat Jesus Christus vergeblich gelebt, das Evangelium verkündet und sich dafür ans Kreuz schlagen lassen?"

„Ja, es war alles vergeblich und wird früher oder später vergessen sein. So wie die Werke der Zeitgenossen Homers."

„Welche Zeitgenossen Homers meinst du?", fragte ich irritiert.

„All jene halt, die heute keiner mehr kennt. Die, die schon seit über 2000 Jahren niemand mehr kennt. Deren Werke schon im Altertum verloren gegangen sind. Glaubst du nicht, dass es welche gegeben hat? Vielleicht waren deren Epen viel eindrucksvoller und bedeutsamer als die Homers."

„Ich verstehe nicht, was du damit sagen willst."

„Dass wir jetzt in die Küche gehen sollten, um ein großes, aber leider vergängliches Kunstwerk zu schaffen."

Sie begann damit, den Hefeteig für das Dessert zu bereiten. Es sollte Frittole geben. Mich betraute sie als Erstes mit der Füllung für die Entenbrüste. Also schnitt ich nach ihren Anweisungen den Radicchio in Streifen, dann eine Schalotte in winzig kleine Würfel, die Caterina aber jedes Mal, wenn ich fragte, ob sie jetzt richtig seien, viel zu groß fand. Ich erinnerte mich, bei Bourdain gelesen zu haben, dass, wer das Gemüse herrichten muss, auf der untersten Stufe in der Hierarchie eines Küchenteams steht. Während ich versuchte, mich auf meine Arbeit zu konzentrieren, kreisten meine Gedanken immer noch um das gerade geführte Gespräch, und ich fragte:

„Ist das der Grund, warum du die Malerei aufgegeben hast?"

„Du meinst, weil ich erklärt habe, es sei sinnlos, Dinge für die Ewigkeit zu schaffen?" Sie sagte lange Zeit nichts. „Nein, ich habe es aus anderen Gründen getan. Aber schon möglich, dass ich mir hinterher eingeredet habe, dass es sowieso sinnlos gewesen wäre, weiterzumachen. Als Nächstes kannst du den Speck würfeln, aber auch schön fein. Wusstest du, dass viele Werke des großartigen Giovanni Bellini beim Brand des Dogenpalastes 1577 vernichtet wurden? Wozu hat er sich all die Mühe gemacht, diese Bilder zu malen? Hätte er es wohl auch getan, wenn er gewusst hätte, dass sie schon 60 Jahre nach seinem Tod den Flammen zum Opfer fallen würden?"

„Vielleicht. Es kann doch sein, dass für ihn der Akt des Malens wichtiger war als die fertigen Bilder."

„Mach jetzt etwas Butter und Olivenöl in der Pfanne heiß und gib dann den Speck und die Schalotte dazu. Ich bin sicher, für jeden Künstler ist das Ergebnis seiner Arbeit wichtig. Nur das zeigt ihm doch, ob er das, was er erreichen wollte, auch tatsächlich er-

reicht hat. Wollen wir die Scampi mit Schale zubereiten, oder wie ist es dir am liebsten?"

Ich beäugte die schlanken Tiere mit ihren langen
Scheren und den winzigen schwarzen Augen.

„Wenn sie in einer Sauce mit Nudeln serviert werden, stelle ich mich wahrscheinlich beim Essen
furchtbar ungeschickt an. Aber warum hast du denn
nun die Malerei aufgegeben?"

„Wir machen es so: Ich werde die Hälfte der Scampi
von der Schale befreien, aber die andere Hälfte ganz
lassen. Sie sehen so einfach schöner aus. Und du
kannst dann deine Geschicklichkeit unter Beweis
stellen. Wenn es nicht klappt, bekommst du die Aus-
gelösten. Eines Tages bin ich nicht mehr zu Cavallino
gegangen. Ich habe nicht einmal mit ihm darüber gesprochen. Ich bin einfach weggeblieben und habe geheiratet. Jetzt gib auch den Radicchio in die Pfanne,
dann salzen und pfeffern und eine Weile dünsten."

„Also war deine Ehe der Grund?"

„Nein, als ich mit der Malerei aufhörte, kannte ich
Cristoforo noch gar nicht. Aber lass uns jetzt nicht
weiter über diese alten Geschichten reden. Das ist
doch schon so lange her. Du kannst schon mal die Flasche mit dem Rotwein aufmachen. Du brauchst ihn
gleich, um den Radicchio abzulösen. Ich habe damals etwas getan, was ich nicht hätte tun dürfen. Et-

was Schreckliches. Alles, was ich zu meiner Entschuldigung sagen kann, ist, dass ich nicht wusste, was ich tat. Ich bin schuldig geworden, ohne es zu wissen und ohne es zu wollen."

„Hättest du es denn wissen müssen?"

„Nein, das nicht."

„Aber dann bist du doch für nichts verantwortlich."

„Nein? Meinst du wirklich, dass es so einfach ist?"

„Man ist verantwortlich für das, was man willentlich tut."

„Was ist, wenn du bei einem Verkehrsunfall den Tod eines Menschen verursachst? Ohne dass du etwas falsch gemacht hast?"

Ich gab darauf keine Antwort. Es widerstrebte mir, ihr in diesem Punkt recht geben zu müssen.

„Jetzt lösch den Radicchio mit Rotwein ab. Ein Glas reicht. Und das Rühren nicht vergessen!" Eine Zeit lang sagte keiner von uns ein Wort. „Jetzt kannst du die Pfanne vom Feuer nehmen. Ich habe immer gedacht, dass das, was damals geschehen ist, nur mich betreffen würde. Aber vielleicht habe ich mich geirrt. Vielleicht habe ich nie genug darüber nachgedacht, was es für andere bedeutet."

„Du denkst an Lidia?"

„An sie, an Cristoforo ... und auch an Adele, ich

meine die Frau von Ugo. Setz doch bitte das Wasser für die Nudeln auf, Carlo. Ich fülle inzwischen die Entenbrüste."

„Aber diese Adele, hat sie denn etwas von Ugo und dir gewusst?"

„Nein, ganz sicher nicht. Aber macht das einen Unterschied? Ist das nicht noch viel schlimmer, wenn man betrogen wird und es nicht einmal weiß? Und außerdem, warum reden wir eigentlich immer nur von mir? Erzähl doch mal, was du in all den Jahren gemacht hast. Hast du geheiratet? Oder warst du es etwa schon, als wir uns kennenlernten?"

„Weder das eine noch das andere trifft zu."

„Du sagst das, als hätte ich dir etwas zutiefst Unanständiges zugetraut." Caterina lachte. „Schneide doch schon mal das Brot auf. Und dann nimm aus dem Schrank ein paar Schälchen und richte die Oliven und die anderen eingelegten Sachen her. Du kannst sie dann auch gleich ins Esszimmer bringen. Hat keine Frau dein Herz erobern können? Oder war es umgekehrt? Wurden deine zärtlichen Anwandlungen zurückgewiesen? Vergiss die eingelegten Zwiebeln nicht, Carlo!" Und dann lachte sie wieder. „Ich sehe dir an, es verletzt dich, dass dein Liebesleben und die Zwiebeln in Essig jetzt quasi in einem Topf gelandet sind. Es sei dir erlaubt, mir auch irgendeine Gemeinheit an den Kopf zu werfen. Also los, Carlo! Sprich!"

Natürlich tat ich nichts dergleichen. Stattdessen fragte ich sie, welchen Wein es zu den Vorspeisen geben sollte.

„Feigling! Nimm den Prosecco."

Draußen war es bereits dunkel, als wir uns im Esszimmer an den Tisch setzten.

„Ein bisschen Kerzenschein wäre schön, nicht wahr? Aber ich habe nirgendwo in der Wohnung Kerzen finden können. Cristoforo hatte für diese Art von Romantik nie viel übrig", erklärte Caterina.

Als sie die Nudeln und die Scampi in der Tomatensauce auf die Teller verteilte, lag wie angekündigt auf meinem Teller auch ein noch ungeschälter Scampo.

„Isst man ihn mit den Fingern?"

„Wir Italiener machen das, aber du bist ein gebildeter Deutscher und musst Messer und Gabel nehmen."

„Dann mach einmal vor, wie es geht!"

Sie lachte.

„Nein, ich darf sie ja mit den Fingern essen. Aber ich helfe dir."

Sie stand auf und stellte sich hinter mich.

„Nimm Messer und Gabel in die Hand!"

Ich tat es, und sie fasste meine Hände und führte sie. Sie bewegten sich wie die Hände einer Marionette, aber ich muss gestehen, dass ich nicht Acht darauf gab, was sie taten. Ich registrierte nur die Wärme ihrer Finger und ihre sanfte Haut auf meiner Haut. Ihr Oberkörper berührte meinen Rücken, und ihr Kopf kam mir so nahe, dass ich ihren warmen, feuchten Atem auf meiner Wange spürte. Ich versuchte unauffällig, durch die Nase tief Luft zu holen, um Caterinas Geruch in mich aufzunehmen.

Wir waren beim Kaffee angelangt, als sie mich fragte, ob es für mich wichtig sei, am Silvesterabend bis Mitternacht aufzubleiben. Ich verneinte.

11. Kapitel

Die nächsten Tage waren wie ein Traum, in dem die Erinnerung an jene zwanzig Jahre, die ich ohne Caterina verbracht hatte, nicht mehr existierten. Ich war in Venedig und es war Winter und ich war glücklich. So wie damals.

Ich behielt mein Zimmer in der Locanda, aber die Nächte verbrachte ich von nun an bei Caterina. Manchmal gab es mir einen Stich, wenn mir jene bösen Worte von Lidia einfielen, aber dann verbannte ich die Erinnerung daran immer unverzüglich aus meinen Gedanken.

Es war der erste Freitag im neuen Jahr, als Caterina beim Frühstück zu mir sagte, sie habe sich für heute Vormittag mit Sandro verabredet.

„Du weißt, Cristoforos Anwalt. Ich habe ein paar Dinge mit ihm zu besprechen. Wegen des Testaments. Wahrscheinlich werden wir mittags zusammen essen."

„Dann werde ich bei Tomoko und Mark vorbeischauen. Ich habe ehrlich gesagt ein schlechtes Gewissen, weil ich mich dort schon so lange nicht mehr habe blicken lassen."

„Treffen wir uns zum Kaffee im *Florian*?", fragte sie und gab mir dann zum Abschied einen Kuss auf die

Stirn, ohne meine Antwort abgewartet zu haben.

Ich verließ die Wohnung kurz nach ihr. Es war trocken und bitterkalt. Als ich ins Freie trat, zupfte ich meinen Schal zurecht und schlüpfte in meine Handschuhe. Mein Atem bildete kleine Wölkchen in der Luft. Ich gelangte auf den Campo San Polo, der im fahlen Licht der Wintersonne lag. Ich schritt kräftig aus, um die Kälte zu vertreiben. Als ich unterwegs einen der schmäleren Kanäle überquerte – ich glaube, es war der Rio de la Frescada –, meinte ich, eine dünne Eisschicht auf dem Wasser erkennen zu können.

Bis zur Wohnung der Gregsons war es glücklicherweise nicht weit, und meine Hoffnung, dort jemanden anzutreffen, wurde nicht enttäuscht.

Wie bei meinem ersten Besuch erklang nach meinem Klingeln vom Balkon aus Marks Stimme.

„Ah! Der verlorene Sohn! Kommen Sie herauf!"

Ich fand sie alle noch versammelt um den Esstisch. Offensichtlich hatten sie spät gefrühstückt.

„Wir haben uns schon Sorgen um Sie gemacht", erklärte Mark. „Ich habe versucht, Sie heute früh in der Locanda zu erreichen, aber man sagte mir, Sie würden dort zwar immer noch das Zimmer haben, aber Sie wären schon seit Tagen nicht mehr zum Frühstück erschienen und das Bett sei auch schon lange nicht mehr benutzt worden."

Ich fühlte die neugierigen Blicke auf mich gerichtet, die ich ignorierte, und ich fragte Mark, warum er mich denn habe sprechen wollen.

„Sie wissen doch, dass die beiden Mädels morgen wieder zurückfliegen. Wir haben uns gedacht, wir feiern auch den Abschied wieder mit einer kleinen Party. Man sollte keine Gelegenheit zum Feiern ungenutzt verstreichen lassen. Sie sind natürlich auch wieder eingeladen."

„Ihr habt sicher auch nichts dagegen, wenn er die nette Signora mitbringt", meinte Debs mit argloser Miene. „Wie hieß sie doch gleich? Caterina, nicht wahr?"

„Ich komme gerne, aber ich weiß nicht, ob Caterina nicht schon etwas anderes vorhat."

„Bringen Sie sie mit, bitte! Luigi freut sich sicher auch, wenn sie heute Abend kommt." Und dann sprang Debs auf. „Ach je, ich muss los. Ich komme wahrscheinlich schon jetzt zu spät. Bis dann."

„Sie ist mit Luigi verabredet", erklärte Alathea, als Debs fort war. „Wie immer."

Der Tonfall, in dem sie es sagte, ließ mich nachhaken: „Du magst Luigi nicht?"

Alathea lachte.

„Wie kommen Sie darauf?"

„Wir wollen diesen Tag nicht mit kleinlichen Streitereien belasten", erklärte Tomoko. „Morgen fahrt ihr wieder nach Hause, also genießt den letzten Tag hier."

„Ich sag ja nichts. Aber er ist trotzdem ... Wie heißt es auf Italienisch? *Uno stronzo.* Stimmt's?"

„Warum so streng mit Luigi?", fragte Mark.

„Er ist einer von diesen Typen, deren Moral nur aus einem Satz besteht: Gut ist, was für mich gut ist. Er nimmt jedes Mädchen, das er ohne Mühe kriegen kann. Und wenn eine neue kommt, die ihm besser gefällt, greift er zu und lässt die andere fallen."

„Das klingt, als hättest du schon ein langes Leben voller Erfahrungen mit Männern hinter dir."

„Bei manchen Männern braucht man kein Leben lang, um sie zu durchschauen."

„Hoffentlich meinst du jetzt nicht mich." Dann grinste Mark. „Ist nicht vielleicht auch ein klein wenig Eifersucht im Spiel?"

Alathea warf ihm einen langen Blick aus ihren leicht geschlossenen Augen zu, erwiderte aber nichts. Mark zuckte mit den Schultern, als er seine Worte ins Leere gehen sah.

Alathea stand auf und erklärte, sie und Tomoko hätten noch etwas vor, und daraufhin verabschiedeten sich die beiden.

„Nehmen Sie es nicht persönlich, Karl" sagte Mark nach einem Blick auf die Uhr, „aber ich muss auch weg. Unterricht."

Daraufhin beeilte ich mich aufzubrechen. Wir verabschiedeten uns vor dem Haus voneinander.

„Und bringen Sie unbedingt Ihre Caterina mit", rief Mark mir lachend hinterher. „Die möchte ich auch gerne kennenlernen."

Für mein Treffen mit Caterina im *Caffè Florian* war es noch zu früh. Also suchte ich mir in dem Gewirr der schmalen Gassen in der Nähe des Markusplatzes ein Restaurant und aß dort zu Mittag. Danach schlenderte ich noch eine Weile ziellos umher, bis die verabredete Zeit gekommen war. Ich betrat das *Florian* und erklärte dem Kellner am Eingang, ich sei mit jemandem in der *Sala Orientale* verabredet. Ich hatte von draußen gesehen, dass Caterina bereits da war.

Sie hatte sich eine Schokolade bestellt und dazu ein paar Biscotti, und ich tat dasselbe. Ich erzählte ihr von meinem Besuch bei den Gregsons und von der Einladung zur Abschiedsfeier von Alathea und Debs.

„Du bist natürlich auch eingeladen."

Caterina überlegte eine Weile und sah mich dabei auf eine Art und Weise an, die ich nicht zu deuten vermochte.

„Du hast keine Lust hinzugehen?"

„Doch. Vielleicht ist eine Abschiedsfeier sogar genau das Richtige."

„Wie meinst du das?"

„Vielleicht bin ich in Stimmung dazu." Und dann ergänzte sie: „Ich habe alles Nötige mit Sandro besprochen und werde bald wieder nach Rom zurückfahren."

Ich war überrascht, aber dann sagte ich mir, dass es naiv gewesen war, zu glauben, unser gemeinsamer Winter in Venedig könnte immer so weitergehen. Aber war es nicht egal, wo Caterina und ich lebten? Rom war auch eine wunderbare Stadt. Trotzdem! Ich konnte mir Caterina ohne Venedig genauso wenig vorstellen wie Venedig ohne Caterina. Schließlich riss sie mich aus meinen melancholischen Gedanken.

„Wird denn der junge Ruzzino auch da sein?"

„Ruzzino?", fragte ich etwas irritiert. „Ja, natürlich. Er wird schließlich für eine lange Zeit von seiner Debs Abschied nehmen müssen." Dann kam mir ein anderer Gedanke. „Diesen alten Ruzzino, der den gestohlenen Bellini hatte, den hast du gekannt, sagtest du das nicht?"

Sie lachte. „Vielleicht kannst du dich auch noch an ihn erinnern. Du hast ihn auch einmal gesehen, damals, vor zwanzig Jahren, bei der Trauerfeier für Bonfiglio. Er saß neben uns und hat sich mit Cristoforo unterhalten. Carlo alias Sherlock Holmes hat ihn doch sicher bemerkt, oder?"

Als sie das sagte, fiel mir tatsächlich jener Greis wieder ein, mit dem zusammen sie die Kirche später auch verlassen hatten. Ich war erstaunt, dass Caterina sich noch so gut an alles erinnern konnte, und sagte ihr das auch.

„Ja, aber das hat Gründe, die du nicht kennst."

„Erzähl mir davon!"

Caterina sah auf die Uhr.

„Ein andermal. Es ist spät. Lass uns gehen!"

Als wir den Markusplatz überquerten, kam mir eine Idee.

„Hat es etwas mit dem Bild zu tun? Mit dem Bellini?"

„Manchmal bist du unausstehlich. Kannst du diese alten Geschichten nicht endlich mal ruhen lassen?"

„Es stimmt also", sagte ich mehr zu mir selbst als zu ihr, und dann tat ich, wie sie von mir verlangte, und hielt den Mund. Schweigend gingen wir nebeneinander her.

Ich versuchte Ordnung in meine Gedanken zu bringen. Hatte Caterina irgendetwas mit dem Diebstahl des Bellini zu tun? Oder ihr Mann? Hatten sie zufällig davon erfahren, dass Ruzzino in den Besitz der Diebesbeute gelangt war? Sie waren sicher nicht selbst in das Verbrechen verstrickt. Das war für mich undenkbar. Dann erinnerte ich mich, dass Palese beim Fernsehen einst mit dem Thema Kunst – und zwar venezianische Kunst – befasst gewesen war. Das bedeutete ...

„Sehr unterhaltsam bist du heute nicht, Carlo."

„Entschuldige. Mir ist etwas durch den Kopf gegangen."

„Das hoffe ich."

„Wieso?"

„Ach, nichts. Mich interessiert, wer heute Abend noch alles da sein wird. Debs hat noch eine Schwester, nicht wahr? Und die Gastgeber? Wer ist das? Erzähl mir doch ein wenig von ihnen."

Ich versuchte, mich auf die Beantwortung ihrer Frage zu konzentrieren, aber nach einiger Zeit versiegten meine Auskünfte.

Welche Rolle hatte Ruzzino bei dem Diebstahl gespielt? War er der Auftraggeber gewesen und der zwielichtige Bonfiglio derjenige, der die Einbrecher angeheuert hatte? Vielleicht waren die beiden hinterher in Streit geraten und Ruzzino hatte seinen Komplizen daraufhin umgebracht. So könnte sich alles abgespielt haben. Schrecklich, sich vorzustellen, dass der Mörder anschließend zur Trauerfeier für sein Opfer gegangen war. Aber möglicherweise hätte es Verdacht erregt, wenn er es nicht getan hätte. Ein Kunstliebhaber und ein Kunsthändler hier in dieser überschaubaren Stadt mussten sich gekannt haben. Und dort in der Kirche traf er die Paleses. Und damit war ich wieder bei der Frage, welche Rolle die beiden in der Geschichte spielten. Ich war mir sicher, dass ich Caterina nur dann endlich ganz und gar würde verstehen können, wenn ich die Antwort auf diese Frage wusste.

Während ich vor mich hin brütete, hatte Caterina mir etwas erzählt, aber ich hatte nicht wirklich darauf geachtet, was es war. Es hing irgendwie mit einer Kirche zusammen, an der wir vorbeigekommen waren. Und nach einer Weile hatte sie wohl eingesehen, dass ich ihr nicht zuhörte, und nicht weiter gesprochen. So gingen wir wortlos nebeneinander her und erreichten schließlich den Campo San Polo und ihre Wohnung. Heute Abend, beendete ich meine Überlegungen, als wir das Haus betraten, heute Abend musste ich aus dem jungen Ruzzino alles herausbekommen, was er wusste. Vielleicht konnte er mir doch bei der Lösung des Rätsels helfen.

Bei den Gregsons wurden wir von Mark an der Tür in Empfang genommen. Ich stellte ihm Caterina vor und nannte dabei unvorsichtigerweise ihren Familiennamen.

„Jetzt wird mir einiges klar." Er zwinkerte mir zu.

„Was denn?", erkundigte sich Caterina.

„Oh, angesichts einer so bezaubernden Frau wundert es mich nicht mehr, dass es ihn so unwiderstehlich nach Venedig zog." Mark bemühte sich, seinen Fauxpas wegzulächeln. „Karl hat die anderen Gäste schon bei unserer letzten kleinen Party kennengelernt. Er wird sie sicher ein wenig herumführen und mit den anderen bekannt machen."

„Selbstverständlich. Komm, Caterina."

Wir wanderten umher und tauschten hier und da ein paar höfliche Bemerkungen aus. Ich vermisste allerdings Tomoko und Alathea.

Debs und Luigi hatten sich erfreut gezeigt, Caterina wiederzusehen, sich dann aber schon bald in eine ruhige Ecke des Salons zurückgezogen. Als ich den jungen Ruzzino später endlich einmal ohne Debs am Buffet sah, ging ich schnell zu ihm hin. Ich erklärte, dass ich ihn gerne einmal unter vier Augen gesprochen hätte. Er sah mich etwas erstaunt, aber mit einem gutmütigen Lächeln an.

„Lassen Sie uns in die Küche gehen, dort ist es ruhiger."

Er folgte mir.

„Sie werden es mir hoffentlich nicht übel nehmen, wenn ich Ihnen eine indiskrete Frage stelle", eröffnete ich das Gespräch vorsichtig, „aber Ihre Bereitschaft, mir gewisse Auskünfte zu geben, könnte für mich von großer, von wirklich großer Bedeutung sein."

„Wie kann ich Ihnen helfen? Fragen Sie ruhig."

„Unter den Dingen, die Ihnen Alvise Ruzzino ver-
macht hat, befand sich auch das lange verschwundene
Altarbild von Bellini aus der Santissima Trinità, nicht
wahr?"

„Hat Caterina Ihnen das erzählt?"

„Wie kommen Sie darauf?"

„Oh, sie und ihr Mann kannten Zio Alvise. Möglicherweise ..."

Er ließ den Satz unvollendet und ich zögerte. Sollte
ich zulassen, dass Caterina als Mitwisserin des Ver-
brechens dastand, obwohl sie doch völlig unschuldig
war? Andererseits bot der junge Ruzzino mir damit
einen bequemen Ausweg aus der Zwickmühle, in die
mich mein Versprechen gegenüber Mark gebracht
hatte. Bevor ich mich zu einer Antwort durchgerun-
gen hatte, redete Ruzzino weiter:

„Sie sind Ausländer, ich kann also offen mit Ihnen
sprechen. Und warum auch nicht. Ich habe mir ja
nichts zuschulden kommen lassen. Ich habe im Haus
von Zio Alvise den Bellini gefunden und ihn dem Be-
sitzer zurückgegeben. Es ist nicht an die große Glocke
gehängt worden. Dafür hat ein Anwalt gesorgt. Nicht
meinetwegen. Es ging nur darum, den guten Ruf von
Zio Alvise nicht zu beschädigen. Jetzt, wo es ihm

nicht mehr möglich ist, sich dagegen zur Wehr zu setzen. Das verstehen Sie doch sicher."

„Und wie kommen Sie darauf, dass Caterina wusste, dass Ihr Großonkel im Besitz des Bildes war?"

„Vielleicht waren sie einmal bei ihm zu Gast. Vielleicht hat er ihnen das Bild gezeigt. Meinen Sie nicht auch, dass ein Mensch, der etwas so vollendet Schönes und Wertvolles besitzt, seinen Schatz anderen voller Stolz zeigt? Natürlich nur Menschen, die er gut kennt und denen er vertraut. Das Gemälde war ja so furchtbar groß, er hat es im großen Saal des Piano Nobile aufhängen müssen. Es war natürlich versteckt hinter einem Wandbehang, einem wertvollen alten Gobelin, der aber nicht annähernd so wertvoll war wie der Bellini."

„Sie meinen, Caterina und ihr Mann waren Mitwisser des Diebstahls?"

„Wie kommen Sie dazu, von Diebstahl zu sprechen? Wer weiß, wie das Bild in seinen Besitz gelangt ist? Er ist jetzt tot und kann es uns nicht mehr verraten. Ich habe mich mithilfe seines Anwalts und verschiedener Bankangestellter in den letzten Tagen genauer mit seinen Vermögensverhältnissen befasst. Er galt als wohlhabender Mann, aber bei genauerem Hinsehen war er es gar nicht mehr. Früher ja, aber dann wurden große Vermögenswerte, Immobilien, Firmenbeteiligungen und so weiter, von ihm zu Geld gemacht, und dieses Geld verschwand dann spurlos. Es waren Millionen. Nicht Lire, sondern Millionen in Euro umgerechnet. Er war hinterher kein armer Mann, das nicht, aber ein großer Teil seines Vermögens verschwand einfach. Es ist nicht festzustellen, was daraus wurde. Vielleicht war Zio Alvise ein Spieler, vielleicht hat er das Geld verspekuliert, ach, alles ist möglich. Insofern, sage ich mir, war es vielleicht ausgleichende Gerechtigkeit, dass er, wie auch immer, in den Besitz des Bildes gelangte. Mal hat man Pech, mal hat man Glück."

„Können Sie sich nicht vorstellen, dass er das Geld ausgegeben hat, um den Bellini zu kaufen? Von einem Hehler vielleicht, der die Diebesbeute zu Geld machen sollte?" Ich dachte an Bonfiglio, ohne seinen Namen zu nennen.

„Ja, daran habe ich anfangs auch gedacht. Aber ein Detail passt nicht, ein alles entscheidendes: Das Bild wurde vor 20 Jahren gestohlen, aber Zio Alvises Vermögen, so haben es meine Nachforschungen ergeben, verschwand schon vor über 40 Jahren, vor 44 Jahren, um genau zu sein. Er hat die Millionen sicher nicht ein Vierteljahrhundert lang unter der Matratze versteckt." Ruzzino lachte. „Schließlich hatten wir damals noch die Lira und eine beträchtliche Inflation.

Und überhaupt, man stelle sich das einmal vor: Er könnte den größten Teil seines Vermögens verschleudert haben, nur um für den Rest seines Lebens tagein, tagaus dieses Gemälde anstarren zu können! Kann man das einem Menschen zutrauen?"

In diesem Augenblick kam Debs in die Küche.

„Hier hast du dich versteckt. Komm, Luigi. Tomoko und Alathea sind zurück."

Ruzzino sah mich an, zuckte mit den Achseln, meinte, mehr könne er mir nicht erzählen, und ließ mich dann stehen.

Ich dachte über das Gespräch nach. Es hatte mich eigentlich kein bisschen schlauer gemacht. Ganz im Gegenteil. Wenn das, was der junge Ruzzino mir erzählt hatte, stimmte und um die Zeit des Diebstahls herum keine nennenswerten Beträge von dem Alten an irgendwen geflossen waren, nicht an einen Hehler und auch nicht als Lohn an die Einbrecher, ja wie war er denn dann in den Besitz des Bildes gelangt? Er hatte es ja sicher nicht höchst persönlich gestohlen!

Schließlich verließ ich die Küche, aber weder im Flur noch im Wohnzimmer, den Räumen, wo sich auch heute wieder die Feier abspielte, sah ich Tomoko oder Alathea. Caterina entdeckte ich im Wohnzimmer, wo sie und James Wilson, dieser amerikanische Pseudoschriftsteller auf dem Sofa saßen und sich unterhielten. Er hatte ganz offensichtlich schon wieder kräftig dem Alkohol zugesprochen. Ich ärgerte mich ein wenig, dass Caterina sich ausgerechnet mit diesem Menschen abgab, aber ich zog es vor, die beiden in Ruhe zu lassen. Mir war dieser Wilson einfach zuwider.

Dann tauchte zumindest Tomoko auf. Es schien, als wüsste sie nicht, was sie tun und wohin sie sich wenden sollte. Wohl weil ich als Einziger allein im Raum stand, kam sie auf mich zu.

„Guten Abend, Karl-San.“ Sie verbeugte sich leicht vor mir, und ich erwiderte die Geste. „Alathea zieht sich noch schnell um, dann kommt sie auch. Sie hat sich ein neues Kleid gekauft.“ Tomoko lächelte. „Sie werden überrascht sein. Es ist sehr besonders. Ich hatte ihr davon abgeraten, aber sie hatte einen Narren daran gefressen. Sie ist noch so jung.“

Tomoko war heute in ausgelassenerer Stimmung als sonst. War sie froh, dass ihre Gäste morgen abreisen würden? Ich verwarf diesen Gedanken gleich wieder. Ich war sicher, dass sie und Alathea sich trotz des großen Altersunterschieds angefreundet hatten.

Und während ich dies dachte, kam Alathea herein. Sie trug ihr neues Kleid, und das war wirklich sehr besonders. Ich hatte sie noch nie wirklich als Frau wahrgenommen. Vielleicht, weil ich sie von Kind auf kannte, vielleicht, weil sie über vierzig Jahre jünger war als ich. Aber heute war sie ganz und gar Frau und nicht einmal ich konnte das übersehen. Sie trug ein kurzes, knallrotes Strickkleid, das sich so eng an ihren Körper schmiegte, dass man das Darunter nicht nur erahnen konnte.

Ich war verblüfft. Dieses Kleid passte so gar nicht zu Alathea, es widersprach einfach ihrer Haltung: *Ich bin ich, und wem das nicht passt, der kann mich mal.* Oder war dieses überraschende und für sie gänzlich untypische Zurschaustellen ihres Körpers auch wiederum ein Ausdruck genau dieser Haltung? Alathea sah sich im Raum um und entdeckte die rothaarige Engländerin, mit der sie sich auch schon bei der letzten Party lange unterhalten hatte. Sie stand mit Debs und Luigi am Fenster, und zu dieser kleinen Gruppe ging Alathea jetzt hinüber, umarmte die Engländerin und begrüßte dann den jungen Ruzzino mit einem flüchtigen Nicken.

Ich wechselte einen Blick mit Caterina in der Hoffnung, sie mit diesem Blick aufgefordert zu haben, ihr Gespräch mit Wilson zu beenden und zu mir zu kommen. Ohne Erfolg. Sie lächelte mich kurz an und wandte sich dann wieder Wilson zu.

„Sieht sie heute nicht schon richtig erwachsen aus?", hörte ich Mark neben mir sagen. Ich sah ihn wohl etwas irritiert an, denn er fügte mit einer Kopfbewegung in Alatheas Richtung grinsend hinzu: „Sie, meine ich."

Weil ich nicht wusste, was ich ihm antworten sollte, begnügte ich mich damit, ein Brummen von mir zu geben.

„Aber Ihre Caterina ist auch nicht ohne. Man sieht ihr an, dass sie einmal eine wunderschöne Frau gewesen ist."

„Ich meine, das ist sie immer noch."

„Natürlich, Sie haben recht. Nichts für ungut. Wollte nicht unhöflich sein."

Ich ließ ihn stehen und ging zum Buffet, das wieder im Flur aufgebaut war. Dort wurde ich von der alten Dame aus der Schweiz, die ich schon beim letzten Mal flüchtig kennengelernt hatte, in ein Gespräch verwickelt. Sie fand es offensichtlich angenehm, jemanden zu haben, mit dem sie sich auf Deutsch unterhalten konnte. Ich ließ den liebenswürdigen Schweizer Dialekt dahinplätschern, warf hin und wieder eine kurze Bemerkung ein und nutzte ansonsten die Gelegenheit, mich satt zu essen.

Am Rande nahm ich wahr, wie Alathea und Luigi sich für eine Weile am Buffet aufhielten und wieder verschwanden. Alathea und Luigi? Ich schüttelte die alte Dame ab, ohne mich dabei allzu unhöflich zu benehmen, und kehrte ins Wohnzimmer zurück. Ich ließ meinen Blick über die Gesellschaft schweifen. Am Fenster standen jetzt nur noch Debs und die Rothaarige. Debs Blick war auf mich gerichtet. Nein, ich sollte besser sagen, auf die Tür, denn mir war sofort klar, dass sie auf jemand anderes wartete. Aus ihren großen, rehbraunen Augen sprachen Angst und Hilflosigkeit. Von Alathea und Luigi keine Spur.

Klangen die Gespräche nicht ernster und gedämpfter als vorher? Als würden alle im Raum zwar ein heraufziehendes Unheil ahnen, aber gleichzeitig versuchen, die Augen davor zu verschließen. Nur die Heiterkeit von Caterina und Wilson fiel aus dem Rahmen und wirkte deplatziert. Ich bemühte mich, nicht ununterbrochen in Richtung der beiden am Fenster zu starren. Trotzdem entging mir nicht der kurze, hilfesuchende Blick, den die Rothaarige ihrer Gastgeberin zuwarf.

Tomoko fing diesen Blick auf und ging zu den beiden hinüber. Sie redete leise auf Debs ein. Die aber hörte ihr nur kurz zu, stieß sie dann mit einer heftigen Bewegung beiseite und stürmte aus dem Zimmer. Überrascht unterbrachen sogar Caterina und Wilson ihr Gespräch. Es herrschte absolute Stille im Raum.

„Seht nur!", rief Mariangela plötzlich. Sie stand auch in der Nähe der Fensterfront. „Es schneit." Einige der Gäste beeilten sich, das für Venedig seltene Schauspiel mit eigenen Augen zu beobachten.

Wilson stand auf und ging auf unsicheren Beinen zu Mark.

„Was hat die Kleine denn?", fragte er, ohne sich Mühe zu geben, leise zu sprechen.

„Sie hat Kummer", war die knappe Antwort, die Mark mit einem Schulterzucken gab, worauf Wilson mit derselben Geste reagierte und dann den Raum verließ, um am Buffet sein Glas zu füllen.

Caterina kam zu mir und fragte leise: „Luigi?", und als ich nickte, meinte sie: *„Verschenk dein Geld, verschenk Juwelen, aber verschenke nicht dein Herz.* Hat das nicht mal ein Dichter gesagt?"

Ich hätte ihr gerne erklärt, in welcher persönlichen Situation und in welchem gesellschaftlichen Umfeld das geschrieben wurde, und dass ich überzeugt wäre, man dürfe unter anderen Umständen auch sein Herz verschenken, aber ich antwortete dann doch nur mit einem erneuten Nicken.

Die vorübergehende Stille im Raum wich wieder einem allgemeinen Gemurmel, aber alle schienen sich jetzt leiser zu unterhalten. So blieb es nicht aus, dass man plötzlich laute, zornige Stimmen hörte, ohne dass man verstehen konnte, was gesagt wurde. Die Stimmen kamen vom Ende des langen, schmalen Korridors. Dort waren die beiden Gästezimmer. Dann musste jemand die Tür zum Korridor geöffnet haben.

„Ich hasse dich!", hörte man Debs herausschreien. Eine Tür knallte, einen Augenblick später eine zweite. Die Unterhaltungen im Raum waren wieder verstummt. Tomoko eilte hinaus, aber sie kam schon nach kurzer Zeit in Begleitung von Alathea und Luigi zurück. Auf die richteten sich die Augen aller. Während Luigi einen durch und durch unglücklichen Eindruck machte und nicht recht wusste, wie er sich verhalten sollte, ließ Alathea ihren Blick langsam und herausfordernd über die Anwesenden schweifen.

Luigi zögerte einen Moment und ging auf Mark zu.

„Es tut mir furchtbar leid. Ich kann mir das alles überhaupt nicht erklären. Es ist wohl besser, ich gehe jetzt."

Tomoko war Luigi gefolgt.

„Wollen Sie sich nicht bei ihr entschuldigen?"

„Sie hat mich missverstanden. Ich wollte ihr doch nur eine kleine Freude machen, mehr nicht. Sie sollte schöne Tage hier in Venedig erleben. Ein paar nette Erinnerungen mit nach Hause nehmen. Aber sie ist noch so jung. Ich fürchte, sie hat das alles zu ernst genommen."

Luigi zögerte erneut. Sein Blick suchte Alathea, aber die stand wieder am Fenster, wo sie sich mit der

Rothaarigen unterhielt und ihm dabei den Rücken zuwandte. Er riss sich zusammen, und nachdem er sich mit einem stummen Nicken von den Gastgebern verabschiedet hatte, verließ er den Raum.

Was sollte ich tun? Mark und Tomoko waren für Alathea und Debs zwar Familie, aber die hatten sie ja erst vor zehn Tagen kennengelernt. Ich hingegen war seit vielen Jahren ein guter Freund der Eltern und kannte die Töchter von klein auf. Ich war ihnen ein seit Langem vertrauter Mensch. Also war es meine Aufgabe, nach dem Rechten zu sehen.

Schweren Herzens ging ich den langen Korridor entlang und klopfte an die Tür von Debs' Zimmer. Keine Reaktion. Ich wollte noch einmal anklopfen, als die Tür aufgerissen wurde. Debs Augen waren gerötet, das ja, aber im Augenblick funkelten sie vor Zorn. Als sie mich erkannte, entspannten sich ihre Züge ein wenig.

„Darf ich hereinkommen?"

Wortlos wandte sie sich ab, ließ die Tür aber offen und setzte sich auf das Bett. Das Zimmer war schlicht möbliert und wirkte auch wegen des nackten Terrazzobodens recht spartanisch. Ich ließ mich auf dem einzigen vorhandenen Stuhl nieder. Debs sah mich erwartungsvoll an, aber ich wusste noch nicht, wie ich das Gespräch beginnen sollte.

„Man hat dir wehgetan", meinte ich schließlich vorsichtig, aber Debs half mir nicht weiter, sondern starrte mich nur schweigend an. Also fragte ich etwas unbeholfen: „War es das erste Mal, dass ein Junge dich enttäuscht hat?"

„Es war nicht seine Schuld. Sie war es." Ich spürte, dass sie wieder gegen die Tränen ankämpfen musste. „Sie hasst mich."

„So etwas solltest du nicht denken. Möglicherweise hat Alathea sich auch in ihn verliebt. Genau wie du."

„Sie wollte ihn mir nur wegnehmen. Sie ist immer gegen mich. Und Luigi ist auf sie reingefallen."

Ich dachte an das, was Ruzzino gesagt hatte, bevor er ging. Aber sollte ich sie in diesem Moment mit der Wahrheit konfrontieren? Ich nahm einen vorsichtigen Anlauf.

„Vielleicht waren Luigis Gefühle für dich nicht so tief, wie deine für ihn."

Ihre Miene schien zu sagen: *Was verstehst du schon von solchen Dingen?*, aber stattdessen fragte sie nach einer Weile: „Luigi? Ist er noch da?"

Mir blieb nichts anderes übrig, als zu verneinen. Ihre großen braunen Augen wurden wieder feucht, und frische Tränen liefen ihre Wangen herunter.

„Ich werde ihn nie wiedersehen." Und dann sprudelte es aus ihr heraus: „Ich werde zu ihm gehen. Ich muss ihn noch einmal sehen. Heute noch."

„Aber sei doch vernünftig, Kind! Es ist schon spät, und ihr müsst morgen ganz früh los, damit ihr euren Flug nicht verpasst."

„Sie reden jetzt schon wie meine Mutter. Sind Sie nur gekommen, um mich zu quälen? Warum lassen Sie mich nicht in Ruhe? Ich will nicht vernünftig sein. Ich will geliebt werden. Begreifen Sie das doch!"

Sie wandte sich ab und verbarg das Gesicht im Kissen und ihr Weinen ließ ihren Oberkörper erbeben. Ich stand auf und berührte ihre Schulter.

„Nicht doch", sagte ich leise, aber sie reagierte nicht. Ich überlegte, ob ich noch etwas sagen sollte. Aber dann verließ ich das Zimmer wortlos.

Der Salon hatte sich inzwischen merklich geleert. Nur Wilson war noch da. Er saß in einem Sessel etwas abseits und schlief. Und Caterina war noch da. Alle anderen Gäste waren inzwischen gegangen.

Ich war noch ganz mitgenommen vom Debs' Verzweiflung und ihren Tränen. Und auch von ihrem Vorwurf, ich wäre nur zu ihr gegangen, um sie zu quälen. Das genaue Gegenteil war doch meine Absicht gewesen. Aber so offensichtlich ihre Worte auch den Tatsachen widersprachen, sie hatten mir einen Stich versetzt, und in meinem Ärger fuhr ich Alathea an: „Warum hast du ihr das nur angetan?"

„Sie wird darüber hinwegkommen", erwiderte Alathea kühl.

„Ist dir nicht klar, wie sehr sie leidet? Und das lässt dich völlig kalt?" Ich war wirklich zornig, aber Alathea ging gar nicht weiter darauf ein. Sie sagte:

„Tomoko hat euch etwas mitzuteilen."

Die senkte ihren Blick und schwieg eine Weile. Dann sah sie auf.

„Ich bin meinem Vater begegnet", sagte sie in die Stille hinein.

„Wie?", fragte Mark. „Meinst du, du hast ihn schon wieder gesehen?"

„Ja, heute."

„Wo denn?"

Tomoko ignorierte die Frage.

„Ich hatte Angst, er könnte mich bemerken. Aber nichts dergleichen geschah. Ich war erleichtert. Aber Alathea ist auf ihn aufmerksam geworden und ist ihm nachgelaufen. Sie hatte ihn in der Akademie gesehen und jetzt wiedererkannt. Schon als ich an jenem Tag vor ihm weglief, hat sie mich durchschaut. Sie hat ihn aufgehalten und irgendwie dazu gebracht, ihr zu folgen. Als die beiden auf mich zukamen, war ich vor Entsetzen wie gelähmt. Wie gerne wäre ich wieder weggelaufen, aber meine Beine wollten nicht."

Alathea beobachtete Tomoko schweigend, und Tomoko sah die ganze Zeit, während sie redete, Alathea in die Augen.

„Dann stand er vor mir und erkannte mich, und wir beide wussten nicht, was wir sagen sollten. Schließlich habe ich *otousan* zu ihm gesagt – denn so redet man in Japan seinen Vater an –, als hätten wir uns gerade erst gestern zuletzt gesehen. Er hat mich gefragt, wie es mir geht. Wir sind ein Stück zusammen gegangen, ohne miteinander zu reden. Als wir an die Miracolikirche kamen, haben wir uns in eine Bar gesetzt. Wegen der Kälte."

Wir alle hörten gespannt zu. Alle, bis auf Wilson, der leise schnarchte.

„Ich habe meinen Vater so lange nicht gesehen. Vor zwanzig Jahren kam ich nach Venedig, um hier zu studieren, und hier habe ich ihn damals zum letzten Mal gesehen. Das war, kurz bevor ich Mark kennenlernte. Ich war fest entschlossen, meinen Vater aus meinem Leben zu verbannen, aber ich habe ihm unrecht getan."

Nach einer Pause fuhr Tomoko fort. „Ich habe geglaubt, er sei ein Mörder. Ja, das habe ich von meinem Vater geglaubt. Ich konnte den Gedanken nicht mehr ertragen, ihn wiederzusehen, mit ihm zu sprechen. Ich konnte nicht. All die Jahre habe ich mir ausgemalt, was passieren würde, wenn sein Verbrechen ans

Licht käme.

Jetzt schäme ich mich für diesen schrecklichen Verdacht, auch wenn ich nie mit einer Menschenseele darüber gesprochen habe. Wäre Alathea nicht gewesen, hätte sie mich heute nicht gezwungen, mit ihm zu reden, ich würde ihn immer noch für einen Mörder halten." Für einen kurzen Moment sah sie in die Runde. Dann betrachtete sie die Innenseite ihrer Hände, als wollte sie darin die Zukunft lesen, aber sie entdeckte dort allenfalls die Vergangenheit.

„Mein Vater kam damals wegen des Altarbildes von Bellini nach Venedig. Ihr wisst, das Gemälde, das gestohlen wurde und jetzt wieder aufgetaucht ist."

Im ersten Augenblick verblüfften mich ihre Worte, aber dann konnte ich nicht umhin, ein wenig zu lächeln. Schon wieder drang Licht in das geheimnisvolle Dunkel jener alten Geschichte. Seit ich die unscheinbare Zeitungsnotiz über das Wiederauftauchen des Bellini gelesen hatte, kamen immer neue Einzelheiten hervor. Es war wie ein Geist, der der Flasche, in der er so lange gefangen gewesen war, plötzlich entwich. Würden mir auch die letzten Geheimnisse enthüllt werden? Ich sah zu Caterina hinüber.

Tomoko hatte einen Moment geschwiegen, um ihre Gedanken zu sortieren oder um die richtigen Worte zu finden.

„Die Menschen in meiner Heimat sind ein stolzes Volk. Sie und nur sie stammen von den Göttern ab. Im Westen ist es schwer zu verstehen, was das für sie bedeutet. Aber gleichzeitig bewundern sie auch Dinge, die andere Völker hervorgebracht haben. Es gibt für Japaner keinen wichtigeren Sport als Baseball." Ein Lächeln huschte über ihr Gesicht. „Sie lieben auch die Musik Beethovens und viele andere Schöpfungen westlicher Künstler. Ein Mann, den mein Vater kannte, war ein großer Bewunderer der europäischen Malerei der Renaissance. Ganz besonders hatte es ihm Giovanni Bellini angetan. Er war kein völlig unbescholtener Mann. Er hatte Freunde bei denen, die wir *Yakuza* nennen und ihr die *Mafia*, obwohl er selbst keiner von ihnen war. Vielleicht erfuhr er von ihnen, dass es in Venedig einen Händler gab, der sich darauf verstand, Kunstwerke jeglicher Art zu besorgen, und zwar auf allen erdenklichen Wegen. Dieser Mann wusste, dass mein Vater eine Tochter hatte, die in Venedig studierte." Tomokos Zeigefinger deutete auf ihre eigene Nasenspitze. „Mein Vater war diesem Mann verpflichtet. Es klingt furchtbar rückständig, aber in meiner Heimat gibt es das noch, dass, wenn jemand einem anderen eine Gunst erweist, er ihn dadurch bindet, die Wohltat früher oder später zu vergelten.

Darum konnte der Mann sich darauf verlassen, dass mein Vater ihm keine Bitte abschlagen durfte. Er drängte ihn also, für ihn nach Venedig zu reisen. Dort sollte er mit einer Person Kontakt aufnehmen, die ihn mit jenem besagten Kunsthändler zusammenbringen würde. Mein Vater tat, was ihm aufgetragen worden war. Die Angelegenheit war ihm unangenehm, denn ihm war klar, dass der Mann, den er aufsuchen sollte, ein Verbrecher war.

Der italienische Gauner brachte meinen Vater zu einem Mann namens Bonfiglio, jenem Händler, der auch die ausgefallensten Wünsche seiner Kunst liebenden Kunden erfüllen konnte. Man hatte sich in einem kleinen Restaurant jenseits der Altstadt verabredet, im hintersten Winkel von Castello, dort, wo die seelenlosen neuen Wohnblocks stehen und wo sich kaum einmal ein Tourist hin verirrt." Tomoko holte tief Luft. „Und ich war bei dem Treffen dabei."

„Du warst dabei?", rief Mark aus.

„Ja. Mein Vater sprach ein wenig Englisch, aber überhaupt kein Italienisch, und er misstraute den beiden anderen. Sie konnten sich in ihrer Muttersprache unterhalten, ohne dass er wusste, was sie sagten. Deshalb wollte er jemanden dabei haben, der Italienisch verstand und dem er vertrauen konnte. Ich habe vergeblich versucht, ihm klar zu machen, dass ich dafür nicht die Richtige war. Ich war ja noch nicht lange in Italien und beherrschte die Sprache noch gar nicht. Aber er bestand darauf. Ich musste ihn begleiten. Es reiche aus, meinte er, wenn sie glaubten, ich würde Italienisch verstehen.

Mein Vater sah natürlich keine andere Möglichkeit, als mir zu erzählen, um was es in dem Gespräch gehen sollte. Ich war entsetzt. Ich versuchte ihn dazu zu bewegen, die Sache aufzugeben und nach Japan zurückzukehren. Ich gehöre zu den jungen Menschen, die zwar die Handlungsweise der Älteren verstehen, aber solche gesellschaftlichen Verpflichtungen nicht mehr ganz so ernst nehmen. Schon gar nicht, wenn es bedeutet, ein Verbrechen zu begehen. Aber mein Vater schüttelte über meine Worte nur verständnislos den Kopf. Er war ein Gefangener seiner Vorstellungen von Ehre. Und er ist es immer noch.

Ich habe mich bei dem Gespräch sehr unwohl gefühlt und nur zugehört. Anfangs lief alles gut, erst als sie Bonfiglio sagten, um welches Bild es gehe, eben jenes Bild aus der Santissima Trinità, änderte sich das. Bonfiglio zeigte plötzlich keinerlei Bereitschaft mehr, behilflich zu sein. Weder die erheblichen Summen, die mein Vater nannte, noch die unverhohlenen Drohungen seines zwielichtigen Begleiters änderten etwas daran. Nichts konnte Bonfiglio umstimmen. Er bedauerte, aber er blieb hart und ließ uns kurzerhand sitzen.

Jetzt wäre mein Vater bereit gewesen, die Sache aufzugeben. Aber als Bonfiglio fort war, erklärte der Gauner, er könne für den Betrag, der Bonfiglio angeboten worden war, ohne Weiteres einen Einbruch in die Kirche organisieren und ihm das Bild besorgen."

Ich erinnerte mich, dass Einbrüche in Kirchen früher keine Seltenheit waren, auch nicht in Venedig. Alarmanlagen in den Kirchen waren, sofern überhaupt vorhanden, von recht primitiver Art, und Videoüberwachung noch nicht sehr weit verbreitet. Man verließ sich auf fest verrammelte Türen, vergitterte Fenster und darauf, dass vor allem sehr große, auf Holz gemalte Bilder schwer zu transportieren waren.

„Mein Vater zögerte. Aber er erklärte sich bereit, mit seinem Auftraggeber in Japan zu telefonieren. Wie dieses Gespräch ausgegangen ist, habe ich damals nicht erfahren, denn nach dem Treffen mit Bonfiglio habe ich meinen Vater zwanzig Jahre lang nicht gesehen oder gesprochen."

Tomoko schwieg.

„Was ist geschehen? Warum hast du ihn nicht wiedergesehen?", fragte Alathea schließlich. „Erzähl es ihnen."

„Sie werden es nicht verstehen."

„Doch, ich habe es ja auch verstanden."

„Ich habe es nur dir erzählen wollen. Ich schäme mich für das, was ich damals gedacht habe."

„Das darfst du nicht!" Alatheas Stimme klang ein wenig zornig. „Erzähl es allen."

Tomoko sagte lange Zeit nichts, und ich fühlte mich zunehmend unwohl. Ich wäre gerne gegangen, aber Caterina beobachtete Tomoko voll gespannter Erwartung.

„Es ist schwer zu verstehen, in was ich mich hineingesteigert habe, aber ich werde es erzählen. Nach diesem Treffen mit Bonfiglio fuhr ich mit einer Freundin übers Wochenende in die Berge. Es war ein spontaner Entschluss. Ich wollte einfach nur weg.

Als ich zurückkam, las ich in der Zeitung, Bonfiglio sei tot. In San Silvestro hatte man die Leiche gefunden. Es hieß, er sei eines natürlichen Todes gestorben, aber das konnte ich nicht glauben. Und dann wurde auch noch der Bellini gestohlen. Es war furchtbar. Ich war überzeugt, dass hier zwei Verbrechen geschehen waren, und zwar Verbrechen, in die mein eigener Vater verstrickt war. Ich habe mich da richtig hineingesteigert. Ich konnte an nichts anderes mehr denken. Tag und Nacht. Ich malte mir alles Mögliche aus. Am

Ende war ich überzeugt, mein Vater hätte Bonfiglio höchstpersönlich ermordet. Ich kann es mir selbst nicht erklären, aber ich war felsenfest überzeugt, dass mein Vater ein Mörder wäre."

Tomoko barg ihr Gesicht in ihren Händen und schwieg. Ich sah zu dem Porträt Tomokos auf dem Sideboard hin, jenes, das Mark vor zwanzig Jahren von ihr aufgenommen hatte, und der Anblick dieser scheuen und verletzlichen jungen Frau half mir, zu begreifen, was damals geschehen war.

Lange sagte niemand etwas. Schließlich fragte Mark:

„Ist der Mord an Bonfiglio denn nie aufgeklärt worden? War es denn überhaupt ein Mord? Du sagtest, in der Zeitung sei von einem natürlichen Tod die Rede gewesen."

„Tomoko hat leider ganz recht." Alle sahen mich überrascht an, sodass ich mich zu einer Erläuterung genötigt fühlte. „Ich bin damals von einem Commissario verhört worden. Er hat genau das gesagt, dass Bonfiglio ermordet worden sei."

Mir war klar, dass ich besser den Mund gehalten hätte.

„Der Taxifahrer", versuchte ich zu Caterina gewandt, die Situation zu erklären. „Seinetwegen war die Polizei bei mir."

„Ein Taxifahrer? Hat er die Tat beobachtet?", fragte Mark entgeistert.

„Nein, natürlich nicht. Aber er hat die Polizei auf meine Spur gebracht."

„Ich hätte nicht vermutet, dass Sie auch in diese Sache verwickelt waren. Scheinbar bin ich der Einzige, der nichts damit zu tun hatte. Oh, entschuldigen Sie, Caterina, wie unhöflich von mir. Sie natürlich auch nicht." Er wandte sich wieder an mich. „Sie haben mich jetzt aber neugierig gemacht."

„Ach, das ist eine lange Geschichte. Ein andermal vielleicht. Dass heißt, nicht dass jetzt ein falscher Eindruck entsteht. Ich habe natürlich überhaupt nichts, aber auch rein gar nichts mit dem Mord an Bonfiglio zu tun. Und auch nichts mit dem Einbruch in die Santissima Trinità. Es war alles nur wegen des Taxifahrers."

„Aber sicher. Der Taxifahrer war an allem schuld. Ich glaube, ich habe heute Abend einfach schon zu viel getrunken."

„Und dann?", wandte sich Caterina an Tomoko. „Wie ist die Geschichte weitergegangen?"

„Es wurde alles immer schlimmer. Nicht lange und ich las in der Zeitung die Geschichte von dem Priester, den man tot in einem Schrank in der Sakristei von Santissima Trinità gefunden hatte. Er sei, hieß es in der Zeitung, eines natürlichen Todes gestorben. Aber man konnte sich nicht erklären, wie er in den Schrank geraten war. *Noch ein Mord?*, habe ich mich gefragt. Ich hätte mich gerne irgendwo verkrochen aus Angst vor immer neuen schlimmen Nachrichten."

Tomoko schloss die Augen, als drohte die Erinnerung an jene Zeit, sie zu überwältigen.

„Aber eines Tages war es vorbei. Ich habe Mark kennengelernt, und wir haben geheiratet. Das war für mich ein Schlussstrich und ein Neuanfang. Natürlich konnte ich nicht vergessen. Aber ich habe nie wieder Kontakt zu meinem Vater gehabt. Erst jetzt wieder.

Heute hat er mir erzählt, was damals tatsächlich geschehen ist. Vielleicht denkt ihr, dass es naiv ist, ihm zu glauben, aber ihn zu verdächtigen, war ja auch nur eine fixe Idee von mir, ein Hirngespinst. Vielleicht gerate ich einfach zu leicht in Panik. So wie es damals auch meinem Vater passiert ist, als der Priester plötzlich tot umfiel. Sie waren ganz allein in der Sakristei, und mein Vater, aufgeregt, wie er war, hat die Leiche in einem der Schränke verborgen und die Kirche fluchtartig verlassen.

Aber ich erzähle alles völlig durcheinander. Also, die Leute des italienischen Ganoven hatten tatsächlich den Bellini gestohlen und irgendwohin abtransportiert. Wohin, weiß mein Vater auch heute noch nicht. Sie hatten jedenfalls jemanden an der Hand, der etwas von Kunst verstand. Er sollte ihnen vor allem Ratschläge geben, wie man das Bild stehlen und transportieren konnte, ohne es ernstlich zu beschädigen. Als der hinterher das Bild sah, hat er sofort erkannt, dass es eine Fälschung war, keine schlechte, aber eine im 20. Jahrhundert angefertigte."

„Wie?", rief Mark. „Sie haben eine Fälschung gestohlen? Das kann ich gar nicht glauben. Und das Original? Überhaupt, was ist denn jetzt aufgetaucht? Das Original oder die Fälschung?" Mark lachte schallend. „Hat der alte Ruzzino womöglich all die Jahre eine Fälschung angehimmelt?"

„Eins dürfte klar sein", warf ich ein. „Jetzt hängt in Santissima Trinità das Original. Sicher haben sich etliche Experten darüber hergemacht, als es wieder aufgetaucht ist."

„Mein Vater argwöhnte damals, die italienischen Ganoven könnten nach dem Diebstahl das Original gegen eine Fälschung vertauscht haben, um den echten Bellini anderweitig ein zweites Mal zu verkaufen, aber wo sollten sie so plötzlich eine Kopie aufgetrieben haben? Und außerdem wollten sie das Bild schließlich zu Geld machen, und es war sicher alles andere als einfach, für ein derart bekanntes Gemälde einen weiteren zahlungskräftigen Interessenten zu finden. Es konnte nicht anders sein, sagte sich mein Vater, in der Kirche musste eine Fälschung gehangen haben. Deshalb ist er am nächsten Tag in die Santissima Trinità gegangen.

Er wusste eigentlich gar nicht so recht, was er sich davon versprach. Er konnte den Ordensleuten ja schlecht Vorhaltungen machen wegen des gefälschten Gemäldes. In der Sakristei ist er einem Priester begegnet. Aber er hat kein Wort mit ihm wechseln können. Der Priester hat ihn nur erschrocken angesehen, als wäre er ein böser Geist, und ist dann zusammengebrochen. Er war ein alter Mann, es muss das Herz gewesen sein. Mein Vater konnte sich nicht erklären, wieso der Alte so entsetzt auf ihn reagiert hatte, und er wollte nur noch eins, schnell weg."

Ich dachte an jenen alten Geistlichen, Don Vincenzo, der Caterina die seltsame Botschaft geschickt hatte. *Flieht! Wendet Euch ab! Verkriecht Euch in der Tiefe!* Ich versuchte, mir auszumalen, was damals geschehen war. Der Anblick des Japaners hatte Don Vincenzo offensichtlich einen derartigen Schock versetzt, dass dessen schwaches Herz versagte. Vorher hatte er aber noch die kurze Botschaft *Ger 49:8* auf den Zettel schreiben können. Aber warum hatte das Auftauchen von Tomokos Vater ihn so erschreckt? Und außerdem war mir immer noch nicht klar, warum Padre Angelo angenommen hatte, dass *Ger 49:8* Caterina galt.

„Aber dieser Bonfiglio, wie ist der ums Leben gekommen?" Caterina sah Tomoko gespannt an. „Sie sagen, Ihr Vater hatte nichts damit zu tun, wer war es denn dann?"

„Es war dieser Gangster, der bei dem Gespräch im Restaurant dabei war. Vielleicht nicht er persönlich, vielleicht hat er nur den Auftrag gegeben. Wenn Bonfiglio von dem Einbruch gehört hätte und davon, welches Bild gestohlen wurde, hätte er sofort gewusst, wer dahinter steckte. Er hätte dieses Wissen auf die eine oder andere Weise nutzen können. Also wurde er zum Schweigen gebracht und zwar schon vor dem Einbruch."

„Hätte er nicht auch für Ihren Vater gefährlich werden können?"

„Bonfiglio hatte ihn nur bei jenem Abendessen gesehen, kannte seinen Namen nicht. Wäre mein Vater wieder an das andere Ende der Welt verschwunden, wäre er für Bonfiglio unerreichbar gewesen, so, als hätte er nie existiert. Nein, mein Vater hatte nichts von ihm zu befürchten, aber der andere."

„Und was haben die Einbrecher mit dem gefälschten Bellini gemacht?", bohrte Caterina weiter.

Tomoko reagierte mit einer Geste des Bedauerns.

„Das weiß ich nicht so genau. Aber es ist noch immer irgendwo in Venedig oder in der Nähe auf dem Festland."

„Dein Vater ist noch einmal nach Venedig gekommen, weil das Original wieder aufgetaucht ist, nicht wahr?" Alatheas Frage war eher eine Aufforderung an Tomoko weiterzuerzählen.

„Ja. Es ist wie ein Fluch, der auf ihm lastet. Der Mann, der ihn damals nach Venedig geschickt hatte, hat über seine Beziehungen herausgefunden, dass die Fälschung von den italienischen Ganoven irgendwo aufbewahrt wird. Er glaubt, man könnte vielleicht einen Tausch bewerkstelligen, das Original in der Kirche gegen die Fälschung. So käme er am Ende doch noch an den Bellini."

„Wie? Einen Einbruch, um das Bild auszutauschen?", rief Mark aus. „Undenkbar! Das wäre nur möglich, wenn der Einbruch unbemerkt bliebe, und das ist heutzutage nicht mehr vorstellbar. Zuviel Überwachungstechnik überall."

„Ach, mein Vater ist auch überzeugt, dass es sinnlos ist. Er hofft, dass seine Reise nach Venedig als Zeichen des guten Willens ausreicht und er bald wieder – und zwar unverrichteter Dinge – nach Japan zurückkehren kann."

„Wir wollen hoffen, dass es so ausgeht." Mark beugte sich vor und ergriff Tomokos Hand. „Aber unverrichteter Dinge wird er ja nicht gehen. Er hat doch immerhin seine Tochter wiedergefunden, nicht wahr?"

Es versetzte mir einen Stich, die Vertrautheit zwischen den beiden zu beobachten. Ich sah zu Caterina hinüber und mir war klar, wie viel Unausgesprochenes auf dem Verhältnis zwischen uns noch lastete. Als von dem gefälschten Bellini die Rede war, hatte ich an diesen alten Lehrer gedacht, diesen Lorenzo Cavallino, der sie gelehrt hatte, den Stil alter venezianischer Meister zu kopieren. Ohne Zweifel hatte er das auch selbst gekonnt. Hatte er das Bild gefälscht, bevor seine Krankheit, das Zittern seiner Hand, begann? Aber warum und auf welchem Weg hätte die Kopie des Bellini in die Kirche gelangen sollen?

„Wie hat dein Vater sich eigentlich dein Verhalten erklärt?", fragte Alathea. „Dass du all die Jahre den Kontakt zu ihm vermieden hast?"

„Ich weiß nicht, wie ich das sagen soll." Tomoko dachte lange nach, bevor sie schließlich eine Erklärung versuchte. „Er war damals, als ich nach Venedig ging, bereits Witwer. Meine Mutter ist zwei Jahre zuvor bei einem Unfall ums Leben gekommen. Er hat sie sehr geliebt und er hat auch nie wieder geheiratet. Er hat sehr unter dem Verlust gelitten, und für ihn war das, was ich getan habe, wie eine Wiederholung des schmerzlichen Abschieds von seiner Frau. Er hat mein Schweigen ertragen, so wie er ihren Tod hatte ertragen müssen, als etwas Unabänderliches. Es klingt komisch, aber er hat nicht einmal den Versuch gemacht, zu erfahren, was mit mir los war. Leicht könnte man das so verstehen, dass er zu stolz dazu war, aber das wäre falsch, völlig falsch. Er hat einfach damit zu leben versucht, dass er nach seiner Frau auch seine Tochter verloren hatte."

Es war inzwischen schon nach elf, und ich machte Caterina ein Zeichen. Auf ihr Nicken hin erklärte ich, dass es für uns Zeit sei aufzubrechen.

Als wir uns verabschiedeten, fiel mir eine Frage ein, die ich an Alathea richtete, ohne dass es jemand mitbekommen konnte.

„Tomokos Vater, ist an ihm irgendetwas Auffälliges, ich meine, in seinem Aussehen?"

„Wie kommen Sie darauf?"

„Nur so eine Idee."

„Eigentlich nicht, außer dass er eine Narbe im Gesicht hat. Hier ungefähr." Sie deutet auf ihre linke Wange. „Sie ist fast zehn Zentimeter lang."

Als ich mit Caterina aus dem Haus trat, war der Schnee in einen ungemütlichen Schneeregen übergegangen. Es dauerte nicht lange, bis wir in dem feuchten Matsch nasse Füße bekamen. Schweigend und den eigenen Gedanken nachhängend stapften wir durch menschenleere Gassen und über einsame Plätze.

12. Kapitel

Mit dem Niederschlag am Abend zuvor war ein Wetterumschwung gekommen. Nach der trockenen Kälte der letzten Tage war es deutlich milder geworden, und Venedig war heute in grauen Dunst gehüllt.

Wir frühstückten zusammen und verließen dann die Wohnung. Ich hatte eigentlich keine Pläne für den Tag, aber Caterina wollte noch etwas erledigen, was, hatte ich diskreterweise nicht gefragt, und weil ich nicht allein in ihrer Wohnung bleiben wollte, stand ich nun mit der Erinnerung an einen flüchtigen Abschiedskuss unschlüssig auf dem Campo San Polo.

„Wir sehen uns um zwei im *Caffè Florian*", hatte sie noch gesagt, bevor sie in Richtung Frarikirche davonging. Bis dahin waren es noch vier Stunden.

Ich überlegte, wo die nächste Vaporettostation wäre, und entschied mich schließlich für die Haltestelle San Silvestro. Von dort aus nahm ich den nächsten Wasserbus nach San Marco. Alles war und blieb in Dunst gehüllt. Die Farben hatten jegliche Kraft verloren, und alles sah ein wenig unscharf aus. Von San Marco aus fuhr ich mit einem anderen Vaporetto zur Insel San Giorgio Maggiore hinüber. Ich bewunderte die von Palladio entworfene Fassade, die während der Überfahrt langsam Konturen annahm, und ging an Land. Auf dem kleinen Inselchen waren kaum Menschen unterwegs, und durch die Ruhe und Beschaulichkeit dort fühlte ich mich um Jahrzehnte zurückversetzt.

Ich schlenderte eine Zeit lang durch die Kirche und dann fuhr ich den Turm hinauf. Früher, erinnerte ich mich, gab es hier einen Fahrstuhlführer, aber vielleicht war nur deshalb keiner da, weil heute so wenig los war. Sogar die Aussichtsplattform hatte ich ganz für mich allein.

Ich hielt in alle vier Himmelsrichtungen Ausschau, aber es war praktisch nichts zu erkennen. Nichts außer der Isola San Giorgio Maggiore zu Füßen des Turms mit seinem kleinen Bootshafen und einem winzigen Zipfel der benachbarten Giudecca. Deren größerer Teil war hinter dem undurchdringlichen grauen Schleier meinen Blicken entzogen. Sollte mich das daran erinnern, fragte ich mich, dass es auch um meine Zukunft so bestellt war? Dass auch sie für mich unsichtbar im Nebel verborgen lag? Sehr lange habe ich dort oben gestanden und gegrübelt. Ich dachte an Goethes Bericht, wie er am Ende seines Romaufenthalts allein durch die in Mondlicht getauchte Stadt gewandert war. Vielleicht war er damals in ähnlicher Gemütsverfassung gewesen wie ich heute.

Als der Fahrstuhl neue Besucher heraufbrachte, rissen mich deren Stimmen aus meiner melancholischen Gemütslage. Ich hatte immer noch viel Zeit bis zu meiner Verabredung mit Caterina. Also fuhr ich mit dem Vaporetto bis zur Haltestelle Giardini und spazierte dann den langen Weg auf der Uferpromenade durch die graue Welt Richtung San Marco. Die aneinandergereihten Rive gehören zu den seltenen Wegen in Venedig, die nobel und großzügig wirken, breite Wege, zur einen Seite mit der freien Aussicht auf die Lagune. Heute aber wirkte das Grau gerade wegen dieser Weite hier noch viel grauer als in den engen Gassen.

Als ich um kurz vor zwei das *Caffè Florian* erreichte, war Caterina noch nicht da, aber sie ließ mich nicht lange warten. Ich hatte mich in die *Sala Orientale* gesetzt, weil wir immer dorthin gegangen waren. Caterina wirkte auf mich ernster und entschlossener als sonst, was ich anfangs nicht einzuordnen vermochte.

„Ich werde morgen abreisen und nach Rom zurückkehren."

„Morgen schon?" Ich war überrascht, obwohl eine solche Ankündigung sozusagen in der Luft gelegen hatte. „Aber warum sagst du *ich*? Ich begleite dich selbstverständlich. Es gibt nichts, was mich hier hält."

„Nein, Carlo, ich reise allein. Unsere Wege trennen

sich wieder. Und dieses Mal für immer."

All das Gold, all der rote Plüsch, die Spiegel, der Marmor, alles um mich herum verblasste, löste sich in nichts auf. Ich fühlte fast so etwas wie Schwindel und sah nur noch Caterinas Gesicht, ein sonderbar ausdrucksloses Gesicht, aus dem heraus mich zwei grüne Augen fixierten. Ich erwiderte den Blick und da verschwamm auch ihr Kopf mit der grauen Mähne und das Gesicht, bis ich nur noch die beiden grünen Augen sah. Sie schienen mich förmlich in sich aufzusaugen. Schließlich gelang es mir, meinen Blick von diesen Augen loszureißen, und ich atmete tief durch.

„Ich verstehe nicht. Warum sollen wir nicht zusammenbleiben?" Und ich beharrte wie ein kleines Kind: „Selbstverständlich werde ich dich nach Rom begleiten."

„Nein, Carlo. Verstehst du nicht? Dies hier, was wir erleben, ist ein Märchen, ein schönes Wintermärchen. Aber morgen darf es nur noch eine schöne Erinnerung sein."

„Warum?"

„Ach, nun frag doch nicht immer *warum*!"

„Ich möchte aber wissen, warum."

Sie zögerte einen Moment, bevor sie antwortete, dann sagte sie leichthin: „Nimm die Dinge doch einfach so, wie sie sind."

„Nein, ich will mit dir glücklich sein. Und warum auch nicht? Wir haben es doch schließlich selbst in der Hand, jetzt, wo wir uns wiedergefunden haben."

„Nein, das haben wir nicht. Jeder von uns hat seine Geschichte, und die hängt ihm wie ein Mühlstein am Hals."

„Ich pfeife auf meine Geschichte. Mich interessiert nur meine Zukunft. Und die sollst du sein."

„Warum willst du uns den Abschied so schwer machen?"

„Ich will keinen Abschied. Ich will mit dir zusammen bleiben."

„Schluss jetzt!" Wären wir nicht in einem Café gewesen, hätte sie jetzt womöglich mit der Hand auf den Tisch geschlagen. Aber in ihrer Stimme lag keine Schärfe und in ihren grünen Augen war kein zorniges Funkeln. „Ich möchte gehen, Carlo."

Wir verließen das Café und schlugen einen Weg ein, der uns zur Rialtobrücke und dann zu Caterinas Wohnung führen würde. Eine Zeit lang gingen wir schweigend nebeneinander her. Schließlich fragte sie mich, was ich jetzt tun werde.

„Wie meinst du das?"

„Wenn ich fort bin." Und als ich keine Antwort gab: „Es ist auch für dich besser. Für dich und für mich."

Was hätte ich darauf antworten sollen? Also verfielen wir wieder in Schweigen und dabei blieb es.

Schließlich standen wir vor ihrer Haustür. Während sie das Schlüsselbund in ihrer Handtasche suchte, fiel mein Blick auf ihr Gesicht. Erschrocken bemerkte ich eine Träne auf ihrer Wange.

Sie stieß einen kleinen Schrei aus, als etwas aus ihrer Handtasche zu Boden fiel.

Ich bückte mich, um es aufzuheben. Es sah aus wie ein Briefumschlag.

Aus dem Augenwinkel heraus bemerkte ich, wie die Tür zum Innenhof aufging, und als ich mich mit dem Umschlag in der Hand aufrichtete, war Caterina bereits in den Hof geschlüpft und schlug die Tür hinter sich zu.

Ich war wie vom Donner gerührt.

Ich fasste den Türknauf. Vergeblich. Ohne Schlüssel ließ sich die Tür von außen nicht öffnen. Ich klopfte. Keine Reaktion. Ich rief ihren Namen. Nichts passierte. War sie auf der anderen Seite der Tür stehengeblieben? Horchte sie? Oder war sie bereits oben in der Wohnung? Ich drückte auf den Klingelknopf. Nichts.

Erst dann sah ich mir den Umschlag, den ich in der Hand hielt, genauer an. Er war an mich adressiert. Ich riss ihn auf.

Geliebter Carlo,

schon einmal haben wir uns trennen müssen, damals, vor zwanzig Jahren. Heute ist es wieder so weit. Es würde mir das Herz brechen, dir Adieu zu sagen. Lass uns also ohne ein Wort des Abschieds auseinandergehen.

Caterina

Ich klingelte Sturm. Keine Reaktion. Ich betätigte nach und nach alle anderen Klingelknöpfe.

Einmal erklang die Stimme eines Mannes aus der Gegensprechanlage. Er sagte etwas auf Italienisch, was ich nicht verstand. Ich sagte „Signora Palese." Auch seine Antwort verstand ich nicht. Sie klang nicht sehr freundlich. Trotzdem wiederholte ich den Namen, aber aus dem Lautsprecher kam nichts mehr.

Am Ende sah ich keine andere Möglichkeit, als aufzugeben. Ich entfernte mich zögernd. Ein paar Mal blickte ich zurück. Alles, was ich sah, war eine schmale, düstere und menschenleere Gasse.

Ich irrte durch Venedig, ohne zu wissen, wohin ich ging. Stundenlang. Als es bereits dunkel geworden war, erinnerte mich mein knurrender Magen daran, dass ich seit dem Frühstück außer einem Kaffee im *Florian* nichts zu mir genommen hatte. Ich ging zu meiner Locanda, wo ich ja immer noch ein Zimmer hatte. Ich fragte, ob man eine Nachricht für mich habe. Man bedauerte. Also setzte ich mich ins Restaurant und ließ mir Pasta mit Muscheln bringen. Für das Abendessen war es für italienische Verhältnisse noch recht früh, trotzdem waren schon etliche Tische belegt. Ich war der Einzige, der sein Essen allein einnahm. An den anderen Tischen wurde teils leise, teils laut geredet, hier und da hörte ich ausgelassenes Lachen.

Als mein Teller leer war, hatte ich immer noch Hunger. Erst wollte ich einfach das Ganze nochmals bestellen, aber dann fragte ich doch lieber den Kellner, was er heute empfehlen könne, und entschied mich für das, was er zuerst genannt hatte.

Am Ende war ich satt und ein wenig beschwipst. Das erste Glas Wein hatte ich praktisch auf leeren Magen getrunken und der Grappa zum Caffè gab mir den Rest. Ich ging auf mein Zimmer, und als ich mich dort im Spiegel betrachtete, sagte ich laut zu mir: „Na, Adam", denn ich fühlte mich wie der aus dem Paradies Vertriebene. Aber der hatte wenigstens seine Eva mitnehmen dürfen. Ich hingegen sollte mutterseelenallein sein. Aber dann sagte ich mir, dass ich nicht bereit sei, das mir zugedachte Schicksal hinzunehmen. „Hörst du, Adam? Ich sage *nein!*"

Vom guten Essen und vom Alkohol beflügelt überlegte ich, was ich denn tun könnte. Sie wollte morgen nach Rom zurück. Ohne mich? Das kam gar nicht infrage! Ich würde sie begleiten. Aber wie sollte ich das bewerkstelligen? Vor ein paar Tagen hatte Caterina mir von ihrer Rückkehr nach Venedig erzählt, von der Fahrt über den Damm zur Insel in der Lagune, vom ersten flüchtigen Blick auf Venedig nach so vielen Jahren, von der Ankunft am Bahnhof. Ich war mir sicher, dass sie Venedig auch wieder mit dem Zug verlassen würde. Nur wann? Ich nahm mein Mobiltelefon zur Hand und suchte auf der Webseite von *Trenitalia* Verbindungen nach Rom. Das Ergebnis ernüchterte mich. Drei-, viermal konnte man stündlich Richtung Rom fahren. Sogar durchgehende Schnellzüge gab es zuhauf. Früheste Reisemöglichkeit war fünf Uhr fünfzehn.

Ich hatte mir vorgestellt, einfach denselben Zug wie Caterina zu nehmen und mich unterwegs zu ihr zu setzen. In einem fahrenden Zug konnte sie mir nicht weglaufen. Aber jetzt musste ich einsehen, dass dieser Plan nicht durchführbar war. Aber ich war noch nicht bereit aufzugeben. Was wäre, wenn ich im Bahnhof auf sie wartete? Ich war vor zwanzig Jahren zuletzt dort gewesen und versuchte mich an die Örtlichkeiten zu erinnern. Es musste möglich sein, alle Menschen, die von der Bahnhofshalle zu den Zügen gingen, im Blick zu haben. Ich überlegte, ab wann ich dort auf sie warten sollte. Mit dem Schnellzug war man in vier Stunden in Rom, also war es nicht nötig, in aller Frühe aufzubrechen. Caterina würde wohl kaum vor neun Uhr fahren. Sicherheitshalber wollte ich spätestens um sieben am Bahnhof sein.

Obwohl es noch nicht einmal zehn war, ging ich zu Bett. Ich war erschöpft, weil ich den ganzen Tag auf den Beinen gewesen war, und in meinem Kopf ging es drunter und drüber. Aber es dauerte lange, bis ich einschlafen konnte. Ich war einfach zu aufgeregt. Würde mein Plan gelingen? Was sollte ich sagen, wenn ich Caterina am Bahnhof traf? Meine Gedanken waren so ganz und gar gefangen von dem, was ich zu tun vorhatte, dass ich mir erst sehr spät die Frage nach Caterinas Verhalten heute Nachmittag stellte. Warum wollte sie unbedingt ohne mich nach Rom? Warum mich verlassen? Die Szene vor der Haustür war geplant. Der Brief an mich bewies das. Über all diese Dinge dachte ich nach. Erst weit nach Mitternacht schlief ich endlich ein. Als ich dann später schweißgebadet aufwachte, konnte ich mich nicht an alle Einzelheiten meiner Träume erinnern. Nur eines erinnerte ich noch: Caterina in der schmalen Gasse vor ihrem Haus. Statt durch das Tor den Innenhof zu betreten, entschwindet sie nach oben. Klettert sie die Hauswand hinauf? Schwebt sie wie ein Engel himmelwärts? Seltsamerweise wird sie immer größer, je weiter sie sich entfernt. Aber dann ist sie schlagartig verschwunden, und im nächsten Moment beginnt die Häuserschlucht langsam enger zu werden, immer enger. Die Gebäude beiderseits der Gasse bewegen sich auf mich zu. Sie drohen, mich zwischen sich zu zerquetschen. Ich rufe Caterinas Namen, flehe sie um Hilfe an und wache auf.

Einschlafen wollte ich nicht wieder. Ich hatte Angst, der Albtraum könnte weitergehen. Ich fühlte mich elend und zerschlagen. Nachdem ich geduscht hatte, ging es mir besser. Im Haus war noch niemand auf, aber ich hatte die Rechnung schon am Vorabend beglichen, nahm meine Reisetasche und verließ die Locanda. Draußen war es noch stockfinster. Ich konnte nirgendwo erleuchtete Fenster sehen. Nur die Straßenlaternen spendeten Licht. Lange Zeit begegnete mir keine Menschenseele, erst in der Nähe der Piazzale Roma änderte sich das. Ich genoss meinen Spaziergang durch das nächtliche Venedig. Die Luft war mild, und auch wenn es immer noch recht diesig war, blieb es doch wenigstens trocken.

Es war kurz nach sechs, als ich den Bahnhof erreichte. Zwanzig Jahre lang war ich nicht hier gewesen, und es hatte sich viel verändert. Neben dem Haupteingang war jetzt eine hochmoderne große Anzeigentafel mit allen anstehenden Abfahrten. Aber zu so früher Stunde erwartete ich Caterina noch nicht, mir blieb also reichlich Zeit für ein Frühstück im Bahnhofsrestaurant.

Während der Cappuccino in mir ein wohliges Gefühl der Wärme weckte, schoss mir erstmals der Gedanke durch den Kopf, ich könnte Caterina verpassen. Oder nahm sie vielleicht doch das Flugzeug nach Rom? Oder, oder, oder. Dann wäre sie für mich endgültig verloren, sagte ich mir. Niemals würde ich sie wiedersehen. Aber dann sagte eine andere Stimme: Nein, nein und nochmals nein, das ist einfach unmöglich. Früher oder später wird sie hier auftauchen. Der Optimismus gewann die Oberhand. Es konnte kein sinnloser Zufall gewesen sein, dass wir uns nach zwanzig Jahren wiedergefunden hatten. Das konnte jetzt nicht einfach so kläglich enden. Aber ganz leise ließ sich auch die andere Stimme immer noch vernehmen, und ich stürzte hastig den letzten Rest des Cappuccinos hinunter und bezog mit bangem Herzen meinen Posten in der Bahnhofshalle.

Wann immer ein Zug nach Rom angezeigt wurde, postierte ich mich am Kopf des jeweiligen Bahnsteigs und beobachtete die Reisenden, die an mir vorbeieilten. Mit jedem Zug Richtung Rom, der abfuhr und mich enttäuscht zurückließ, sank meine Zuversicht.

Meine Stimmung verdüsterte sich zunehmend.

Es war bereits elf Uhr vorbei, als Caterina endlich kam. Ich hätte meiner Freude am liebsten durch einen lauten Jubelruf Ausdruck verliehen und ging ihr entgegen.

Als sie mich erkannte, blieb sie stehen, schloss einen Moment die Augen, und als sie sie wieder öffnete, waren es die wunderschönen, vor Wut funkelnden grünen Augen, in die ich schon so oft geblickt hatte.

„Was um alles in der Welt machst du hier?"

„Ich warte auf dich."

„Geh weg, Carlo, lass mich in Frieden!"

„Nein, ich bleibe bei dir, und wenn du mich bis ans Ende der Welt führst."

„Ich habe keine Ahnung, wo das Ende der Welt ist, aber das Ende meiner Geduld, das ist hier und jetzt!" Ihre Stimme war mit jedem Wort lauter geworden.

„Es wird alles gut werden, Caterina", versuchte ich sie zu besänftigen.

„Wenn du nicht gleich verschwindest, schreie ich um Hilfe."

„Gut, dann werde ich auch um Hilfe schreien."

Gefühlt eine Ewigkeit standen wir einander gegenüber, schweigend, Auge in Auge wie zwei Duellanten. Dann legte sich ein matter Film über das Funkeln in den grünen Augen. Sie holte ihre Fahrkarte aus der

Handtasche und riss sie mitten durch. Ihre Mundwinkel zuckten kurz, dann hatte sie sich wieder in der Gewalt.

„Nicht weit von hier ist ein kleiner Park. Gehen wir dahin."

Wir verließen den Bahnhof, tauchten in den Menschenstrom ein, der sich Richtung San Geremia bewegte. Aber schon sehr bald bogen wir in eine unscheinbare Passage ab, die zum Parco Savorgnan führte. Dort angekommen setzten wir uns auf eine Bank am Rand eines kleinen, verwaisten Spielplatzes. Keiner von uns beiden wusste, wie wir das Gespräch beginnen sollten, und so saßen wir lange nebeneinander und starrten auf die Spielgeräte vor uns. Schließlich hielt ich das Schweigen nicht mehr aus und fragte sie, ob ihr nicht kalt sei. Aber sie ging nicht auf meine Frage ein.

„Ich glaube, ich habe dich überschätzt, Carlo. Ich hatte gehofft, du würdest meine Wünsche, meine inständigen Bitten respektieren. Aber nein, du bist wie ein kleines Kind. Für dich zählen nur deine eigenen Wünsche und Bedürfnisse. Auf andere Menschen Rücksicht nehmen, das ist dir fremd." Sie sprach in einem ruhigen, sachlichen Ton wie eine Sprecherin, die im Fernsehen die Wettervorhersage vorträgt. Ich wollte ihre Anschuldigung empört zurückweisen, aber dann hielt ich doch inne, dachte nach und sagte einfach nur:

„Weil ich dich liebe. Und weil ich dich nicht verstehe."

„Musst du mich denn unbedingt verstehen?"

„Ja." Und als sie nicht antwortete, fuhr ich fort: „Aber nicht nur das. Wenn du willst, dass ich dich gehen lasse, musst du mir schon ein paar verdammt gute Argumente dafür liefern." Sie antwortete immer noch nicht. „Manchmal habe ich so eine Ahnung, dass es irgendwie mit dem Bellini zusammenhängt. Aber ich weiß nicht, wie. Sag, Caterina, habe ich recht?"

„Du würdest es nicht verstehen."

„Doch, doch. Ich würde es verstehen. Ich verspreche dir, wenn du mir alles erzählst und mich dann immer noch verlassen willst, werde ich das akzeptieren, so schwer es mir auch fallen würde."

„Versprichst du mir das?"

„Ja, ich gebe dir mein Wort darauf." Ich sagte es leichthin, war mir aber nicht sicher, ob ich es wirklich würde halten können. Mehr noch, einen Moment lang dachte und hoffte ich, wenn ich erst alles, wirklich alles über sie wüsste, dann würde ich dadurch gewissermaßen Besitz von ihr ergreifen. Endlich gäbe es dann nichts Trennendes mehr zwischen uns.

„Gut. Dann erzähle ich es dir. Den Bellini, der gestohlen wurde, den habe ich gemalt."

„Du? Wie, du hast das Bild gefälscht? Aber warum? Und selbst wenn, was hat das mit uns zu tun?"

„Ich will es dir erklären, Carlo, vielleicht verstehst du es. Cavallino hat mich die Kopie malen lassen. Ich habe dir von ihm erzählt, nicht wahr? Wir sind ihm sogar einmal begegnet. Erinnerst du dich, Carlo?"

„Ja, ich erinnere mich. Er war der Meinung, du müsstest die Malerei durch das Studium der alten Meister lernen, nicht wahr?"

„Nur dadurch. Durch das Studium und die Nachahmung. Eines Tages hat er mir die Aufgabe gestellt, das Altarbild Bellinis in der Santissima Trinità zu kopieren. Erstaunlicherweise haben die Padri mir sogar erlaubt, es aus der Nähe zu studieren. Wenn die Kirche geschlossen war, bin ich auf eine Leiter gestiegen, um mir alle Details, auch die entferntesten, anzuschauen. Ich habe mich damals gefragt, wie Cavallino die Padri zu einem solchen Entgegenkommen bewegen konnte. Später habe ich es begriffen." Caterina lachte kurz auf. „Meine Güte, über vierzig Jahre ist das her, und ich war noch ein junges Mädchen und habe ganz selbstverständlich getan, was der Lehrer sagte. Ich stellte keine Fragen. Ich hätte misstrauischer sein sollen. Aber ich war froh, bei einem so hervorragenden Maler wie Cavallino lernen zu dürfen."

„Ich verstehe immer noch nicht."

„Ganz einfach. Als ich fertig war und eine nahezu perfekte Kopie des Bellini da war, haben sie das Original abgehängt, und meine Kopie nahm dessen Stelle ein."

„Wer hat das Original abgehängt?"

„Die Padri. Don Vincenzo und Padre Angelo. Nicht persönlich. Sie hatten Helfer. Den echten Bellini haben sie verkauft und durch meine Kopie ersetzt. Gegen gutes Geld. Das kam vom alten Ruzzino. Der war versessen auf das Bild. Er hat einen Großteil seines Vermögens hergegeben, um es zu besitzen. Wahrscheinlich hat er all die Jahre Tag für Tag in der Einsamkeit seines Palazzo vor dem Bild gesessen und es angestarrt. Stundenlang. Wer weiß."

„Und die Padri? Sie waren doch vor zwanzig Jahren immer noch da. Haben sie nicht einfach das Geld genommen und sich irgendwohin abgesetzt?"

„Oh, sie waren keine Verbrecher, keine bösen Menschen. Sie hatten von dem Bischof einer Diözese auf dem Festland gehört, der an seine Geistlichen appelliert hatte, mit dem Gebot der Nächstenliebe und dem Entsagen irdischer Reichtümer ernst zu machen. Ein wenig jedenfalls. Die wohlhabenden Gemeinden sollten einen Teil ihres Besitzes verkaufen und den Erlös den Armen hier oder in den unterentwickelten

Regionen der Welt geben. Don Vincenzo und Padre Angelo waren von diesem Aufruf begeistert. Sie dachten natürlich sofort an die wertvollen Gemälde in ihrer Kirche. Wenn sie eines davon verkaufen würden, wie viel Gutes konnten sie damit tun. Ganz diskret horchten sie Bonfiglio aus. Der war zwar bekannt als zwielichtiger Geschäftsmann, manche nannten ihn sogar einen Hehler, aber er war auch ein eifriger Sohn der Kirche. Über ihn kam der Handel mit Ruzzino zustande."

„Und das alles ist Mitte der Siebzigerjahre passiert. Natürlich! Jetzt wird mir klar, warum der junge Ruzzino sagte, das Vermögen seines Onkels hätte sich schon ein viertel Jahrhundert vor dem Diebstahl praktisch in Luft aufgelöst. Aber warum all die Mühe mit der Fälschung? Don Vincenzo und der andere hätten doch das Bild einfach verkaufen und sich als Wohltäter der Armen feiern lassen können."

„Das wäre gegen das Gebot Jesu gewesen. *Wenn du aber Almosen gibst, so lass deine linke Hand nicht wissen, was die rechte tut.* Außerdem waren sie sich nicht sicher, ob der Generalabt ihrer Gemeinschaft damit einverstanden gewesen wäre. Das war sogar eher unwahrscheinlich."

„Hatten sie keine Angst, dass der Betrug auffliegt? Ob ein Bild 500 Jahre oder nur ein Jahr alt ist, lässt sich doch ohne Weiteres feststellen. Niemand soll etwas gemerkt haben?"

„Vor einem halben Jahrhundert waren die Untersuchungsmethoden bei Weitem nicht so gut wie heute. Außerdem haben die Padri sich strikt geweigert, den Bellini für Ausstellungen auszuleihen, und sie haben auch sonst nie einen Sachverständigen in die Nähe des Bildes gelassen. Bei einem schlecht ausgeleuchteten Bild, das über einem Altar in einer Kirche hängt, unerreichbar für allzu neugierige Augen, kann nicht viel schiefgehen. Aber als es dann vor zwanzig Jahren gestohlen wurde, haben die Diebe selbstverständlich gemerkt, dass sie an eine Fälschung geraten waren."

„Ich verstehe, das hat Bonfiglio natürlich vorhergesehen. Deshalb war er nur so lange an einem Geschäft mit Tomokos Vater und dem italienischen Gangster interessiert, wie er nicht wusste, um welches Bild es ging. Als sie ihm das sagten, war ihm klar, dass das nicht gut gehen konnte."

"Aber da war es für ihn zu spät. Tomoko und ihr Vater hatten ganz recht. Er hatte den Fehler begangen, sich mit Leuten einzulassen, für die ein Menschenleben nichts zählte. Er hat es gerade noch geschafft, Don Vincenzo zu warnen."

„Vor dem Japaner mit der Narbe auf der Wange. Und als der nach dem Einbruch kam ..."

„... und nach dem Mord an Bonfiglio, das darfst du nicht vergessen. Don Vincenzo sah den Japaner auf sich zukommen, und sein schwaches Herz muss vor Aufregung stehengeblieben sein. Er konnte gerade noch das *Ger 49:8* auf den Handzettel kritzeln, um mich zu warnen."

„Ich erinnere mich, dass Don Vincenzo mich auch für einen der Gauner gehalten hat."

„Ich weiß."

„Warum hat er sich beim Anblick von Tomokos Vater derart aufgeregt? Warum nicht, als er mich sah?"

„Wer weiß. Vielleicht sind Menschen, die aus einer uns völlig fremden Kultur kommen, eher fähig, Ängste in uns auszulösen. Wir können sie so schwer einschätzen."

„Meinst du? Vielleicht ist es so. Aber ich frage mich immer noch, wieso dieses *Fuggite! Flieht! Wendet Euch ab!* dir gegolten haben soll? Und woher wusste Padre Angelo das?"

„Weil Don Vincenzo es neben die Abbildung des Bellini geschrieben hatte. Padre Angelo wusste ja, dass die Kopie von mir war."

„Gut, das verstehe ich. Aber es hätte doch auch Ruzzino oder Cavallino gelten können."

„Nein. Aber lass mich zuerst die andere Geschichte zu Ende erzählen", sagte sie. „Das wird deine Frage beantworten. Don Vincenzo und Padre Angelo hatten Gutes tun wollen, aber sie sind kläglich gescheitert. Sie haben versucht, mit der riesigen Summe, die sie vom alten Ruzzino bekommen hatten, in Afrika, in welchem Land weiß ich nicht mehr, ein großes Projekt für die Armen auf die Beine zu stellen. Es musste natürlich alles heimlich geschehen, es sollte ja niemand erfahren, dass das Geld von ihnen kam. Am Ende wurden sie von allen betrogen. Das viele Geld ist bei gerissenen Mittelsmännern und korrupten afrikanischen Politikern versickert. Nicht ein Centesimo ist bei den Armen angekommen. Die beiden waren einfach zu gutgläubig und natürlich auch zu unerfahren in diesen Dingen. Sie haben sich am Ende gefragt, ob dieses Scheitern Gottes Wille war, ob er selbst es war, der ihr Almosen zurückgewiesen hat. Sie haben nach dem *warum* gefragt. Sie haben im Gebet um eine Antwort gefleht. Umsonst.

Vielleicht wunderst du dich, Carlo, woher ich das alles weiß. Im Laufe der Jahre hat sich eine tiefe Vertrautheit zwischen Don Vincenzo und mir entwickelt. Er hat mir von seinen und Padre Angelos Plänen und Hoffnungen erzählt. Und wie alles ausgegangen ist. Vielleicht wollte er mich damit trösten. Vielleicht wollte er mir zeigen, dass er bestraft worden ist für das, was er mir angetan hat. Oh, er wollte das Böse nicht. Er war ein guter, ein wirklich herzensguter Mensch. Mich in die Sache hineinzuziehen, war eine Notlösung gewesen, und er und Padre Angelo und Cavallino hatten sich nichts weiter dabei gedacht. Der Verkauf des Bellini war von langer Hand vorbereitet worden. Die Padri hatten erst Bonfiglio und später Cavallino, der wie Bonfiglio ein guter Christ war, eingeweiht. Cavallino sollte die Kopie des Bellini anfertigen, aber dann fing seine rechte Hand an zu zittern. Weil er nicht mehr malen konnte, kamen sie auf die Idee, seine Schülerin die Kopie anfertigen zu lassen. Seine Schülerin, die nicht wusste, worum es ging, seine Schülerin, die arglos an die gestellte Aufgabe heranging, seine Schülerin: *mich*."

Caterina schwieg lange, und ich störte dieses Schweigen nicht.

„Als das fertige Bild kurze Zeit später aus Cavallinos Atelier verschwunden war, kam mir das seltsam vor. Alle anderen Arbeiten von mir waren noch da, aber auf meine Fragen gab er mir nur ausweichende Antworten. Dann stand ich eines Tages in der Santissima Trinità vor dem Bellini und erkannte sofort, dass das nicht das Original, sondern meine Kopie war. Ich hatte schließlich eine Ewigkeit daran gearbeitet und erinnerte mich quasi an jeden meiner Pinselstriche. Ich habe Cavallino zur Rede gestellt, aber er hat mich zu Don Vincenzo geschickt. Der hat väterlich herablassend mit mir geredet, wie man das halt bei so einem jungen und dummen Ding tut, und mir erklärt, dass das alles schon seine Richtigkeit hätte. Ich habe mich damit nicht zufriedengegeben, und am Ende habe ich erfahren, dass sie das Original verkauft haben. Für einen guten Zweck hat Don Vincenzo mir erklärt, aber das hat mir wenig geholfen.

Soweit ich mich zurückerinnern kann, war ich fasziniert vom Malen. Schon als Kind war das meine liebste Beschäftigung, und als ich älter wurde, träumte ich davon, Malerin zu werden. Manchmal habe ich mich gefragt, ob dahinter nur der selbstsüchtige Wunsch steckte, als Schöpferin großer Kunstwerke bewundert und anerkannt zu werden. Und wenn ich weniger kritisch mit mir war, sagte ich mir, dass ich mein Talent nutzen wollte, um den Menschen etwas Schönes zu schenken und sie damit zu erfreuen. Aber in Wirklichkeit war tief in mir, das wusste ich, das brennende Verlangen, aus mir selbst heraus etwas Schönes zu erschaffen. Um der Schönheit willen. Um aus etwas Unbeseeltem etwas zu schaffen, das teilhat an der großen Seele des Universums. Verstehst du, was ich meine?"

„Ja, ich glaube schon."

„Ich war froh, einen guten Lehrer gefunden zu haben und glaubte, mein Ziel fest vor Augen zu haben. Und von einem Tag auf den anderen war alles aus. Sie hatten mich, sie hatten meine Sehnsucht nach dem Schönen missbraucht und hatten aus mir ein Werkzeug des Bösen gemacht. Vielleicht war ich zu rigoros oder zu wenig geneigt, Kompromisse einzugehen. Ich kannte nur das Gute und Edle und das Böse, das Verdorbene. Aber so zu denken ist das Vorrecht junger Menschen. Ich habe mich jedenfalls damals entschlossen, nie wieder zu malen. Meine Zukunft lag in Trümmern, mein Lebenstraum war ausgeträumt. Und weil ich nicht wusste, was ich mit meiner Zukunft anfangen sollte, habe ich mich in die Ehe mit Cristoforo geflüchtet. Wir haben beide davon profitiert. Er bekam eine Frau, die seinen Haushalt machte und sein Kind zur Welt brachte. Ja, und die sich nicht einmal an seinen Affären störte. Und ich? Ich musste mir nicht mehr die Frage stellen, was ich mit meinem Leben anfangen sollte. Alles, was in mir zurückgeblieben war, war Enttäuschung und eine grenzenlose Wut. Aber wem sollte ich die Schuld daran geben? Ich habe viele Gespräche mit Don Vincenzo geführt. Mir wurde klar, dass ich ihn nicht verantwortlich machen konnte. Ganz im Gegenteil, er tat mir furchtbar leid. Er hat nicht nur unter dem Scheitern seiner hochfliegenden Pläne gelitten. Es war für ihn fast noch schlimmer zu sehen, was das alles für mein Leben bedeutet hatte.

Mit der Zeit wurde mir immer klarer, dass es mein eigener Ehrgeiz war, mein Wunsch, mit Gott zu wetteifern, der mein Leben zerstört hatte. Und dafür war niemand verantwortlich außer mir. Ich meinte, die Macht zu haben, das Gute und Schöne erschaffen zu können. Aber meine Macht reichte gerade aus, um ein Verbrechen zu ermöglichen. Gegen wen sollte sich also meine Verbitterung und meine Wut richten? Vielleicht war es sogar Hass, was ich empfand. Aber es war niemand da, den ich hätte hassen können."

„Und deshalb hast du angefangen, dich selbst zu hassen", sagte ich leise und versuchte ihre Hand zu ergreifen.

„Mir ist furchtbar kalt. Lass uns gehen, Carlo."

Milton Keynes UK
Ingram Content Group UK Ltd.
UKHW041824131124
451149UK00001B/90

9 783769 306088